千両かんばん

山本一力

JN229331

朝日文庫

本書は二〇一三年一月、新潮文庫より刊行されたものに加筆しました。

目次

千両かんばん

一

商家の柱に吊《つ》るされた日めくりの暦が、十一月一日を示している。暮れ六ツ（午後六時）を過ぎると、めっきりと冷え込み始めた。

素足に雪駄《せった》履きの武市《ぶいち》はぶるるっと身体《からだ》を震わせて、半纏《はんてん》の胸元を閉じ合わせた。町はとっぷりと暮れ、地べたはすっかり冷たくなっている。

チャリン、チャリン……。

武市の雪駄に打たれた尻金《しりがね》が、堅い地べたとぶつかって、乾いた音を立てた。雪駄は、この音が値打ちである。武市は月に一度は、尻金の打ち替えを頼んでいた。

路地にはほとんど人影がない。ゆえに武市の雪駄の音が、大きく響いた。

暮れ六ツを過ぎたばかりで、裏店《うらだな》では晩飯が始まった頃合なのだ。通りに人影がないのも無理はなかった。

長屋の路地を出ると、町がいきなり明るくなった。富岡八幡宮《とみおかはちまんぐう》につながる参道は、道幅が十五間（約二十七メートル）もある大路である。両側に軒を連ねる商家は、暮れ六ツまでは店を開いていた。

「武市さんじゃないか」

多くの商家は小僧たちが手分けして、通りに面した雨戸（店の間口戸）を閉じようとしていた。それでも通りが明るいのは、店先の行灯《あんどん》看板にろうそくの火を入れていたからだ。

商いはすでに終わっていたが、富岡八幡宮参道を行き交う参詣客は五ツ（午後八時）までは、荒天でもない限り絶えることはない。

「よその表参道と富岡八幡宮参道との違いは、日暮れてから分かるてえんだ」

深川っ子はこれを自慢とした。店先を照らす行灯看板は、商いの威勢だった。

そんな参道に立っていた大木屋《おおきや》頭取番頭の豊司郎《とよしろう》は、向こうから歩いてきた武市を呼び止めた。

一向に定まらない看板思案にのしかかられていた武市は、豊司郎に呼びかけられた気まずさで、足が止まった。いまは一番、顔を合わせたくない相手だった。

「うっかり、ぼんやりして歩いておりやしたんもんで」

苦手な相手でも目を逸《そ》らすことなど、武市の気性にはない。頭取番頭を真正面から見て、これを答えた。

大木屋こそ、いまの武市が思案を重ねている看板の発注元だった。

「この数日、めっきり冷え込んできたが」

武市に話しかけた豊司郎を、灯して間のない若いろうそくが斜め下から照らした。

「趣向のほうは、巧《うま》くはかどっておいでかな」

穏やかな物言いだが、ろうそくが浮かび上がらせた目の光に緩みはない。

いまだ見えてこない思案。それを豊司郎が案じていることが、武市に突き刺さってきた。

言い逃れが通ずる相手ではないのは、武市にも分かっていた。さりとて黙したままではいられない。

「いまも思案を続けて歩いておりやしたが、まだ頭取番頭さんになにか言えるまでには固まっておりません」

口にした言葉には、なにひとつ偽りはなかった。明けても暮れても、看板思案が脳味噌と身体にまとわりついていたからだ。

まことを感じ取った豊司郎だったが、相手を見詰める光は厳しさを増した。

「旦那様に、武市さんを推した手前もある」

言ったあと、豊司郎は眼光を鎮《しず》めた。

「師走の手前には、あらすじだけでも思案を聞かせてください」

「へいっ」

短く答えた武市は深い辞儀をして、豊司郎の前から離れた。

背には頭取番頭の眼光を感じていた。目いっぱいに背筋を張っているつもりだが、歩みは正直だ。

地べたを打つ雪駄の尻金が、チャリン、チャリンと忙《せわ》しない音を立てていた。

富岡八幡宮の前から汐見橋《しおみばし》までは、大路の一本道である。橋を渡ってまっすぐ東に歩いた先には、洲崎《すさき》の遊郭が広がっている。

大路を東に歩く人影が、いきなり増えた。

「なんでえ、あの明かりは」

「行灯の看板が光ってるんじゃねえか」

半纏姿の職人ふたりが、汐見橋の先に見える明かりに目を奪われていた。

「近寄って確かめようぜ」

「がってんだ」

職人ふたりが、汐見橋に向かって駆け出した。橋のなかほどには、さまざまな身なりの者が群れをなしている。

ゆんべよりも、野次馬の数が増えてるじゃねえか……。

前方の人ごみを見て、武市が舌打ちをした。足の運びが遅くなり、尻金の響きがにぶくなった。

「あれだ、あれだ」

のろい歩みの武市のわきに、四人連れの若い者が並びかけた。目は汐見橋の先の明かりを見ている。

「てえした趣向らしいぜ」

「見ねえ、あの人ごみをよう」

「いまから行って、おれっちにもめえるのか」

「ぐずぐず歩いてねえで、とっととあすこまで走ろうぜ」

大声を交し合った四人連れは、足並みを揃《そろ》えて駆け出した。周りを歩いていた連中も、四人につられて足を速めた。

凍えをはらみ始めた夜の気配を、走り出した連中がかき混ぜた。十一月の夜の寒さが、武市の半纏にまとわりついた。

汐見橋までの隔たりが、半町（約五十五メートル）もなくなっている。大きく盛り上がった橋の真ん中に、五十人近いひとの群れができていた。

二

　十一月一日の夜空に、月はなかった。晴れ渡った空には、無数の星がちりばめられている。が、星の光は地べたを照らすほどに明るくはなかった。

　空の暗さが、行灯の明かりを際立《きわだ》たせている。汐見橋の上では、集まった連中が口々に目の前の行灯看板を褒《ほ》めていた。

「見ねえ、てえした細工だ」

　厚手の半纏を羽織った男が袖をまくり、剝《む》き出しの腕で看板を指差した。

「魚が生きてるてえ動き方だぜ」

「ちげえねえ」

　脇に立った連れが、短く応じた。

　そんなふたりのやり取りを聞いた赤筋半纏の男が、あごを突き出して吐き捨てた。

「おめえら、感じたのはそれだけか」

　見下された厚手半纏が声を荒らげて応じた。

「いくらあにいでも、言い過ぎですぜ」

　そうだとばかりに、連れも大きくうなずいた。

た。


「ぐだぐだ言う前に、空を見ろ」

　赤筋は月なき空を指さして続けた。

「ひときわ星が光ってめえるのは、今夜は月の明かりがねえからだ」

　言ったあと、赤筋は看板を指さした。

「魚が動く細工ができたのも、途方もねえ明かりが看板の内に埋め込まれているからだ」

　細工を褒める前に、あれだけの明かりを段取りしたことをきっちり褒めろと諭した。

「ちげえねえ、あにい……陽の当たらねえ裏店じゃあ、昼でもあの看板には勝てねえ」

　厚手半纏が、看板の明るさに唸《うな》った。周りの見物人たちからも、同じような声が漏れた。

　六ツを過ぎた十一月は、暮れ方が濃い。そんななか、汐見橋を渡った先の一角だけには、明かりが溢《あふ》れていた。

　仕掛けに仰天できているのも、つまりは桁違《けたちが》いの明かりが供されていたからだ。

　ざっと数えただけでも、五十人をくだらない見物人が汐見橋の上に群れていた。

　汐見橋が架かっているのは、大川につながる大横川である。多くの見物客が見入っているのは、川沿いの料理屋『いさき』の行灯看板だった。

　大横川の川面《かわも》には、両岸に並ぶ料理屋や縄のれんの明かりが映りこんでいる。なかでもいさきの行灯は、ひときわ明るく大横川を照らしていた。

幅五間（約九メートル）、高さ六尺（約一・八メートル）という途方もなく大きな掛行灯の看板が、いさきの張出屋根に乗っていた。

行灯の骨は竹である。その竹骨を紅花塗りの油紙でぐるりと巻いていた。油紙の大きさは、一枚が三尺角（約九十センチ四方）だ。いさきの行灯には、上物の油紙だけでも半束《はんぞく》（五十枚）が使われていた。

紅花の汁をたっぷりと塗られた油紙は、深紅に染まっている。行灯の内側で灯《とも》されている百目《ひゃくめ》ろうそく（一本の重さが百匁《もんめ》〔約三百七十五グラム〕ある大きなろうそく）二十本が、深紅の油紙を鮮やかに照らし出していた。

「あの文字は、なんと書いてあるんでえ」

見物客のひとりが、看板の文字を指差した。

「いさき、に決まってるだろうさ」

「ばかやろう。かな文字なら、おれだって読めるてえんだ。いさきの手前に書いてある、漢字の読みを訊《き》いてるんじゃねえか」

「そんなのは、おめえ……」

連れの男も漢字は苦手らしい。おめえ……と言っただけで、あとの口を閉じた。

『活魚処《いけうおどころ》いさき』

屋号が、特太の筆文字で描かれている。その文字の周りには、張子の魚が何尾も吊るされていた。

張子造りの魚にも、ろうそくの灯が入っていた。天蚕糸《てぐす》で吊るされた張子は、川風に吹かれて、あたかも泳いでいるかのように揺れていた。

「こちらの行灯看板のことは、うちの町内でもばかに評判でねえ」

こげ茶色の綿入れを着た隠居風の年寄りが、隣の男に話しかけた。

「話のたねにと思って、本所《ほんじょ》から足を延ばしてきたんだ」

「そいつあまた、物好きなこった」

話しかけられた男は、深川《ふかがわ》の桶《おけ》職人である。ふたりは、まったくの見ず知らずだ。それなのに、いさきの看板を見ているうちに親しげな口をきき始めていた。

「あんたが言う通りだが、こんな趣向を見たのは生まれて初めてだ。わざわざ深川まで、足を運んだだけのことはあったよ」

「ご隠居さんの暮らす本所の近くにゃあ、両国橋の盛り場があるでしょうが」

「ああ、あるとも」

「そこに行きゃあ、行灯看板なんぞは、山のようにあるてえ話を聞きやしたぜ」

「行灯は幾らでもあるが、こんな趣向は見たことがない」

六十の歳《とし》になって初めて見たと、隠居は心底から感心した。

「本所に深川が勝ったてえのは、気分がいいやね」

一杯おごらせてくれと、桶屋が上機嫌な口調で申し出た。

「いいものを見させてもらったお礼だ。あたしのほうこそ、おごらせてもらおう」

魚が揺れる行灯を見ながら、隠居と桶職人とが互いにほころんだ顔を見交わした。

ふたりのやり取りを耳にして、武市の目つきが険しくなった。橋の上の見物客が、方々で唸り声を漏らしている。いずれも心底から、いさきの看板にこころ奪われたがゆえの声だ。それらの唸りが、武市の胸の内をざらつかせた。

奥歯に力をこめて口を閉じ合わせると、武市はひとの群れから離れた。仲町のほうに橋をおりると、汐見橋たもとの手すりに寄りかかった。そして血走ったような目で、いさきの行灯を睨《にら》みつけた。

ひとが何人も、武市のわきを通り過ぎて行く。明かりを放っている看板を、だれもが声高に称《たた》えていた。

ふうっと大きなため息をついたあとで、武市は大横川に目を移した。川面には武市に挑みかかるかのように、いさきの行灯が映っていた。

橋のたもとにしゃがんだ武市は、こぶし大の石を手に取った。腹立ちを川にぶつけるかのように、強い勢いで大横川に投げ込んだ。

川面が揺れて、映っていた行灯が崩れた。

「おまいさんは……」

背中越しに呼びかけられて、武市は億劫《おっくう》そうに振り返った。

「やっぱり、武市さんか」

「聡助《そうすけ》さん……」

慌《あわ》てて立ち上がった拍子に、拾っていた小石の残りが川にこぼれ落ちた。行灯の映り返りが、また崩れた。

「あんた、ゆんべもここにしゃがんでいただろう」

聡助は、肩に担《かつ》いだうどんの振分け屋台を足元に降ろした。七輪に炭火は熾《お》きているが、屋台の行灯はまだ消えている。

暮れ六ツ過ぎでは、担ぎ売りの商いには早すぎた。

「軽く呑《や》るかい？」

聡助は、盃《さかずき》をあおるような手まねを見せた。橋のたもとは真っ暗で、七輪の炭火が真っ赤な光を放っていた。

「これから商いに出向くんじゃあ、ねえんですかい」

「客が出てくるのは、まだまだ先さ」

屋台のうどんに客が寄ってくるのは、四ツ（午後十時）頃からである。まだ、二刻《ふたとき》（四時間）近くも間があった。

「十一月にへえったら、いきなりこれだ」

　聡助は木綿の半纏の襟元を閉じ合わせた。いつの間にか、一段と夜の冷えがきつくなっていた。

「こんなときの一杯は、百薬にもまさると医者がいうだろう。おまいさんだって、聞いたことがあるだろうよ」

　武市は、聞いたことがなかった。さりとて知らないとは言えず、あいまいな笑いを浮かべた。

「一合だけ身体の芯《しん》に流し込んどきゃあ、このあとの夜が冷えてもでえじょうぶだ」

　一杯だけ付き合いなと、聡助が酒を誘った。屋台の行灯は、武市が拵《こしら》えたものだ。聡助は六造親方の時分からの大事な得意先だった。

「分かりやした」

　武市は誘いを受けた。

　先に立った聡助は、屋台を担いで汐見橋を渡り始めた。いさきの行灯が、橋を渡る武市の顔を照らしていた。

三

　聡助が武市を連れて入った店は、深川佃町《つくだちょう》の呑《の》み屋『げんぞう』だった。

蓬莱橋《ほうらいばし》を渡ったたもとの店で、軒下に提灯《ちょうちん》も出していないような、三間（約五・四メートル）間口の縄のれんだった。

「ここの酒は、辛《から》くていいんだ」

運ばれてきた徳利を、聡助が差し出した。

「先に聡助さんのほうから、酌をさせてくだせえ」

盃を持とうともせず、武市は相手の手から徳利を取り上げようとした。

「おれはこれから仕事のある身だ。遠慮しねえで、やってくんねえ」

武市の手を払いのけると、盃を持たせた。武市は渋々ながらも酌を受けた。

「どうぞ、聡助さんも」

盃に口をつけることもせず、武市は相手に酌をした。互いの盃が満たされたところで、武市は初めて口をつけた。

「うめえ……」

聡助が請合った通り、徳利の燗酒《かんざけ》は辛口だった。口のなかでべたべたせず、すうっと喉《のど》を落ちてゆく。武市はさほどの酒好きではないが、いま口にした酒の美味《うま》さは分かった。

「気にいってくれたようだな」

武市の顔つきを見て、聡助は満足したことを察したようだ。

「ひとり一合ずつてえことに、しようじゃねえか」

燗酒の代わりを注文した聡助は、突き出しに供された『ねぎぬた』に箸《はし》をつけた。白《しろ》味噌《みそ》に砂糖と酢を加えたぬたは、げんぞう自慢の一品である。

武市も、ぬたに箸をつけた。

「こいつあ……」

ねぎを呑《の》み込んだあと、口に残った白味噌を辛口の酒で流した。わずか盃二杯の酒と、ひと箸つけただけの突き出しとで、武市はすっかりげんぞうを気にいっていた。

暮れ六ツの鐘から、まだ四半刻《しはんとき》（三十分）も過ぎてはいない。店が賑《にぎ》わうには、ときが早すぎるのだろう。土間の客は、聡助と武市だけだった。

聡助は手酌で盃を満たすと、ぐびっと音を立てて一気に飲み干した。盃を卓に置いたあとで、真正面から武市を見た。

「さっきも言った通り、ゆんべもあんたを見かけたんだが……」

聡助に見詰められて、武市は背筋を伸ばした。思わずそうしたほどに、聡助の目の光は強かった。

「とっても声をかける気にはなれなかった」

「それはまた、どういうわけで」

「どういうわけって……そいつあ、おまいさんの胸に訊《き》いてみな」

ぞんざいな物言いで突き放したあと、聡助は立て続けに三度、盃を満たした。徳利が空になった。

聡助はこの次の正月で、五十の半ばに差しかかる。しかし引き締まった身体といい、太い腕に、しわの目立たない顔といい、とても歳には見えなかった。

酒が入って朱のさした顔色は、血の巡りが滅法《めっぽう》よさそうだ。ほんとうの歳を知らない者には、厄年と言っても通りそうだった。

今夜の商いはこれからだというのに、聡助の呑み方に加減はなかった。そして含みのある物言いを続けている。

行灯の数少ない得意先は承知だが、武市の気持ちはざらついていた。

「ゆんべのおれの様子は、どうかしてやしたんで？」

分かっていながらも、武市はとぼけて問いかけた。

「なんだ、てめえの胸に訊いても、分からないてえのか」

聡助の朱を帯びた顔と物言いとがこわばった。

「思い当たる節がねえんでさ」

いまさら武市も言い分を変えられない。応じた口調が固かった。

げんぞうの親爺《おやじ》に酒を催促することで、聡助は武市の尖《とが》った気を殺《そ》いだ。

「お待ちどおさまでした」

燗酒を運んできたのは、親爺の娘おきみである。十歳の春からげんぞうを手伝っているおきみは、常連客の聡助とは顔馴染《なじ》みだ。

「おじさんは熱いのが好きだから、ついつい手間取ってしまって」

待たせてごめんなさいと言って、おきみはぺこりとあたまを下げた。今年で十五になるおきみは、化粧をしなくても、肌には艶《つや》も張りもあった。

「熱燗をつけてくれたのか」

「だって……十一月になると、おじさんが好きなのはこれでしょう」

おきみは親しみをこめて、おじさんと呼びかけている。聡助は照れくさそうな顔で、おきみから徳利を受け取った。

今日から十一月。聡助の在所、加賀の湯涌《ゆわく》村では冬の始まりである。冬場の聡助がやけどしそうなほどの熱燗好きなのを、おきみは覚えていた。

しっかり燗づけをされた徳利である。聡助は持っていられず、慌てて卓に置いた。

「おじさん、大丈夫？」

「これぐらい、どうてぇこともねえさ」

おきみに笑いかけながら、聡助は指先を小鉢の腹にくっつけた。

聡助の口から続きを聞きたい武市は、苛立《いらだ》ちを抑えつけていた。

「この一本で仕舞いだからよ」

摑《つか》む熱さが頃合になったところで、聡助は徳利を差し出した。武市は両手で盃を持ち、酌を受けた。聡助は、おのれの盃も手酌で満たした。

「おまいさんはいさきの行灯を、てめえの手で拵えたかったんだろうが」

盃を干した聡助は、淀《よど》みのない物言いで言い切った。

「えっ……」

武市は、息の詰まったような顔つきになった。

「どうだい、おれの見当は外れていないだろう？」

聡助に問われても、武市は返事ができなかった。

「ここには、おれとふたりしかいないんだ。周りを気にしないで、正味の話をしてもいいだろうが」

聡助が、またもや徳利を差し出した。冬至も過ぎたというのに、武市は日焼けして色黒である。

げんぞうの土間には、五十匁《もんめ》のろうそくが灯されている。ろうそくの光を受けて、盃を手にした武市のひたいが黒光りをしていた。

飾り行灯職人の武市が暮らしているのは、富岡八幡宮裏の黒江町清之助店《せいのすけだな》である。この裏店に暮らし始めたのは、おととしの十一月下旬からだ。

清之助店から親方の宿がある平野町までは、およそ四半里（約一キロ）の道のりだった。

親方は、仲間内では『緋色《ひいろ》の六造《ろくぞう》』の二つ名で呼ばれた平野町の六造である。武市は、六歳で六造に引き取られ、九歳から見習い小僧となった。

「おめえは筋がいい」

六造に見込まれた武市は、十五歳の春から筆遣いを教わり始めた。そして六造が亡《な》くなったおととしの十一月まで十年の間、六造から差し向かいで仕込まれた。

六造の得意技は、紅花の汁を使った緋色の看板である。緋色の汁の作り方は、六造の秘伝の技法とされた。

「三日月のころは満月とおんなじで、大潮だからよう。紅花を混ぜ合わせて色を出すと、飛び切りうまく仕上がるんだ」

同じ大潮でも、満月のときよりは三日月のほうが仕上がりはいい……六造は三日月の細い月の下で大型の百目ろうそくを灯し、紅花を使っての紅色作りを進めた。

そして生前の六造は三日月のたびに武市を呼び寄せ、見ている目の前で混ぜ合わせを実演して見せた。

さりとてそれは見せるだけで、混ぜ合わせの子細にはひとことも言い及ばなかった。

「いずれはおまえに、この混ぜ方の秘伝を伝えることになるだろうよ」

六造はしかし、武市との約束を果たさぬまま急逝した。

「今月は、六造さんの祥月《しょうつき》命日じゃねえか」

問われた武市は、しっかりとうなずいた。

「今月の五日で、三回忌になりやす」

「もう三回忌か……」

聡助はひとりごとのようなつぶやきと、燗酒とを、同時に呑み込んだ。

かれこれ、六ツ半（午後七時）の見当なのだろう。蓬萊橋の先から、按摩《あんま》の笛の音が流れてきた。

四

武市が黒江町の町木戸に帰り着いたのは、四ツ（午後十時）を大きく回ってからだった。

「いま、いい按配《あんばい》に湯が沸いたところだ。一杯、茶でも呑んでいきねえ」

番太郎《ばんたろう》（町木戸の番人）に声をかけられた武市は、誘われるまま木戸番小屋に入った。

江戸のおもだった町は公儀の指図に従い、隣町との境目に町木戸を構えた。明け六ツ

（午前六時）に木戸を開き、夜の四ツには閉じる。

夜の四ツを過ぎて町を通り過ぎようとする者は、各町の木戸番に断わりを言わなければならない。こうすることで、深夜に不審者や盗賊が町に入り込むことを防いだ。

「こんな夜更《よふ》けに、どこに行こうてえんだ」

「そんな他人行儀なことを言わなくたって、毎日、顔を合わせてるじゃねえか」

「そんなことと、いったん閉じた町木戸を通すのとは、話が別だ。おめえさんの宿はどこなんでえ」

たとえ顔見知りであっても、四ツ以降の通り抜けとなれば、木戸番はまるで態度が違った。ゆえに町人たちは、町木戸の閉じる四ツ前には急ぎ足で宿に戻った。

担ぎうどん屋の聡助とうっかり話し込んでしまった武市は、ふたつの町の潜《くぐ》り戸《ど》を抜けて帰ってきた。どの町の大木戸も、黒江町の木戸番の顔で通してもらったのだ。

茶を誘われて、むげに断わることはできなかった。

「めっきり冷え込んできたじゃねえか」

木戸番小屋の土間には、大きな火鉢が置いてある。炭火は真っ赤に熾《お》きているが、使っているのは安価な楢炭《ならすみ》だ。番太郎が新しい炭をくべると、バチバチッと音を立てて火の粉が飛び跳ねた。

「ただの番茶だが、寒い夜にはこれでもご馳走《ちそう》だろうさ」

強い湯気の立つ番茶が、武市に差し出された。素焼きの湯呑みが、番茶に似合っていた。

「ありがとうごぜえやす」

軽くあたまを下げてから、武市は番茶に口をつけた。げんぞうで呑んだ燗酒が、身体に回っている。ほろ酔いの足で夜道を歩いてきたことで、喉が渇いていた。

酔い覚めの水、千両という。年寄りのいれた一杯の番茶が、ことのほか美味かった。

「徳蔵《とくぞう》さんのおかげで、今夜も潜り戸を通してもらえやした」

湯呑みを手にしたまま、武市が礼を口にした。徳蔵というのが、番太郎の名である。

「若い時分に遣ったゼニが、この歳になって多少は役に立ってるてえことだろうさ」

徳蔵は顔つきも変えずに、さらりと言い放った。しかし茶をひと口すすったあとは、強い目で武市を見た。

「だれにでも、この顔を貸してやってるわけじゃねえぜ」

「分かってやすとも」

武市も番茶をすすった。

過ぎた二年のなかで、徳蔵とは碁敵《ごがたき》の間柄となった。武市とはふた回り以上も歳が離れているが、碁で向かい合うと互角の勝負を繰り広げた。

「おれは本寸法《ほんすんぽう》の師匠について教わったが、おめえはそうじゃねえだろう」

武市が裏店に暮らし始めて、まだひと月も経《た》たない十二月の八ツ（午後二時）下がり。互いに一目《いちもく》を争っていたとき、徳蔵はふっと手をとめて武市に話しかけた。

「どこでそんな碁を身につけたんでぇ」

「あっしの親方だったひとが、滅法に碁が好きでやしたもんで」

「なんでぇ、親方だったひとてえのは？」

「つい先月に、急なやまいで亡くなったばかりなんでさ」

親方が急逝したがために、武市は清之助店に引越してきた。

「そういうことだったのか」

転居のわけを知った徳蔵は、物言いがやわらかくなった。いきなり親方を失った武市に、年長者として思うところがあったのだろう。

「このさきおめえがけえってくるときは、なんどきだろうが木戸の心配はいらねえ。深川ならどこの町でも、おれの名を口にすりゃあ木戸御免だからよ」

来年の正月で五十六になる徳蔵は、日本橋小網町《こあみちょう》の呉服問屋の惣領《そうりよう》息子として生まれた。

「どうしたの、若旦那《わかだんな》。三日も顔を見せてくれないなんて」

徳蔵の顔を見ると、辰巳《たつみ》芸者が売り物の『男言葉』を忘れて、しなをつくった。

徳蔵は中（吉原《よしわら》）や南（品川）にはいっさい足を運ばず、日本橋から大川を渡って辰巳（深川）で遊んだ。カネの遣い方がきれいだった徳蔵は、遊女にも幇間《ほうかん》（たいこもち）にも、遊郭の牛太郎《ぎゅうたろう》（若い衆）にも人気があった。

三十路《みそじ》を過ぎた直後、徳蔵がまだ家督を継ぐ前に、実家は火事で丸焼けになった。身代をそっくり灰にしたのみならず、身内も火事で失った。

生きる気力を失《な》くした徳蔵は江戸を出て、相州・房州などを流れ歩いた。出自が呉服問屋の惣領息子ゆえ、格別の職人技能を手にしていたわけではない。

流れた先で日傭取《ひようとり》（日雇い人足）を続けたが、結局は江戸が恋しくて深川に戻った。在所の日本橋には、つらくて帰る気がしなかった。

「若旦那じゃありやせんか」

すっかり言葉遣いが変わっていた徳蔵を見て、なじみだった牛太郎や幇間たちが寄ってきた。

「昔、よくしていただいた恩返しのようなもんでやすから」

牛太郎たちは町の肝煎《きもいり》と掛け合い、まだ四十半ばの徳蔵を、黒江町の番太郎に就けた。大した稼ぎにはならないが、食うことと寝る場所には困らなかった。

元が粋人だっただけに、徳蔵は人情の機微にも通じている。

「今度の番太郎さんは、余計なことを言わないのがいいわねえ」

「根がやさしいひとなのよ」

徳蔵の評判は、深川の他町にまで届いた。番太郎のなかには、昔、徳蔵からたっぷりと小遣いをもらっていた者もいた。

「徳蔵さんの言うことなら、あっしらはなんでもやりますぜ」

深川のおもな町の木戸番は、だれもが喜んで徳蔵の指図を受け入れた。

「なんだか浮かねえ顔色だが、看板の思案に詰まってるてえのか」

徳蔵から図星をさされた武市は、湯呑みを膝元《ひざもと》に戻すと、あいまいな笑いを浮かべた。

「どうも、すっかりご馳走になりやした」

「ただの番茶だ。礼をいわれるほどのことじゃねえ」

立ち上がった武市を、徳蔵は無理に引きとめようとはしなかった。

「おれでよけりゃあ、いつでも話し相手になるぜ」

木戸番小屋の戸口で、徳蔵が親身な言葉を投げかけた。しっかりと受け止めた武市は、深く辞儀をして宿へと向かった。

夜気はすっかり凍えている。空の高いところに星が出ていた。月初で月がいないだけに、星のまたたきが際立った。

親方……。

武市がぼそりとつぶやいた。東の空の端で、星が流れた。

五

宿の腰高障子戸を開くと、土間に居座っていた凍えが武市に食らいついてきた。借りているのは、清之助店では広い部類の六畳ひと間に板の間と土間つきの部屋だ。土間は半坪で、隅には焚《た》き口がひとつの小さなへっついが据えつけられていた。十一月一日の四ツ半（午後十一時）を回っている。明かりのない土間は、寒くて真っ暗だ。武市は手探りでへっついに近寄った。

焚き口の灰のなかには、炭火の種火を埋め込んである。灰をかき回して種火を取り出したあと、武市は流し場の隅の瓦灯《がとう》にその火を移した。

素焼きの器に油を注ぎ、いぐさをより合わせた灯心を浸《つ》けたものが瓦灯である。火が灯っても、周りをぼんやりと照らすぐらいでしかない。

瓦灯を手にした武市は、雪駄を脱いで座敷に上がった。瓦灯の明かりを大型の遠州《えんしゆう》行灯に移すと、部屋がいきなり明るくなった。

押入れのない、ただの六畳間である。とはいえ、飾り行灯造りの職人が暮らす宿だ。いつなんどき、客がたずねてくるかもしれない。

几帳面《きちょうめん》な武市は、二枚の布団《ふとん》を座敷の隅に重ねてあった。外から見えないように、夜具《やぐ》は枕屏風《まくらびょうぶ》で隠してある。

ついさきほど、徳蔵の小屋で熱い番茶を振る舞われた。が、酒が思いのほか深かったらしく、まだ喉の渇きは治まっていない。

瓦灯を手にした武市は、雪駄を履いて土間におりた。一尺（約三十センチ）四方の小さな流し場のわきには、水がめがおいてある。武市はひしゃくを手にして、水がめにつけた。

深川は、江戸幕府を開いたあとにできた埋立地である。もとは海だったがために、井戸を掘っても塩辛い水しか出なかった。

洗濯だの洗い物だのには使えても、煮炊《にた》きをしたり、飲んだりする水には使えない。深川に暮らすものは、水売りから飲み水を買うほかはなかった。

一荷《いっか》（約四十六リットル）の水が百文。相当に高いが、暮らしに水は欠かせない。ひとり者の武市といえども、冬場でも三日に一度は一荷の水を買った。

飲み切ってはいなくても、三日を過ぎると水が傷《いた》むのだ。武市がいま汲《く》んだのは、おとといの昼前に買った水である。ひしゃくを鼻にくっつけると、わずかに水がにおった。

しかし渇いた喉には、少々におったところで美味い水だ。武市は喉を鳴らして、ひしゃく一杯の水を飲み干した。

喉の渇きが癒《い》えたら、気持ちが落ち着いた。

汐見橋で見た、いさきの飾り行灯。

聡助と徳蔵のふたりの年長者から、立て続けにさされた、看板にかかわる図星。

あたまのなかを、行灯の思案がぐるぐると回り始めた。

六造親方……。

武市はまたもや小声でつぶやいてから、ひしゃくを水がめのふたに載せた。ふうっと吐息を漏らしたら、口の周りが白く濁った。夜の冷気は、冬そのものである。

ゆっくりと上がり框《かまち》に腰を下ろした武市は、行灯の光が届かない土間の隅を見た。目を向けてはいるが、なにも見てはいない。

武市は間もなく三回忌を迎える六造のことを思い返していた。

武市が高橋《たかばし》の裏店に生まれたのは、文化十四（一八一七）年の二月だ。父親はふすま絵を描く職人で、母親は呉服屋から着物仕立てを頼まれるほどに、針仕事の腕に秀《ひい》でていた。

「この子が五歳になるまでには、表通りで経師屋《きょうじや》を営めるでしょうね」

夫婦がともに稼ぎ、無駄遣いをしない。武市の両親が思い描いた夢は、かならずかなうかに見えた。

武市が生まれて四カ月目、六月の初めに梅雨入りをした。

「今年の梅雨は、いつもの年よりも肌寒いじゃないか」

「雲が分厚いからねえ」

「この調子だと、米のできがまたわるくなりそうだぜ」

多くの者が、冷夏を案じた。その不安は的中した。いっとき雨が上がった六月中旬に、冬を思わせる風が吹いた。

「いったい、どうなってやがんでえ」

「六月の真ん中で、まさか炬燵《こたつ》を出そうとは思わなかったぜ」

時季外れの寒さに襲われた長屋の住人たちは、火鉢だの炬燵だのを引っ張り出した。その不用意な火が、小名木川《おなぎがわ》北側の長屋に燃え移った。

青嵐《せいらん》にあおられて、火は小名木川をやすやすと越えて、武市一家が暮らす海辺大工町にも燃え広がった。

間のわるいことに、父親は大店からの頼まれ仕事の仕上げに入っていた。母親も、極上物の手描き友禅の仕立てを請負っていた。

「なんとか燃やさないように……」

両親ともに、逃げる算段よりもふすまや反物が焼かれることを案じた。

「すみませんが、この子を」

母親は武市を隣家の女房に託して、反物を持ち出そうとした。父親も仕上がったふすま四枚を持ち出すことのみに気を取られた。

気がついたときには、両親以外の住人は全員が着の身着のままで逃げ出していた。

火が湿ったあと、焼け跡から両親の焼死体が見つかった。父親は母親におおいかぶさって、守ろうとしていた。

「この子の面倒は、あたしらが手分けして見ないとね」

まだ這《は》い這《は》いもできない武市は、長屋の女房たちの手で育てられた。父親の血を色濃くひいた武市は、三歳のころには枯れ枝で地べたに絵を描いていた。

六歳になった、文政五（一八二二）年の夏。武市はいつものように、枯れ枝で絵を描いていた。たまたま通りかかった飾り行灯造りの頭領六造が、その絵を見て感心した。

「あの子をあたしに預けてくだせえ」

長屋の差配《さはい》と掛け合った六造は、その日から武市を手許《てもと》に引き取った。

「これであの子も、先々が安心だよ」

長屋の女房たちは、武市が手許から離れる哀《かな》しさを隠し、手に職がつくことを喜んだ。

武市を引き取った六造は、六歳から九歳までの三年間は、格別に仕込むことはしなかった。

「気性の良し悪《あ》しは、隠そうとしても飾り行灯造りにでちまうもんだ」

絵描きの素質は抜きん出ていたが、気性のほどは分からない。三年の間、六造は武市の気性の吟味に徹した。

生まれてすぐに両親を失った武市だが、長屋の女房たちの人情にふれて、ひとをねたんだり、嘘《うそ》をついたりする性癖は皆無だった。

「こいつなら、でえじょうぶだ」

武市が九歳となった文政八（一八二五）年の正月から、武市は他の職人たちと一緒の部屋に移された。それまでの客扱いから、住み込み小僧へと格上げされた。

「ばかやろう、小刀の持ち方が違うだろうが」

「竹ひごてえのは、そんなに太くこさえるもんじゃやねえ」

六造の仕込み方は、こども相手でも手加減がなかった。それだけ武市のことを、高く買っていたのだろう。

十五歳の春まで、六造は徹底して道具の使い方を叩《たた》き込んだ。が、一枚も絵は描かせなかった。

「絵は、いつでも描ける。だがよう武市、道具の使い方を身体が覚えるのは、十五の歳までだ。それを過ぎてからじゃあ、間に合わねえからよ」

武市は六造の教えを、ひたすら取り込んだ。六歳から一緒に暮らし始めて、すでに九年が過ぎている。六造の教えには、いささかの誤りもないことを、武市はあたまではなく、身体の芯で感じ取っていた。

＊

武市が落書きのような絵を描くことまでは、六造は止めなかった。六造自身が経験していたことだったからだ。

道具使いを覚えるのは十五まで。

六造にこれを叩き込んだのは、橋場《はしば》の東助《とうすけ》親方である。道具使いを仕込まれた七歳から十五までの八年間、東助は絵描きの筆を持たせなかった。

しかし持って生まれた絵心を、六造は抑えることができなかった。看板に使うケヤキや杉、檜《ひのき》などの薄皮カンナ屑《くず》を、小僧時代の六造は何枚も拾い集めた。

幅広で長さのほどがいい薄皮ばかりを、だ。

仕事場には板に線引きをする墨壺《すみつぼ》が幾つも置かれていた。六造は墨壺に小筆を浸して絵を描いた。

墨に浸す加減次第で、描いた絵に濃淡を生み出すことができた。

見つかると東助にきつく叱《しか》られるのだ。描き終えた薄皮は賄《まかな》い婆《ばあ》さんに、へっついの焚きつけとして差し出した。

「気が利《き》くじゃないか」

婆さんは深くは考えず、絵つきの薄皮を焚きつけに使った。

六造が薄皮に描いていることを、東助は当然ながら見抜いていた。焚きつけに差し出していることも分かっていた。

「燃やす前に、おれに見せねえ」

東助は毎度のように絵を目にしていた。が、六造を叱ることはしなかった。磨けば輝きを放つ才能を、薄皮の絵に認めていたからだ。

口の軽い婆さんは、東助が見ていることを六造にしゃべった。初めて聞いたとき、六造は腰砕けになりそうなほど驚いた。

叩き出されると思い、その夜は寝付けなかった。が、東助はひとことも触れなかった。

二日の間、六造は筆を持たなかった。

三日目には我慢ができなくなり、また描き始めた。叱られるのは怖かったが、絵を描きたいという思いのほうが強かった。

遠い昔に自分がしたと同じことを、武市もやっていた。

何人もの弟子を抱えていた六造だが、隠れて絵を描いていたのは武市だけである。

六造の宿に賄い婆さんはいない。女房が飯炊きを受け持っていた。

武市は自分の手で、へっついの奥に薄皮を押し込んでいた。

見つけたのは女房だった。

「おまいさんの目を盗んで、こんなことをやっているんだよ」

武市をきつく叱っておくれと、女房は強い調子で迫った。

六造は堅い顔を女房に向けた。

「余計なことを言っちゃあならねえぜ」

女房の口をきつく封じた六造は、その日を境に武市を見る目を変えた。

*

十五歳の春から、筆遣いを教わり始めた。

「おめえは筋もいいし、呑み込みも早い。いい職人になるぜ」

滅多にひとを褒めない六造が、武市の技量のほどは真正面から認めた。

六造の名が江戸の隅々にまで通ることになったのは、紅花の汁を使った緋色の看板がきっかけである。

両国の軽業《かるわざ》小屋から頼まれた飾り行灯に、六造はこの紅花塗りの技を初めて使った。

内側に百目ろうそく五本が灯された行灯は、大川の対岸からでも目立つと大評判となった。

緋色の汁の作り方は、六造が独自に編み出した秘法である。

「おれの緋色を継ぐのはおめえだ」

「よろしくお願いしやす」

武市は何度もあたまを下げてきた。六造は、秘法の伝授を惜しんだわけではなかった。いつ武市に伝えるか、その間合いを計っていたのだ。

「年が明けたら、おれと一緒に鶴岡《つるおか》に行こうじゃねえか」

天保《てんぽう》十二（一八四一）年の十月に、六造は鶴岡行きを武市に伝えた。鶴岡は紅花の産地である。

「鶴岡からの帰りは、酒田から船に乗って加賀の百万石ご城下に行こう。あすこには、赤絵の技がある」

六造は鶴岡と金沢への旅に、武市を連れて出る算段をしていた。そして鶴岡で、紅花絞りの秘法を伝授しよう、と。

その約束を果たせぬまま、天保十二年十一月五日の朝、六造は急逝した。

「昔から六造どのは、心ノ臓にわるい腫《は》れ物を抱え持っておられての。それがいきなり、破裂したのじゃろう」

苦しむ間もなしに息が絶えたはずだと、医者は六造の検視をした。

六造にはこどもがいなかった。いわば武市がこども代わりだったが、六造の女房とは折り合いがわるかった。

武市が十五歳を過ぎたあとは、なにごとも武市、武市で、女房が後回しになった。そのことを女房は、業腹《ごうはら》に感じていたのだ。

「六造の緋色は、一代限りとさせてもらいます」

女房は廃業を言い出した。同業者の多くは緋色の技法が途絶えることを惜しみ、翻意を促した。

「武市という、立派な跡取りがいるじゃないか。ぜひとも、六造さんの跡を継がせなさい」

周囲が言えば言うほど、女房はかたくなに拒んだ。その挙句、驚くばかりの振舞いに出た。

ひとつは武市を宿から出したこと。

もうひとつは、六造が書き残していた紅花絞りの技法を、武市ではなく、弟弟子の裕《ゆう》三《ぞう》に見せたことである。

「ご内儀《ないぎ》さんとなにがあったかは知らないが、武市のほうにも落ち度があったんだろう」

ひとのうわさを背中で受け止めながら、武市は深川の裏店に移った。

六造の女房おとみは、端《はな》から武市を疎《うと》んじていた。

引き取った当初から武市は利発で絵心もあり、年長者の言いつけには素直に従った。

「まるで六造さんは子宝に恵まれたようだ」

武市の話になると目を細める六造を見て、仲間内の親方衆はこう言い交わしていた。

そんな声が耳に入るたびに、おとみはこめかみに血筋を浮かべてきた。

それでも六造の存命中は、胸の内を悟られぬように気遣ってきた。

武市に非があったわけではない。

子を授かることのできなかったおとみの苛立ちが、武市を疎ましく感じさせたのだ。

六造の急逝で、溜《た》まりに溜まっていた武市憎しのはけ口が、裕三を可愛《かわい》がることに向かってしまった……。


思い返しを閉じた武市は、もう一度雪駄《せった》を脱いで六畳間に上がった。

枕屏風のわきには、六造の菩提寺《ぼだいじ》住持が書いてくれた、短冊《たんざく》が立てかけてある。短冊に書かれているのは、六造の戒名である。

武市は短冊に向かって手を合わせた。

「かならず、親方の技を身につけやす」

小声だが、きっぱりと言い切った。

武市の気迫を感じたのか、離れた行灯の明かりが揺れた。

六

天保十四（一八四三）年十一月二日、江戸は夜明けから気持ちよく晴れた。

武市が暮らす深川黒江町の清之助店は、江戸のどこにでもある棟割《むねわり》長屋である。間口が九尺（約二・七メートル）で、奥行きが二間（約三・六メートル）。

一戸の広さは三坪、いわゆる『九尺二間』と呼ばれる部屋が、一棟に三軒連なっている。この長屋が川の字に三棟連なったのが、清之助店だ。

「あら、武市さん」

口すぎに井戸端に出てきた武市を見て、通い船頭の女房おさきが目を見開いた。

「今日はずいぶん早いのね」

「へえ……」

武市は語尾を濁した。

「六ツ半（午前七時）前に起きてきた武市さんを見たのは、初めてじゃないかなあ」

武市に話しかけながらも、おさきは洗濯の手をとめない。清之助店に陽が差し込むのは、五ツ半（午前九時）過ぎまでの、わずかな間しかない。

晴れた朝の女房連中は、だれもが陽のあるうちに洗濯物を終えようとした。

「早起きするなんて、今日はなにか大仕事でもあるの？」

六ツ半前に起きた武市に、おさきはよほどに驚いたらしい。何度も早起き、早起きと言葉を重ねた。


親方の六造が亡くなった年に、武市は清之助店に越してきた。以来、新しい親方にはついておらず、自分の宿で仕事をする居職《いじょく》を続けている。

仕事場に通う職人たちは、明け六ツには起き出し、朝飯を済ませるのが普通の暮らしだ。四半刻後には半纏《はんてん》を着込み、道具箱を担いで長屋を出る。

深川の裏店に暮らす通いの職人は、六ツ半前にはほとんどの者が仕事場に向かっていた。

六造は三日月の細い月明かりで色作りを為《な》した。武市も親方に倣《なら》い、いまも夜更けまで色を求めて励んでいた。

ゆえに職人ながら朝は遅かった。起き出すのは、毎朝五ツ（午前八時）過ぎだ。

井戸端で口をすすいだあとは、茶も呑まずに宿を出た。向かう先は、仲町のうどん屋である。ここで朝飯を食べることから、一日が始まった。

ひとり者の武市は、自分の手で飯の支度をするのは皆無に近かった。居職には仕事場が入用だ。ゆえに武市は、九尺二間の倍近い部屋を借りていた。

六畳間に加えて、三畳の板の間がついている。とはいえ土間は半坪の広さしかないし、流しもへっついも小さい。そんな狭いなかで煮炊きをしたりすると、仕事に使う紙を煙がいぶしてしまう。

武市が七輪を使うのは、湯を沸かす火を熾《おこ》すときぐらいだ。滅多に火熾しをしない武市は、種火もほとんど入用としなかった。

亭主が起き出したときには、飯を炊き終わっていなければならない。ゆえに長屋の女房連中がへっついで薪《まき》を燃やし始めるのは、明け六ツ前である。

「種火を切らしちまってさあ。わるいけど、火を貸してちょうだい」

へっついの種火を切らした女房は、隣家から火を借りた。夜明け前の長屋は、どこも朝の支度で大忙しとなった。

ところが武市は、朝の火熾しをしない。すでにへっついの火が落とされた五ツ過ぎに起きても、なんら障《さわ》りはなかった。

隣に暮らすおさきは、武市が起きるのは五ツ過ぎだと思い込んでいた。なにしろ黒江町に暮らし始めて以来、武市は五ツの鐘のあとにしか井戸端には出てこなかったからだ。

そんな武市が、半刻（一時間）も早く起き出してきた。

「どうしたの、こんな早く……」

おさきが目を見開いて驚いたのも無理はなかった。

「おいちゃん、おはよう」

口をすすいでいる武市の帯を、背後からこどもが引っ張った。武市は口に含んだ塩水を、井戸端の溝《どぶ》に吐き出した。

埋立地の深川の井戸は、どこも塩水しか出なかった。飲み水には使えないが、口をすすぐには塩いらずで便利だ。

「まだ六ツ半過ぎなのに、おいちゃん、どうかしたの？」

こどもも武市の早起きに驚いていた。

「帯を引っ張ったりしたら、武市さんが口をすすげないでしょう」

おさきがこどもを叱った。武市の背後から帯を引いたのは、おさきのひとり息子金太《きんた》郎《ろう》である。

父親の通い船頭俊吉《しゅんきち》は、五尺六寸（約百七十センチ）と大柄だ。母親のおさきも女としては大柄で、五尺三寸（約百六十一センチ）の上背があった。

両親が揃《そろ》って大きいゆえか、まだ七歳の金太郎はすでに四尺五寸（約百三十六センチ）も背丈があった。

「おれが早起きしたのが、そんなにめずらしいのか」

「だって……」

「どうしたよ。いいから、言ってみろ」

武市に促されても、金太郎は戸惑い顔のまま口をつぐんだ。言ってもいいかどうかと、迷っている様子だ。

「おめえはまだこどもだ。なにを言ったって、かまやしねえさ」

「ほんとう？」

こどもが武市を見上げた。朝の光が、武市の顔に当たっている。武市はまぶしげに目を細めてうなずいた。

「亀《かめ》ちゃんがいつまでも起きないでぐずぐず寝ていたら、おっかさんが……」

「金太郎っ」

おさきは慌《あわ》てて、こどもの口を閉じさせようとした。亀ちゃんというのは、隣の棟に暮らす石工《いしく》の息子、亀吉のことだ。

亀吉の母親おかねは、清之助店のなかで、一番のうわさ好きで通っていた。

「いいじゃねえか、おさきさん。なんでも言えるのは、こどものときだけですぜ」

武市は金太郎に話を続けさせた。金太郎はごくんっと唾《つば》を呑み込んでから、話の続きに戻った。

「亀ちゃんがいつまでも寝てると、そんなにぐずぐず寝てたら、武市さんみたいに仕事がこなくなっちゃうからって、叱られるんだってさ」

言い終わった金太郎は、もう一度、帯を引っ張った。

「こんなに早く起きたのは、おいちゃんにも新しい仕事がきたからだよね」

金太郎の顔から、つい先ほどまでの戸惑いの色が消えている。代わりに、心底から嬉《うれ》しそうな顔を見せていた。

「おめえは、おれの仕事がねえのを案じてくれてたのか」

「そうだよ」

金太郎は強くうなずいた。

「何カ月もおいちゃんは、いっつも怖い顔をして路地を歩いてたもん」

「そんなに怖い顔をしてたか？」

武市は、わざとおどけた調子で問いかけた。金太郎の顔つきが、さらにゆるんだ。

「亀ちゃんとおいらは、早くおいちゃんに仕事がくればいいのになあって、いっつも話してたんだよ」

「そうだったのか」

武市は膝を曲げて、金太郎の目を真正面から見詰めた。

「わるかったな、しんぺえさせて」

金太郎のあたまを軽く撫《な》でた武市は、困惑顔のおさきに会釈《えしやく》をしてから部屋に戻った。

腰高障子戸越しの朝の光が、土間に差し込んでいる。小さなほこりが、光の帯の中でキラキラと舞っていた。

五ツを過ぎると陽は高くなり、土間にはもう差し込まなくなる。早起きしたことで、武市はこの眺めを目にすることができたのだ。

五ツ半までしか陽が届かない裏店だが、朝日は力強い光で土間を照らしていた。どんなに大きなろうそくでも、これほどの明るさは得られないだろう。

仕上げに追い立てられているときの武市は、夜通しの仕事もこなす。そんなときは費《つい》えをいとわず、高価な百目ろうそくを何本も同時に灯《とも》した。

しかしその明かりは、土間に舞うほこりをキラキラと輝かせることはできなかった。

どんだけ飾り行灯《あんどん》の内側をろうそくで照らしても、お天道《てんと》さまにはかなわねえ、か。

武市から、大きなため息が漏れた。ひとが拵《こしら》えたろうそくだの行灯だのには、限りがあると思い知ったからだ。

武市は口すすぎの総楊枝《ふさようじ》を手にしたまま、土間にしゃがみ込んだ。

そんなにぐずぐず寝てたら、武市さんみたいに仕事がこなくなっちゃう……。

武市のあたまのなかで、金太郎が言った言葉が暴れ回っていた。

いさきの飾り行灯を見てからの武市は、仕事が手につかなくなっていた。

おのれの手で拵えることができなかったことの、口惜《くや》しさ。

おれなら、もっと上手《うま》く造れるという、ひとにはいえない自負心。

行灯に見とれる多くのひとを目にしたときに感じた、敗北感。

これらの思いがまぜこぜになって、新しい思案がまるで浮かばなくなった。そんな武市を見て、おかかねは陰でこどもにきついことを言っていたのだ。

金太郎からおかねの言ったことを聞かされても、腹立ちは覚えなかった。が、土間にしゃがみ込んだいまは、猛烈におのれに対して怒りを覚えた。

いつまでも、てめえでてめえを憐《あわ》れんでるんじゃねえ。仕事がねえんじゃねえかと、七つのガキにしんぺえされてんじゃねえか。

武市は力強く、土間で立ち上がった。いつになく早起きしたら、土間に差す朝日の美しさを目にすることができた。

どれほど趣向を凝らしても、天道《てんとう》の強さにはかなわないと思い知った。それが分かると、気持ちが大きく楽になった。いさきの飾り行灯に負けた口惜しさが、消え失《う》せた。

朝日を浴びて井戸端に置かれた洗い桶でさえ、木の色と目地までくっきりと浮かび上がって見えた。

「色作りには、お天道さんの光がある朝がいい」

この朝、武市は色作りを根っこから変えようと決めた。

金太郎、ありがとよ。

土間に立ったまま、武市は井戸端の金太郎に小声で礼をつぶやいた。

七

武市が仲町のうどん屋に顔を出したのは、五ツ半（午前九時）に近いころだった。

「どうしたよ、今朝は。いつもよりも、ずいぶんとのんびりじゃねえか」

ほぼ毎朝、武市は仲町やぐら下のうどん屋『はやし』に顔を出す。目覚めて口をすすぐと、その足ではやしに向かうのだ。

いつもの朝に比べて、四半刻《しはんとき》も遅かった。

長屋ではいつになく早起きだと言われたが、うどん屋では逆にいつもより遅い、と。

武市はわれ知らぬままに、毎朝ほぼ決まった時刻に起床し、朝飯を食っていたわけだ。

「いつも通りのでいいかい」

あるじの矢七《やしち》が、低くて響きのよい声で問いかけた。武市はうなずきで応《こた》えた。

矢七は背丈が六尺（約百八十二センチ）もある大男だ。日焼けした顔はいかつく、声も野太い。

見た目は大柄でごつい男だが、庖丁《ほうちょう》を握ったときの手先は器用だし、舌はわずかな味の違いも見極める繊細さを持っていた。

うどん屋の看板を掲げているはやしだが、明け六ツの開店どきから煮物や焼き魚などの惣菜を調《ととの》えている。しじみの味噌汁《みそしる》に炊き立て飯も供する、いわば一膳飯屋《いちぜんめしや》だ。

武市の朝飯は一杯の素《す》うどんに、茶碗《ちゃわん》一膳の飯、玉子焼き、その日の野菜の煮物というのが決まりだった。

素うどんとはいえ、はやしは刻みネギと揚げ玉を散らしている。黒船橋たもとの屋台から毎日仕入れる揚げ玉は、てんぷらの旨味《うまみ》をたっぷりと含んでいた。

はやしのうどんつゆは安価なサバ節は使わず、鰹節《かつおぶし》でダシをとっている。そのダシ汁と、醬油《しょうゆ》と味醂《みりん》の煮切りで拵えたつゆは、多くの客が一滴も残さずに飲み干す美味《うま》さだ。

「おまちどおさま」

女房のおたみが、盆に載せた朝飯を運んできた。矢七の後ろに立つと、すっぽりと隠れるほどにおたみは華奢《きやしゃ》な身体《からだ》つきだ。ところが一度にうどんのどんぶり七つを持つほどに、腕の力は強かった。

武市が顔を出したときから、矢七はうどんを茹《ゆ》でていた。五ツ半近くという半端《はんぱ》な時分で、他の客はいない。注文した朝飯は、さほど間をおかずに出来上がった。

うどんからは強い湯気が立ち昇っている。湯気は、鰹節の香りを漂わせていた。つゆをひと口すすった武市は、満足げにふうっと息を漏らした。

「表通りの店は、どこもえらく念入りに掃除をしていやしたが、今日はなにかあるんですかい？」

八歳年長の矢七に、武市はていねいな物言いで問いかけた。

「本郷の加賀様が四ツ半（午前十一時）ごろに、富岡八幡宮にお参りされるらしいぜ」

「そうだったのか」

うどんを何本かたぐり込んだあと、武市は得心顔でうなずいた。

「道理でどこの店でも、小僧たちが目の色を変えて掃除をしていたわけだ」

「加賀様は深川にくるときでも、何十人もの行列だとさ」

「そうは言っても、参勤交代の行列のようなことはありやせんでしょう」

加賀藩が江戸の上屋敷に入るときには、およそ四千人の行列になるという。矢七も武市も見たことはなかったが、行列の華麗なことはうわさに聞いていた。

「もちろん人数はずっと少ねえだろうが、なにしろ加賀様だからよう」

「さぞかし、きれいでしょうね」

わきから口を挟んだおたみは、客を放り出してでも見に行きたいと目を輝かせた。

永代橋《えいたいばし》から富岡八幡宮にかけての七町（約七百六十三メートル）の道は、富岡八幡宮の表参道である。参道の道幅が十五間（約二十七メートル）もあるのは、将軍家御成りの行列を進めやすくするためだ。

参道両側の商家は、朝早くから何度も竹ぼうきで店の前の道を掃き清めていた。どの店も、前田家の行列が見られるのを心待ちにしているようだ。

「行列が近づいてきたら、店を閉めて見に行こうぜ」

「ほんとうに？」

女房に問われた矢七は、しっかりとうなずいた。おたみは、手を叩いて喜んだ。

ミャア。

軒下で鰹節のダシがらを食べていた飼い猫が、ひと鳴きしておたみの喜び顔を盛り立てた。

八

はやしを出た武市は、永代橋に向かって歩き始めた。

仲町の辻《つじ》には、高さ六丈（約十八メートル）の火の見やぐらが建っている。十一月の柔らかな陽を浴びて、黒塗りのやぐらが艶々《つやつや》と輝いて見えた。

真冬の空は、青空というよりは藍色《あいいろ》だ。その空に向かって、火の見やぐらが屹立《きつりつ》している。

空の藍色。真綿色の雲。そして漆黒の火の見やぐら。武市はやぐら下に立って、いろどりの妙味に見とれた。

「すみませんが、そこも掃除をしますから」

太物屋《ふとものや》の小僧が、竹ぼうきで懸命に道を掃き清めている。やぐらに見とれていた武市は、小僧に言われてわきにどいた。

ゴーン……。

永代寺《えいたいじ》が、四ツ（午前十時）の鐘を撞《つ》き始めた。三打の捨て鐘のあとで、刻を知らせる本鐘を撞くのが決まりだ。

捨て鐘を聞きながら、武市は通りの反対側を見た。大木屋の本瓦《ほんがわら》が、陽を浴びてキラキラと輝いている。上物の瓦を使っているらしく、屋根の輝き具合には周りの商家よりも格段に艶があった。

大木屋は店の間口、奥行きともに十四間（約二十五・五メートル）の真四角な構えだ。二百坪にはわずかに欠けるものの、通りを隔てて眺めると、四角い敷地の大木屋は堂々としていた。

辻に立った武市は、大木屋の本瓦屋根を見詰めた。通りに張り出した庇《ひさし》は、奥行き三尺（約九十センチ）の、本瓦普請《ぶしん》である。

あの庇に飾り行灯を乗せりゃあ、さぞかし目立つだろうよ……。

あれこれと胸の内で思案をめぐらせていたとき、永代橋のほうが騒がしくなった。

四ツ半にはまだ間があったが、加賀藩の行列はすでに永代橋を渡ったらしい。一ノ鳥居の先に、行列の先頭が見えた。

白い翼のカモメが、藍色の空を舞っている。あたかも、加賀藩の行列のさきがけを務めているかのようだった。

九

屋根葺《ふ》き職人善太《ぜんた》の宿は、深川山本町の裏店《うらだな》である。上背が五尺五寸（約百六十七センチ）ある善太は、背の高さと、髷《まげ》の前をバラッと散らした銀杏髷《いちょう》が自慢だ。

十月初旬から、善太は佐賀町《さがちょう》の普請場に通っていた。廻漕《かいそう》問屋の離れの新築だが、山本町の裏店から普請場までは、ものの四町（約四百三十六メートル）ほどしか離れていない。

地の利のよさと晴天続きに恵まれて、仕事は思いのほかはかどりがよかった。

「次の棟の屋根葺きは、大工の段取り次第だからよう。明日は一日、仕事休みにしてもいいいぜ」

親方から十日ぶりに休みをもらえた善太は、女房、こどもを連れて、十一月二日、両国橋西詰まで軽業《かるわざ》見物に出かけることにした。

「軽業を見たあとは、おいら、てんぷらが食べたいよう」

両国橋西詰には、そば・てんぷら・鮨《すし》・うなぎなどを供する小屋が、ずらりと横一列に並んでいる。

江戸一番の賑《にぎ》わいを誇る西詰の広場には、食べ物屋台目当ての客も、江戸中から毎日のように押し寄せた。

「てんぷらでも鮨でも、好きなものを食わしてやるぜ」

「だったらおいら、てんぷらとお鮨」

「そんなに食えるわけがねえだろうが」

久しぶりにもらえた休みである。親も子も、すこぶる上機嫌だった。

仲町の辻まで出たとき、馴染《なじ》みの太物屋の手代《てだい》と行き会った。絹織物以外の、木綿や麻などを取り扱うのが太物屋だ。仕事着のすべてを、善太はこの手代から買い求めていた。

「今日はまた、みなさんお揃いで」

女房、こどもと一緒の善太を見て、手代は愛想のよい声であいさつをした。善太の顔が大きくほころんだ。

「久しぶりに、親方から休みがもらえたもんでさあ。カカアと小僧を連れて、両国の軽業小屋に行くつもりなんでえ」

「お天気もいいし、それはなによりで」

如才のない応対をしたあと、手代はポンッと音を立てて手を打った。

「間もなく、加賀様の行列がこちらに参りますから、お子さまにそれを見せてあげるのも一興かと存じますが」

「間もなくてえのは？」

「四ツ半（午前十一時）に、八幡様《はちまん》にお参りをされるとうかがっております」

「だったら、もうじきだ」

手代の勧めを耳にして、善太の女房おすぎが目を輝かした。

「お大名の行列なんて、いままで一度も見たことはないもの」

「おいらもないよ」

こどもの小吉《しょうきち》が、父親の手を強く引いた。

「行列を見てから、軽業小屋に行こうよ」

「そうしましょうよ」

女房とこどもにせがまれて、善太も大名行列を見る気になった。

「ご覧になるなら、永代橋東詰の橋番小屋の近くがよろしいですよ」

橋の下を大型のはしけが行き交う永代橋は、真ん中が大きく盛り上がっていた。東詰の橋番小屋の近くなら、橋を下ってくる行列の先頭から最後尾までを一度に見ることができる。

「いろいろとおせえてくれて、ありがとよ」

手代に礼を言った善太は、小吉に手を差し伸べた。こどもは父親の手を、ぎゅっと摑《つか》んだ。

親子三人は仲町の辻に立ち、前方の永代橋に目を向けた。

二階建ての商家が、橋につながる大路の両側に家並を連ねていた。永代寺門前仲町の辻から永代橋東詰までの大路は、道幅が十五間もある、富岡八幡宮の表参道である。

火の見やぐらが建っている辻から、橋のたもとまでは、およそ五町（約五百四十五メートル）。表参道の途中には、高さ三丈（約九メートル）の八幡宮一ノ鳥居が建っていた。

善太はこどもの手を引いて、一ノ鳥居の真下に立った。

「どうでえ、小吉。八幡様の鳥居はでっけえだろうがよ」

「すごくおっきい」

目を見開いて鳥居を見上げた小吉は、正面の橋を指差した。

「行列は、あの橋を渡ってくるのかなあ」

「その通りさ」

善太はこどもを抱き上げると、ひょいっと肩にのせた。高い屋根のうえで、毎日瓦を敷き詰める職人である。こどもを肩にのせるぐらいは、造作もなかった。

「すごいよ、ちゃん」

「どうした、なにかめえたか」

「橋の真ん中が、キラキラと光ってる」

一ノ鳥居から永代橋までは、真《ま》っ直《す》ぐの一本道である。永代橋の分厚い杉の橋板に、四ツ半前の陽光が惜しげもなく降り注いでいた。

多くのひとが、永代橋東詰を目指していた。だれもが一番見やすい場所に陣取ろうとして、足を急がせているのだ。

「行列はもう、永代橋の西詰に差しかかっているそうだ」

「それは大変だ。早く行かなくちゃあ」

六十年配のふたり連れが、橋に向って足を早めた。地べたを突く杖《つえ》が、コツコツと小刻みな音を立てた。

「おれたちも急ごうぜ」

「そうね。人ごみの後ろになったら、せっかくの行列も見えないもの」

善太はこどもを肩車にしたまま、大股《おおまた》で橋へと向かった。おすぎは大きな手提げ袋を揺らしながら、善太のあとを追った。

十一月初旬の陽光を浴びて、おすぎの髪が艶々と輝いていた。

十

武市は足を目一杯に急がせて、一ノ鳥居をくぐった。加賀藩行列の殿《しんがり》（最後尾）警固《けいご》役が、すでに永代橋東詰の橋番小屋を通り過ぎていたからだ。

しかし急ぎ足で永代橋に向かっているからといって、武市は格別に大名行列が見たかったわけではない。

ことによると大木屋の飾り行灯造りに、加賀藩の行列のありさまが役に立つかもしれねえ……。

それぐらいの軽い気持ちで、武市は永代橋へと向かった。一ノ鳥居をくぐって二町（約二百十八メートル）も西に歩くと、幅五間（約九メートル）の堀に差しかかる。この堀に架かった御船橋を渡ったあたりから、見物人の人壁が三重、四重の厚みを持ち始めた。

「さすがに加賀様の行列だ」

最前列で見物している隠居風の老人が、ひとりごとのようなつぶやきを漏らした。前歯がほとんど抜けており、ふごふごとした物言いに聞こえた。

永代橋を下り切った行列が、ゆっくりとした歩みで一ノ鳥居に向かっている。歩みがのろいのは、行列なかほどの乗物に乗っている藩主を揺らさないためだろう。

参勤交代の大名行列ではないがゆえに、先導するヒゲ奴《やっこ》がいない。

したにい、したにい……の声もなかった。

「お忍びの行列でこれほどなら、ほんとうの大名行列のときには、どんなことになるんだろうねえ」

隠居老人の連れが、はっきりとした物言いで問いかけた。

「おれは知ってるぜ」

隠居が答える前に、後ろの列から声が出た。厚手の木綿半纏を羽織った職人が、ぐいっと胸を反り返らせた。

「知ってるなら、そんなに胸を反り返らせてないで、みんなに聞かせておくれ」

「おやすいご用だ」

職人は、最前列に出た。加賀藩の行列が前を通り過ぎるまでには、まだひまがかかりそうだ。見物人たちが、職人に目を移した。

「いまから四年前の五月に、おれは板橋宿《いたばしじゅく》の旅籠《はたご》の壁塗りに出張っていたんだ」

左官職人の男は、おのれの目で見た加賀藩の大名行列の子細を話し始めた。

「その年の加賀様は、板橋宿に一泊されたてえんだ。板橋から本郷の上屋敷までは、二里（約八キロ）もねえんだ。それでも泊まったのは、板橋宿でしっかりと行列を整えて、江戸にへえろうてえわけさ」

参勤交代で江戸に向かう加賀藩は、おもに北国《ほっこく》街道、中山道《なかせんどう》の経路を進んだ。板橋宿は江戸に入る手前の最後の宿場である。

板橋宿の中宿には、本陣・脇《わき》本陣が一軒ずつ構えられていた。本陣は建坪百九十七坪で、門構え・玄関つきの堂々とした建家である。

江戸日本橋までわずか二里少々の板橋宿に、本陣・脇本陣が構えられているわけは、ここで隊列再編を行う大名がいたからだ。

「加賀様の大名行列が泊まったてえんで、宿場の旅籠は、いってみりゃあ総揚げさ」

宿場には、大小あわせて五十三軒の旅籠があった。が、加賀藩の大名行列に加わる者は、武家・奉公人あわせておよそ三千五百人だ。

旅籠だけでは、到底収容しきれない。宿場の民家五百七十三軒を、すべて借り上げていた。前田家下級藩士や武家奉公人たちは、宿場の住民とともに一夜を過ごした。

板橋宿は、南北に十五町（約一・六キロ）の長さがある。ところが加賀藩が出立した朝は、行列の最後尾は宿場の外にはみ出していた。

「行列が宿場を通り抜けるのに、半刻以上もかかったてえんだ。見ていたおれも、すっかり仕事が遅れちまったぜ」

「それはまた、桁違《けたちが》いな話だ」

左官職人の話を聞いていた隠居が、前歯の間から息を漏らしながら答えた。

「あの朝の行列にくらべりゃあ、こっちに向かってきているのは、行列の赤ん坊みてえなもんだぜ」

「あんたはそう言うが、そんな半端なものじゃなさそうだよ」

隠居の連れが、向かってきている行列の先頭を指差した。見物人たちから、うおっという、どよめきが起きた。

行列の先頭が、御船橋に差しかかろうとしていた。武市は人ごみをかきわけるようにして、最前列に出た。

こどもを肩車にした善太が、武市の隣に立っていた。

十一

行列の動きに合わせて、見物客も一緒に移動を始めた。

「だめだよ、押しちゃあ」

「無理なことをするんじゃやねえ」

後ろから押されても、前列の者は懸命に押し止《とど》まろうとした。

道幅が広いゆえ、見物客が少々前に膨らんでも、無礼なことにはならない。とはいえ、背後から列を押す力には容赦がなかった。

押されるままに前へ前へと動いたりしたら、やがては行列の真横に飛び出しかねない。たとえお忍びの行列とはいえ、相手は並ぶ者なき大身《たいしん》の前田家である。

しかも行列の先頭と後尾は、いずれも屈強な警固役が固めている。うっかり横に飛び出したりしたら、斬《き》り捨てられても文句はいえないのだ。

警固役は、乗物の前に八人、後尾に六人。都合十四人の武家が、藩主を守っていた。警固役全員が、真紅に染められた鹿皮《しかがわ》の羽織を着用していた。その羽織に紐《ひも》はなく、前は閉じられていない。

歩くと、羽織の前がはだけた。警固役が佩《は》いた太刀の柄《つか》が、はっきりと見えた。すり足で歩く足さばきには、寸分の隙《すき》もない。

人目につく色味の羽織。

実戦で使う太刀だと遠目にも分かる、長くて頑丈な柄。

警固役は、わざと姿を人目にさらしていた。備えの確かなことを見せつけて、襲撃を企《たくら》む者を強く牽制《けんせい》しているのだ。

「押すのはよしねえ」

「もう幾らも、前が残っちゃあいねえんだ」

最前列の見物人たちは、なんとかその場に踏みとどまろうとして、足を目一杯に突っ張っている。もしも列が壊れて前に飛び出したりしたら、真っ先に斬られるのは自分たちだと、最前列の者には分かっていた。

警固役が着た鹿皮羽織は、陽を浴びて紅色を際立《きわだ》たせている。

「ばかやろう。押すなてえんだ」

目の前を行く警固役に怯《おび》えて、最前列の男が声を荒らげた。

「押すのをよさねえと、こどもが落っこちるじゃねえか」

小吉を肩にのせたまま、善太が大声で怒鳴った。肩からこどもをおろそうにも、ひとに押されておろすことができなかった。

「うるせえ、ばかやろう」

「とっととガキをおろしねえ」

苛《いら》立《だ》った声が、後方から聞こえてきた。

早く見ないと、行列が通り過ぎてしまう。後列の見物人たちは、だれもが見えないことに苛立っていた。

「こんな人ごみのなかで、肩車なんかするんじゃねえ」

肩にのっている小吉が、後ろの者には目隠しになっている。それに腹を立てて、背後から強く押しているのだ。

善太のたもとを、おすぎが強く摑んでいた。後ろから押されて、おすぎは怯えていた。

「ガキをなんとかしねえかよ」

ひときわ大きな怒鳴り声のあと、いままでとは異なる強さで、ドンッと押してきた。

踏ん張りきれなくなった善太は、腰が砕けた。

上体が崩れて、小吉の身体が肩から滑り落ちそうになった。

「ちゃんっ、こわい」

甲高《かんだか》い悲鳴をあげて、肩を摑んでいた小吉の手が離れた。こどもの身体が、ズルッと肩から滑り落ちた。

「小吉っ」

おすぎはすぐに動こうとした。が、着物の前が邪魔になり、足がもつれた。

わきに立っていた武市は、五尺五寸の身体を敏捷《びんしょう》に動かした。すばやく善太の前に回り込み、滑り落ちた小吉を地べたの寸前でしっかりと受け止めた。

飾り行灯造りの仕事を続けるなかで、モノを抱える力は知らぬ間に鍛えられていた。

七歳の小吉は、目方がすでに六貫（約二十三キロ）近くあった。その子が勢いをつけて肩から滑り落ちたのだ。

受け止めたときの重さは、目方の倍近くはあっただろう。それでも武市は、地べたの直前でがっちりと受け止めた。

地べたに両足をついたあとで、小吉は大きな声をあげて泣き出した。

行列の最後尾が、すでに御船橋を渡っている。ひとの群れは行列とともに移動しており、後ろから押すものはいなくなっていた。

「ありがとうごぜえやす」

ひとがぞろぞろと動いているなかで、善太は武市に深くあたまを下げた。

「この子の恩人です」

　おすぎは武市に向かって手を合わせた。

　こどもはまだ、声をあげて泣き続けている。善太が小吉を睨《にら》みつけると、余計に大きな声で泣いた。

「泣かなくてもいいのよ。もうこわいことは起きないから」

　おすぎは小吉を強く抱き締めた。

「しっかりと聞かせてもらった」

　武市はぶっきら棒な口調で、善太の礼を受け入れた。

「礼はもういいから、その子についてってやってくんねえ」

「ありがとうごぜえやす」

　もう一度あたまを下げたあとで、屋根葺き職人の善太だと名乗った。

「なにかあっしで役に立つことがあったら、いつでもそう言ってくだせえ」

「分かった。おれは黒江町の飾り行灯職人の武市だ」

　名乗りを聞いた善太は、女房とこどもを連れてその場を離れた。

　一ノ鳥居に向けて、加賀藩の行列が進んでいる。武市はあらためて、乗物の美しさに見とれた。

　立っている場所から乗物まで、すでに二町（約二百十八メートル）以上の隔たりができていた。それでも陽を浴びた乗物の美しさは、はっきりと分かった。

漆黒の乗物に施された、金蒔絵《きんまきえ》。

乗物を担ぐ駕籠舁《かつかごか》きの、濃紺のお仕着《しき》せ。お仕着せの背中には、梅鉢《うめばち》の紋が梅肉色で染め抜かれていた。

そして、乗物の前後を固めた警固役の羽織った、真紅の鹿皮羽織。

行列の人数は、これが百二万石の加賀藩かと拍子抜けするほどに短いものだった。

しかし、さすがは抜きん出た大身大名である。短い行列のなかにも、百二万石としての威厳が濃く漂っていた。

遠ざかる行列を見詰めたまま、武市はあたまのなかであれこれと思案を巡らせた。

兜《かぶと》の緒の色には、ことさら見とれた。紅色だが、初めて目にした色味だった。

六造が秘伝としてきた紅花色とは異なり、淡い紅だ。しかしその色には、他に比べる色もない上品さが感じられた。

武市の職人気質が、大いなる昂《たか》ぶりを覚えていた。

大木屋はたしか、梅鉢が家紋だった。

もしもそうだとしたら、前田様の行列の趣向が使えるんじゃねえか……。

往来に立ったまま、武市は次々に浮かぶ知恵を、あたまのなかで嚙《か》み下していた。

ひとの流れを追いかけていた野良犬《のらいぬ》二匹が、武市のわきに寄ってきた。思案に夢中になっている武市は、寄ってきた犬に気づいてはいなかった。

十二

加賀様の行列が過ぎ去った大通りには、気だるさが漂っていた。おとなもこどもも、だれもが一歩を踏み出すことすら億劫《おっくう》そうだった。

「それにしても、大した威勢だ」

「さすがは、百万石のご大身だけのことはあるというもんだ」

「乗物担ぎが着ているお仕着せまで、別誂《べつあつら》えになっていたじゃないか」

「ことによると、あれも加賀友禅の上物だったのかもしれないねえ」

行列の先頭は、すでに富岡八幡宮に差しかかっていた。

思ったほどには、長い行列ではなかった。しかし拵えは、いままで深川では見たこともない華麗さだった。そのありさまが、見物人の目に焼きついてしまったのだ。

「まったく、豪勢なもんだ……」

行列が過ぎ去ったあとは、通りのあちこちで見物人が感嘆の吐息を漏らした。そのさまは八幡宮の本祭が終わったあとの、気抜けした町の様子によく似ていた。

通りを歩いている者のなかで、足取りに勢いがあるのは武市ひとりのようだった。

とにかく、すぐに宿にけえらねえと……。

武市のあたまのなかを、加賀藩の行列のありさまが駆け巡っていた。

乗物担ぎの、確かな足取り。

乗物の周りを固めた警固役の、隙のない目配り。

行列の殿を固めていた武家の、地べたに吸い付いたような、すり足。

見たばかりの行列の子細を、はっきりと覚えていた。

武市は職人である。見たものすべての色味と形を、細かにあたまに刻みつける技を持っていた。

通り過ぎた武家や中間《ちゅうげん》たちの身なり。

手にしていた、小物や道具の形と色。

これらすべてを、武家と中間の区別をつけて、武市はひとつずつ覚えていた。

とはいえ、覚えるモノの数が半端ではなかった。早く紙に描きとめておかないと、細部がうろ覚えになってしまう。

早くけえらねえと……。

はやる気持ちに背中を押されている武市は、つい足元がもつれた。

いけねえっ。

声を漏らして、つんのめった。

通りは行列見物のひとで溢《あふ》れている。つんのめった武市は、前を行く三人連れの真ん中の男の背中に、思いっきりぶつかった。

足を急がせていた五尺五寸の武市が、こらえることもできずに倒れ込んだのだ。ドスンッと鈍い音が立ったほどに、勢い強く背中に当たった。

「いてえっ」

ぶつかられた男は、声を漏らしてその場にしゃがみ込んだ。武市はたたらを踏みながらも、なんとか倒れずにとどまった。

「すまねえ、にいさん」

男の前に回りこんだ武市は、軽くあたまを下げた。

「先を急いでたもんで、うっかり足をもつれさせちまった。勘弁してくんねえ」

詫《わ》びを言った武市は、もう一度あたまを下げてその場を離れようとした。一刻も早く帰って、あたまに刻みつけた行列の様子を、紙に描きたかったからだ。

「待ちな」

歩きかけた武市を、三人連れのなかの一番大柄な男が呼び止めた。

「おれの舎弟が、うずくまってるてえのによう。おめえは口で詫びただけで、知らぬ顔を決め込もうてえのか」

三人とも、唐桟《とうざん》の胸元をはだけて着ている。雪駄《せった》をつっかけた足元といい、斜めに結った大銀杏の髷といい、男たちは明らかに渡世人だった。

「みねえな、舎弟を」

男のセリフに呼応して、しゃがみ込んでいた男が激しく咳《せ》き込んだ。

「こいつあ、背中に病を抱えてやがるからよう。おれと相棒とで、いっつも気遣って歩いてるてえわけよ。そうだろう？」

「あにいの言う通りだ」

三人目の男が、何度もうなずいた。

「どうでえ、余市《よいち》。息はできるか」

問われた余市は、より一層激しく咳き込んだ。武市たちの周りを、野次馬が遠巻きに囲んでいる。

ひとだかりを見た余市は、両手を地べたについてさらに激しく咳をした。

「なんてえことだ、かわいそうに」

言葉を吐き捨てた兄貴分の男は、武市の前に詰め寄った。眉《まゆ》の薄さが、男の不気味さを際立たせていた。

「ひとたび咳き込みが始まったら、こいつはその日一日、使い物にならねえんだ」

男は武市と同じ背丈である。ひたいがくっつくほどに詰め寄った男は、ぐいっとあごを突き出した。

「どう、落とし前をつけてくれるんでえ。威勢のいいにいさんよう」

男の吐く息には、たっぷりと酒のにおいが含まれていた。

「落とし前てえのは、おれに見舞いのゼニでも出せというのか」

気が急《せ》いている武市には、言葉を選ぶ気持ちのゆとりがなかった。野次馬が取り囲んでいることにも気を払わず、思ったままを口にした。

「なんでえ、その言い草は」

男の声音が、一段低くなった。怒鳴り声ではない分、余計に凄《すご》みがあった。

「おめえのほうからぶつかっといて、随分なことを言うじゃねえか」

「おれは、なにかあんたの気に障《さわ》ることでも言ったのか」

「言ったのかあ？」

男は粘り気のある口調で、語尾を上げた。

「盗人《ぬすっと》たけだけしいてえのは、おめえのことだぜ」

「おれが盗人だというのか」

武市はつい、相手の売り言葉を買い込んだ。男の吐く息がくさくて、武市は思わず右手を突き出した。

相手を押しのけようとしただけだったが、男は武市の手をぐいっと摑んだ。

渡世人は喧嘩《けんか》の玄人《くろうと》である。不用意に突き出した武市の手首を、男は強く捻《ひね》った。武市の顔が、苦痛で歪《ゆが》んだ。

「威勢がよさそうだったが、とんだ見掛けだおしじゃねえか」

野次馬を意識して、男は武市に赤っ恥をかかせている。痛みと口惜しさとで、武市の顔色が蒼《あお》ざめていた。

「そこの路地にへえって、話をつけようじゃねえか」

手首を捻ったまま、男は武市を路地のほうへ連れ出そうとした。しゃがみ込んでいた余市は、咳き込みを忘れて立ち上がった。

「わるさは、そこまでにしておきな」

武市の手首を捻っている男に、白髪交じりの男が声を投げつけた。

「なんでえ、おめ……」

凄み言葉の途中で、男が目を見開いた。

顔が歪んでいた武市も、驚きで痛みを忘れたかのように見えた。

「おやっさんでやしたか」

「なにが、おやっさんだ」

白髪の男は、うどん売りの聡助だった。

「堅気《かたぎ》衆の目の前で、みっともねえわるさをするんじゃねえ」

聡助に睨みつけられた男は、摑んでいた手首を放した。聡助は言葉ではなく、あごをしゃくって渡世人三人を路地に向かわせた。

武市も、聡助と一緒に路地に入った。

騒動がうまく片づくと察したのだろう。野次馬は四方に散った。

「おい、喜《き》ノ助《すけ》」

「へいっ」

聡助に名指しをされた兄貴分の男は、素早く素直な返事をした。

「ことの一部始終を、おれは見ていた。ことの始まりは、この武市さんに非がある」

「おやっさんは、この野郎を知っていなさるんで？」

「おれの大事なお得意さんだ」

「えっ……」

喜ノ助が言葉を詰まらせた。その顔をさらにきつく睨みつけてから、聡助は話に戻った。

「余市にぶつかったあとで、詫び方がぞんざいだったのも、武市さんがよくねえ」

聡助は武市に目を移した。

「あの場で足りなかった詫びを、ここでしっかりと言ってやってくれ」

「分かりやした」

武市は三人の渡世人に向かって、ていねいに詫びた。あたまも下げた。うなずいた聡助は、喜ノ助に目を戻した。

「喜ノ助さんよ」

「へい」

「武市さんに悪気がなかったのは、おめえだって分かってただろう」

喜ノ助は返事を渋った。その顔を見て、聡助は目元をゆるめた。

「おめえほどの目利《めき》きが、悪気のあるなしを見分けられねえわけはねえ。そうだろうが、喜ノ助さんよ」

「へえ……」

「いろいろと言いてえこともあるだろうが、ここはおれのお得意さんだということに免じて、勘弁してやってくれ」

たもとに手を突っ込んだ聡助は、銀の一匁《もんめ》小粒五粒をつまみ出した。

「気のよくねえところは、こいつで一杯やって流してくれ」

銀一匁は、ゼニ八十三文が相場である。五匁あれば、ゼニで四百十五文の勘定だ。仲町のやぐら下に軒を連ねている縄のれんなら、灘《なだ》の下り酒でも一合四十文で呑《の》める。

銀五匁は、充分な小遣いだった。

目上の者から差し出された小遣いは、一切遠慮をしないで受け取るのが、渡世人の流儀である。

「いただきやす」

喜ノ助は両手で押し頂いた。

渡世人が引き起こした揉《も》め事の仲裁は、双方を五分に分けないと禍根を残す。

聡助は武市の非をしっかりと指摘した。詫び方がぞんざいだった武市には、きちんと詫びさせた。

しかも聡助は、目利きだと言って喜ノ助を褒めた。そのうえで、過不足のない小遣いを握らせたのだ。

渡世人三人は、聡助にあたまを下げてから路地を出て行った。

板塀の上で丸くなっている猫が、不思議そうな目で聡助を見詰めていた。

十三

黒江町の清之助店に帰り着いたときには、九ツ半（午後一時）を過ぎていた。

土間に入るなり、武市は水がめにひしゃくを差し入れた。飲み水を汲《く》むためである。

十一月初旬の午後だ。さほどに汗をかくような季節ではなかった。が、渡世人との間に生じた厄介ごとのせいで、喉《のど》がカラカラに渇いていた。昼飯で食べたかき揚飯も、美味だが味が濃かった。

勢いよく、ひしゃくで水を汲もうとした。が、水がめはほとんどカラだった。

武市は、水がめの底に残っている水をかき集めて、なんとか掬《すく》った。まずい水だった。

朝夕は手がかじかむほどに、肌寒さを覚える。それなのに水がめの水は、生ぬるくてまずかった。

もう三日も買ってねえか……。

つい、情けないつぶやきを漏らした。

武市の暮らしぶりを、水売りも心得ている。このところ外出の多かったこともあり、三日間も水売りと行き会えていなかった。

ふうっ。

ぬるい水を飲み干した武市は、大きなため息をついた。あたまのなかが、ごちゃごちゃに乱れているからだ。

加賀藩の行列のありさまは、まだ細部までしっかりと覚えていた。いまは宿に戻っており、いつでも絵は描ける。それゆえに、さきほどまでのような、気持ちの焦《あせ》りはなかった。

渡世人をやり過ごしたあと、聡助は武市と半刻《はんとき》を過ごした。そのときのやり取りを思い返して、武市はふうっとため息をついたのだ。

ひとは分からねえ……。

うどんの担ぎ売り親爺《おやじ》は、まったく別の顔を持っていた。そして、見事な色味の紐も手にしていた。

「昼飯でも食おうじゃねえか」

聡助に切り出された武市は、黙ってうなずくほかはなかった。

早く宿に帰って絵を描きたいと、いまだに気が焦っていた。しかし渡世人との揉め事を、聡助は大事に至る手前で片付けてくれたのだ。

恩人に対しては、相応の礼儀を尽くさなければならない。ゆえに昼飯の誘いを受けた。

聡助が連れて行ったのは、やぐら下の一膳飯屋《いちぜんめしや》『みよし』だった。

門前仲町の辻には、江戸で一番高い火の見やぐらが建っている。高さは六丈（約十八メートル）もあり、全体が黒く塗られていた。

「やぐらのてっぺんに昇ったら、富士山の裾野《すその》までくっきりとめえるぜ」

「江戸のどこから火が出ても、仲町のやぐらなら見落とすもんじゃねえさ」

黒くて高い火の見やぐらは、深川っ子の自慢である。その火の見やぐらの周辺を、土地の者は『やぐら下』と呼んでいた。

「やぐら下に行きゃあ、明け六ツから、炊《た》き立てのおまんまが食える」

これもまた、深川住人の自慢のタネだった。

深川は、職人が多く暮らす町である。仕事場へと急ぐ通い職人は、明け六ツの鐘と同時に長屋を出た。

ふところ具合のいい者は、やぐら下に軒を連ねる一膳飯屋で朝飯をすませた。

干物が美味《うま》い店。

炊き立てごはんの美味さが自慢の店。

煮豆や揚げ物が売り物の店。

やぐら下の一膳飯屋は、どの店も自慢の売り物を持っている。聡助が連れて行った『みよし』は、てんぷらが自慢だった。

「いらっしゃい」

聡助の顔を見るなり、親爺は野太い声を出した。

「あれをふたり分頼むぜ」

「あいよう」

聡助と同い年見当の親爺は、威勢のよい声で応じた。

「ここの親爺が拵《こしら》えるかき揚を、おれはうどんにのせて商ってるんだ」

聡助はみよしの馴染み客であると同時に、てんぷらを仕入れてくれる得意先でもあった。

「親爺は愛想はないが、かき揚の美味さじゃあ、江戸で一番だろうよ」

武市に話し始めたとき、店の女房が番茶のはいった湯呑みを運んできた。

「愛想がなくて、おあいにくさまだね」

物言いは雑だが、聡助に対する親しみが滲《にじ》み出ていた。

「今日は、飛びっきりの干しエビを仕入れてきたから、ことのほかうまいよ」

「能書きはいいから、早いところ出してくれ。このにいさんも、先を急いでいるんだ」

「あいよう」

亭主と同じ返事を残して、女房は調理場に戻って行った。

「二十五から三十の半ばまで、おれは平野町の賭場《とば》で壺《つぼ》を振ってたんだ」

番茶をすすった聡助は、問わず語りに来《こ》し方《かた》を話し始めた。

「在所の湯涌村では、おれも看板絵描きの見習い小僧だったぜ」

加賀藩の行列が富岡八幡宮に向かうと聞いて、聡助も見物に出てきた。その帰り道に、渡世人にからまれた武市を見かけた。

「さっきの三人は、おれが壺を振ってた組の若い者だ」

近ごろの若い者は、行儀がわるい……。

聡助が小声で話しているところに、かき揚飯が運ばれてきた。

熱々のどんぶり飯の上に、揚げ立てのかき揚がのっている。甘がらくて濃いタレが、かき揚にたっぷりとかけられていた。

「あんたも行儀のわるい連中にからまれて、とんだ災難だったなあ」

聡助は、五十過ぎとも思えない食べっぷりで、見る間にかき揚飯を平らげた。しじみの味噌汁《みそしる》は、貝の身も残らずすすった。

うどんの美味さで評判の聡助が、太鼓判を押したかき揚である。初めて口にした武市も、一気に食べ終えた。

「あんたを見ていると、おれも昔の見習い小僧のころを思い出すんだ」

聡助は腹巻に挟んでいた財布を取り出した。

「ここは、おれに払わせてください」

「ばか言うんじゃねえ。誘ったのはおれだ」

武市の言い分を弾《はじ》き返して、聡助は財布を取り出した。こげ茶色と緑の縞柄《しまがら》の財布である。武市の目は、財布の紐に吸い寄せられた。

加賀藩の行列で見たものと、似たような色味の上品な赤だった。

ぬるくてまずい水でも、喉の渇きはなんとか癒《い》えた。

よしっ。

おのれに気合をいれた武市は、絵描きの仕度を始めた。あたまのなかを、赤い色味がぐるぐると走り回っていた。

加賀あかね。

聡助に教えられた、色の名である。

朝から次々と、気の持ちようが改められた一日だった。

この日は早起きで井戸端に立ったことで、色作りは夜ではなく朝がいいと思い知った。

加賀藩の行列で見た赤の美しさに気を奪われたあと、聡助から色の名まで教わることができた。

職人は縁起担ぎが多い。武市もそのひとりだ。

朝からの出来事を思い返したいま、確信していた。

三日月の月明かりを大事とする六造から離れて、朝の光のなかでおのれの色を追い求めよ。

このお告げを得たと、武市は察した。

行列で魅せられた「加賀あかね」こそ、おのれが極める色だと、いまは心底思い込むことができた。

十四

この夜。眠りの浅い武市は、何度も寝返りを繰り返した。

すでに炬燵《こたつ》を出している家もめずらしくない時季だ。夜が暑くて、寝苦しかったわけではない。

暑いどころか、まったく逆である。深夜の八ツ（午前二時）過ぎに不意に起き上がった武市は、掻巻《かいまき》の袖《そで》から腕を抜いた。

肌寒さに襲われて、ぶるるっと身体《からだ》を震わせた。いきなり掻巻を払いのけて起き上がったのは、喉が渇いて仕方なかったからだ。

なんてえざまだ。ガキみてえに、夜中に身体をぶるぶるさせてやがるとは……。

武市の口から、ぼそりとした口調のひとりごとがこぼれ出た。

『草木も眠る丑三時《うしみつどき》』の真夜中である。井戸端を流れるドブの音すらも、いまは止まっている。

漏らしたひとりごとが大きく聞こえたことに、武市は自分で驚いていた。

眠りが浅いのも、喉の渇きを覚えて真夜中に起き上がったのも、わけはひとつだ。

昼間に見た、加賀藩の行列に使われていた、かつて見たこともない色味が、あたまのなかを走り回っているからだ。

行列を見たあとで、武市は担ぎうどん屋の聡助に出くわした。加賀が在所だという聡助は、加賀藩の行列と同じような色味の紐を財布にくくりつけていた。

「さっき、加賀藩の行列を初めて見やした」

気を張った声で話しかけられた聡助だが、気のない声で答え始めた。

「おれはそれほど見てねえが、今日もさぞかし豪勢だったんだろうさ」

加賀藩の行列など、もう何度も見てきたとでも言いたげだった。

「聡助さんの在所は加賀でやしたね？」

「そうさ」

返事は素っ気なかった。

尋ねたいことがあった武市である。愛想のない聡助に臆《おく》せず、さらに問いかけた。

「加賀藩の行列の方々が、よそでは見たこともねえ紅色の緒で兜を結んでおりやしたが」

「そいつは加賀あかねさ」

武市がまだ話しているのに、こともなげな口調で聡助が口を挟んだ。

「加賀あかねが、どうかしたのかい？」

「いや……なんでもありやせん」

武市は胸の内で、聞かされた色の名を繰り返していた。

武市の師匠六造は、紅色の拵え方を伝授しないまま急逝した。以来、今日に至るまで武市は、どうやって六造の紅色を再現すればいいのかと悩んできた。

ところが加賀あかねを目にした刹那《せつな》、身体の芯《しん》から突き上げてくる昂《たか》ぶりを覚えた。

あの色味を、おれのものにしてえ。

その思いゆえの、気の昂ぶりだった。あたまのなかを、丑三時のいまもあかね色が暴れ回っている。

寝ていられるものではなかった。

ふうっ……。

大きなため息をついてから、武市は土間におりた。十一月初旬でも、未明の三和土《たたき》のうえには、凍えに近い冷気が居座っていた。

深川周辺の裏店《うらだな》は、どこも粗末な造作である。隣の部屋との仕切りの壁は薄いし、杉板すら張られていない天井は、梁《はり》が剝《む》き出《だ》しになっている。

武市が暮らす黒江町の清之助店も、造作の粗末なことでは他の裏店と同じだった。が、土間の三和土だけは、他の長屋よりもはるかに拵えがよかった。

三和土は、石灰や赤土などに苦塩《にがり》を混ぜ、その土に水を加えて練り固めたものだ。ところが費《つい》えを惜しんで拵えた三和土は、わずかな水をかぶっただけで、すぐに表面がぐずぐずになった。

雨降りが続くと、安普請《やすぶしん》の屋根からひっきりなしに雨粒が土間に落ちる。拵えの甘い三和土は、たちまち土がゆるくなった。

清之助店は、この三和土が、しっかりと固められていた。差配の清之助は、若い時分は腕のいい左官職人だった。

おのれの職人の矜持《きょうじ》にかけても、固めの甘い三和土は許せなかったのだろう。

「うちの長屋の自慢は、かわやがふたつあるのと、三和土がしっかりと拵えられてることだよねえ」

女房連中は、ことあるごとに三和土の拵えのよさを自慢した。雨降りが続いても、清之助店の土間がゆるくなることはなかった。

しかし堅くてありがたい半面、冬場は冷気が土間に居続けをした。

平手で叩《たた》けば、カンカンと音がするほどに塗り固められた土である。冬場はその堅さが仇《あだ》となり、凍えが足元から身体に這《は》い上がってきた。

土間におりた武市は、雪駄を突っかけた。底にイノシシの皮を使った、上物の雪駄である。剛毛が地べたに突き刺さり、多少の雨降りでも滑らずに歩けた。

しかしイノシシの毛も、清之助店の三和土の堅さには歯が立たない。滑り止めにはならず、土間に居座った冷気をやすやすと足の裏に伝えた。

なんてえ寒さだ。

背中を丸めた武市は、へっついわきの水がめに近寄った。竹のひしゃくを手に取り、水を汲み入れようとした。

底冷えに襲いかかられて、武市の身体は小刻みに震えている。しかし喉の渇きをいやすには、水を呑むほかはなかった。

ところが……。

水がめの底には、ほんのわずかな水しか残ってはいなかった。ひしゃくをかき回しても、カラカラと音がするだけだ。

間抜けなやろうだぜ、おめえは。

武市はひしゃくの柄で、おのれのあたまを軽く小突いた。そうしなければ、腹立ちが収まらなかった。

昨日の昼間、武市は水がめの底にたまっていた、ぬるくてまずい水を飲み干した。その直後に、水売りから買わなければと思った。しかし、刻が遅すぎた。

清之助店に水売りが顔を出すのは、朝の五ツ（午前八時）から四ツ（午前十時）ごろまでだ。水を買うには、翌朝まで待つほかはなかった。

しかし水がめに、飲み水が一滴もないのは切ない。メシは外で済ませられるが、それでも水は入用だ。

大きめの手桶《ておけ》を持った武市は、夕闇《ゆうやみ》に包まれた路地を通り抜けて、差配の清之助をたずねた。

「だから、いつまでもひとり者の暮らしはよくねえと、そう言ってるだろうが」

散々に小言を言われた挙句、手桶の半分しか水を分けてはもらえなかった。

「うちだって、飲み水はギリギリしかないんだ。こんなことは、二度とごめんだよ」

差配が渋々ながら分けてくれたわずかな水が、水がめの底にへばりついていた。なんとかひしゃくに掬い取ってから、武市は喉を鳴らして呑んだ。

夜気で冷やされた水は、ぬるいときほどのまずさはなかった。なによりもいまは、喉が渇ききっていた。ドブの水でも、美味いと感じただろう。

一気に呑んだ水の冷たさが身体を走り、さらにぶるぶるっと背中が震えた。

まだ十一月の始まりだてえのに、なんてえ寒さだ。

ぶつくさとこぼしながら、武市は土間から上がった。ひしゃく一杯の水で、渇きは収まった。が、冷たい水が身体を走り抜けたことで、眠気がすっかり吹き飛んでいた。

掻巻に袖を通してから、武市は布団《ふとん》に横たわった。目を閉じても眠くならないのは、承知の上である。

眠りは遠ざかっているが、まぶたを閉じれば物思いを進めることはできた。

もっとも、たとえ目を開けていても丑三時の部屋は、なにも見えない闇のなかである。月初のいまはまだ新月で、路地を照らす月明かりもなかった。

目をあけても、閉じても、なにも見えないことに変わりはなかった。それでも武市が目を閉じたのは、そのほうが物思いに集中できるからだ。

目を閉じると、あたまのなかを昼間の行列で目にした、加賀あかねの色味が走り回っていた。

明日は朝早くに、大木屋さんに顔を出してこよう……。

武市はようやく、大木屋の飾り行灯《あんどん》の思案を思いついた気になっていた。

早く、夜があけてくれ。

藪入《やぶい》りを翌朝に控えた小僧のように、武市はじりじりとした心持で夜明けを待っていた。

ウオオーーン……。

野犬の遠吠《とおぼ》えが、清之助店に流れてきた。それを聞いているのは、長屋で武市ただひとりだった。

十五

夜明けの半刻ほど手前で、武市はウトウトッと眠りに落ちた。が、幾らも寝てはいられなかった。

砂村の彼方《かなた》から、朝日が昇り始めたら、明け六ツの到来である。

黒江町の周囲には、小さな神社が幾つもあった。小さいながらも、どの神社にも境内があり、杜《もり》もある。

カアッ。カアアッ。

夜明けの光を羽に浴びたカラスたちは、くちばしを突き出して一斉に鳴き始めた。

カラスの鳴き声につられて、ニワトリも声を発した。それを聞いた野良犬たちが、律儀《りちぎ》にワンワンッと応ずる。

カラスとニワトリと野犬が、てんでに鳴き声・吠え声を発しているのだ。黒江町は、夜明け直後から賑《にぎ》やかだった。

夜明けの賑わいの仕上げは、永代寺が撞《つ》く明け六ツの鐘の音である。

ゴオーーーン……。

響きのよい鐘が、長い韻を引いて深川の各町に流れた。朝の早い職人は、鐘の音に身体が応ずるようにできている。

刻の鐘は、最初に三打の捨て鐘を打つのが決まりだ。捨て鐘三打でひとの気を集めたのちに、刻の数だけ本鐘を打つのだ。

深川に暮らす職人たちは、明け六ツを告げる捨て鐘の一打目で、素早く目覚めた。

わずか半刻しか眠っていない武市だが、その半刻の間は熟睡していた。永代寺が撞いた捨て鐘の第一打で目覚めたとき、顔つきはすっきりとしていた。

両手で頬を叩き、パシッと小気味のよい音を立てた。毎朝目覚めたときの、武市の決まりごとである。

パシッの音の響きで、その日一日の辻占《つじうら》を行うのだ。頬を叩いた音の響きに、今朝は満足がいった。

さあ、始めるぜ。

声に出して立ち上がった武市は、雪駄を突っかけて井戸端に出た。表通りに並ぶ商家の蔵に、朝の光がぶつかっている。漆喰の白壁は、朝日をまばゆくはじき返していた。

「今朝はずいぶん、気持ちのよさそうな顔をしてるじゃないのさ」

長屋の女房のひとりが、身体に伸びをくれている武市に話しかけた。

「分かりやすかい？」

武市は、いつになく愛想のいい声で応じた。女房が目を見開いた。

「分かるもなにも、そんな声を出すところを見ると、よっぽど今朝はいいことがあったみたいじゃないか」

「その通りでさ」

武市は目一杯に愛想のいい物言いで応じた。

聡助が口にした、幾つものきつい指摘。それらを身体の芯で受け止めたことで、武市は気を入れ替えることができた。

自分でも気付いていたことだが、武市は裕三と張り合うことに、気持ちを搦《から》め捕られていた。

大木屋看板の思案を練るという前向きな動きではなく、六造が伝授してくれるはずだった紅色を、裕三より先に再現しなければと、張り合うことのみに腐心していた。

「加賀あかね」と出会えたことで、すべてが変わった。武市を縛《しば》り付けていた「六造の呪縛」……いや、違う。

弟弟子の裕三と張り合うという、他人には言えない哀しい呪縛が解けたのだ。

武市の思案心が、大きく翼を広げた。

大木屋さんの家紋は、梅鉢だったはずだ。加賀あかねのあの赤を、看板に使ってみよう。

家紋の扱いを工夫すれば、江戸にふたつとない看板となると、武市は確信できた。

「ゆんべの夢見が、ことのほか上々でやしたんでね」

すっきりと目覚めた武市は、舌の回り方も滑らかだ。いつになく饒舌《じょうぜつ》な武市に、女房が呆《あき》れ顔を向けていた、まさにそのとき。

ジャラジャラジャラ……。

仲町の辻に立つ火の見やぐらが、いきなり擂半《すりばん》を鳴らし始めた。

火元が同じ町内か、もしくは火の見やぐらから火元までが五町（約五百四十五メートル）以内であるときに鳴らす半鐘《はんしょう》が、ジャラジャラの擂半である。

まだ明け六ツの鐘が鳴り終ったばかりだ。

ジャラジャラジャラ……。

突然に鳴り出した擂半を聞いて、清之助店の住人たちが路地に飛び出してきた。

「どこだ、火元は」

「八幡《はちまん》様の先のほうから、真っ黒な煙が上がってるぜ」

「黒船橋の先じゃねえのか」

「佃町かもしれねえ」

住人たちが、口々に見当を言い合っていたとき、長屋の木戸を開いて、しじみ売りが飛び込んできた。

黒江町の裏店を得意先にしている、大島町の若い担ぎ売りである。

「汐見橋のたもとの、いさきが火元だ」

しじみ売りは、きっぱりとした口調で言い切った。

「おめえ、ずいぶんときっぱり言い切るじゃねえか」

「あたぼうさ」

若いしじみ売りは、胸をぐいっと反り返らせた。

「おれはたったいま、仲町のやぐら下から走ってきたんだ。火元がどこだか、聞き違えたりはしねえ」

しじみ売りは、もう一度、さらに大声で言い切った。

武市は火元に向かって駆け出していた。

十六

懸命に駆けている先は、汐見橋である。

明け六ツ直後の火事だというのに、大勢の野次馬が汐見橋に向かって駆けていた。なかには、道具箱を肩に担いだ職人もいる。

物見高いのは、深川っ子ならではだ。

「邪魔だ、邪魔だ」

「おれの前で、もたもたしてるんじゃねえ」

「どかねえと、手鈎《てかぎ》で引っかけるぞ」

火事場に向かう火消しが、怒鳴り声を発して野次馬を蹴散《けち》らしていた。

永代橋東詰には、本所・深川南組三組の火消し宿があった。火消し人足が百六十三人もいる、大所帯である。

仲町の辻の火の見やぐらが擂半を叩くなり、最初に飛び出したのがこの三組だった。

「ばかやろう、前をどきやがれ」

竹の梯子《はしご》を抱えた火消し人足が、破鐘《われがね》のような大声を発した。

「うわっ」

「たいへんだ、逃げろ」

火消しの前を走っていた野次馬が、大慌《おおあわ》てでわきに飛びのいた。

三組の火消し人足は、大柄な男が揃《そろ》っていることで知られている。図体《ずうたい》が大きいのに、動きは敏捷《びんしょう》である。

七分丈の火消し半纏《ばんてん》の背中には、赤字で『三』と染め抜かれていた。南組三組の印である。

この半纏を見たら、喧嘩なれした渡世人でも道を譲った。それほどに、南組三組の火消し人足たちは、周囲から恐れられていた。

武市は、三組の火消し人足のあとを追って、汐見橋を目指していた。

火事場見物がしたくて、向かっているのではない。火元が、活魚《いけうお》料理のいさきだと聞いたからだ。

「ばかやろう、とっととどきねえ」

「前に突っ立ってたら、踏み潰《つぶ》すぜ」

火消したちは、走りながら怒鳴り続けた。恐れをなした野次馬が、両側に飛び散った。

横一列に七人が並んだ火消し衆が、総勢百六十三人である。縦に長い群れが、地べたを踏み鳴らして汐見橋を目指した。

飾り行灯だけは、燃えねえでくれ。

火消しのあとを追いかけながら、武市は胸の内で強く願った。

弟弟子の拵えた飾り行灯には、評判のよさゆえに、胸をかきむしって何度も悶《もだ》えた。

しかしその看板を据えつけたいさきが火元となっているいまは、行灯の無事を正味で願っていた。

ようやく、大木屋の看板思案が定まったところである。いさきの飾り行灯と、武市は真っ向勝負をしたかった。

焼け落ちたりするんじゃねえ。

頼むから、無事でいてくれ。

活魚看板の無事を口に出して祈りながら、武市は駆けた。

目の前二町（約二百十八メートル）のところに、汐見橋が見えてきた。火元までは、あとひと息だ。

前を駆ける火消しの駆け方が、一段と速くなった。武市も足の運びを速くした。

バチバチッと、火の粉の飛び散る音が聞こえている。

炎をあげて燃え盛る火事場に、東の空を昇りつつある朝の光が差していた。

十七

火事の火元は、まぎれもなく活魚料理のいさきだった。まだ明け六ツの鐘がなり終わってから間もないというのに、汐見橋はたもとも橋の上も、火事場見物の野次馬でごった返していた。

「なんてことだ……」

いさきの屋根から吹き出している炎を見て、武市は落胆のつぶやきを洩《も》らした。飾り行灯はもう駄目だと察したがゆえである。

よほど気落ちしたのか、両肩はがっくりと落ちていた。

ところが……。

「あの炎の勢いじゃあ、たちまち屋根まで焼け落ちるだろうよ」

武市の周りにいる野次馬たちは、勝手なことを大声で、威勢よく言い交わしていた。

「自慢の飾り行灯かもしれねえが、朝っぱらから、てめえの身体を燃やしたんじゃあシャレにもならねえ」

「まさにそのことよ」

半纏姿の職人が、仲間の肩を強く叩いた。

「あすこの飾り行灯は、燃えるような緋色が自慢だと言いふらしていたがよう。ほんとうに燃えちまったんじゃあ、しゃあねえだろうによ」

「二十両もかけたという看板が燃えたんじゃあ、いさきも重ね重ね気の毒だぜ」

気の毒だと野次馬が言った直後に、いさき自慢の飾り行灯が焼け落ちた。火の粉が周りに飛び散った。

店の裏手からは、真っ黒な煙が立ち上った。油の燃えるにおいが漂ってきた。

いさきの調理場には、四斗樽《しとだる》に詰まった菜種油が積み重ねられている。揚げ物料理に使う、上物の油である。

いきなり立ち上った黒煙と、あたりに漂いだした油のにおいは、菜種油の樽に火が移ったことを示していた。

油の燃える火事は、ひとたび燃え広がったあとは、ことのほか消火が難儀だ。

「ぐずぐずはできねえ。おめえたちは、鳶口《とびぐち》で壁板をひっぺがせ」

道具を手にした火消しに向かって、かしらが強い口調で指図を与えた。

「がってんだ」

短い柄《え》の鳶口を手にした人足たちが、素早く動いた。いさきの壁に道具を叩きつけて、杉板をはがしにかかった。

梯子持ちは高さ一間半（約二・七メートル）の塀に、竹の梯子を立てかけた。長柄の鳶口を持った火消し三人が、敏捷な動きで梯子を駆け上った。

差し渡し一尺(直径約三十センチ)の掛矢《かけや》(大槌《おおづち》)が、火消しの手で杉戸に叩きつけられた。火消し人足たちは、もはやいさきの消火は無理だと見限っていた。

あとはいかにして、他の家屋への延焼を食い止めるかだ。建物を壊し、火が敷地の外に燃え広がるのを防ぐ。火消したちは、この作業に取りかかっていた。

火消し人足に見限られた家屋には、生き延びる手立てはない。火の粉を他所《よそ》に飛び散らす前に、徹底的に壊されるのが定めである。

いさきに住み込んでいる奉公人たちは、黒煙を上げて燃え盛る店を見ていた。どの顔も、腑抜《ふぬ》けも同然である。

橋に立った武市は、飾り行灯が焼け落ちるさまを目《ま》の当たりにした。

火消しの手で壊されていく店を、ぼんやりと見ている奉公人たちの顔も見た。

なにがあっても、火事を出してはならねえ。

飾り行灯は、内側で火を使う。

焼き尽くされるいさきを見詰めた武市は、火事の怖さをあらためて身体の芯に刻みつけた。

仲町辻の火の見やぐらは、相変わらず擂半を鳴らし続けている。黒煙を見て、やすやすとは湿らないと察したからだ。

ジャラジャラジャラ……。

ひときわ強く、半鐘が打たれていた。

十八

大木屋に家紋を確かめに行こう……。

いさきの火事に遭遇するまでの武市は、それを決めていた。大木屋の家紋が梅鉢なら、加賀藩の行列で見た加賀あかねを、看板に使える……胸の内では、こう思案を定めていた。

ところがいさきの火事を目の当たりにして、すっかり気持ちが萎《な》えていた。

いさきの飾り行灯を拵えたのは、ともに六造の下で修業した弟弟子の裕三である。六造の急逝がきっかけで、裕三とはいまも仲違《なかたが》い同然である。

いさきの飾り行灯を見たときは、見事な紅の使い方に嫉妬《しっと》を覚えた。弟弟子に先を越された苛立《いらだ》ちで、幾日も寝つきがわるくなった。

さりながらも武市は、裕三が拵えた飾り行灯には、敬《うやま》いを感じていた。

魚が動く趣向といい、人目を惹《ひ》く色使いといい、文句のつけようがない出来栄《できば》えだったからだ。

大木屋の看板では、いさきの飾り行灯に負けない仕事をやり遂げる……この強い思いが、武市を支えていた。

いさきは汐見橋のたもと、大木屋は仲町の辻に建っている。仲町の辻から汐見橋までは、太い一本道だ。

飾り行灯職人の技で、真っ向勝負だと、武市は強い思いを抱え持っていた。

ところが裕三の拵えた飾り行灯は、まことに呆気《あっけ》なく焼け失せた。

いさきの火事場にいた野次馬は、好き勝手なことを言い募っていた。なかのひとりが口にしたことを、武市は一言一句、違えずに覚えていた。

野次馬は、思ったままを口にしただけだろう。しかしそれを聞いたとき、武市は立っているのもつらいほどに足が震えた。

いさきは飾り行灯が評判を呼んで、遠くからも客が押し寄せた。野次馬が言った通り、燃え立つような緋色が売り物だった。

ところが火事に遭ったら、行灯はたちどころに焼けてなくなった。二十両の費えと、長い日数をかけて仕上げた飾り行灯が、わずか百を数える間もたずに燃え尽きた。

裕三は、火事のことをまだ知らないだろう。今日のうちには、だれかが知らせに走るかもしれない。

しかし裕三は、飾り行灯が火事で焼け落ちたと聞かされるだけだ。どんな燃え尽き方をしたかは、見てはいない。

武市はそれを、目の当たりにした。

趣向を思いついたのも、行灯の細部まで拵えたのも、武市ではなく裕三だ。いさきの行灯造りでは、武市はなにひとつ手伝ってはいなかった。

が、どれだけ手間と費えがかかったかは、容易に察しがついた。

呆気なく焼失したあの姿は、見ねえほうが幸せというもんだ……火事場で一部始終を見たことを、武市は深く悔いていた。

行灯が燃え尽きたときの悲鳴みてえな音は、生涯、忘れることができねえ。なんてえことだ、くそっ。

仲町の辻に戻りながら、武市は両手でおのれの頰を強く張った。バチッと、大きな音が立った。

火事はいさき一軒を丸焼けにしただけで、周囲に延焼することもなく湿った。深川南組三組の火消し人足が、命がけで働いたおかげである。

カアン……カアン……カアン……。

擂半とは打って変わり、鎮火を報《しら》せる間延びしたカネが、仲町辻の火の見やぐらで打たれていた。

「おっ、見ねえな……三組の火消し衆が帰ってくるぜ」

「ここに立ってちゃあ邪魔だ、わきにどこうじゃねえか」

火事場から帰る途中の野次馬たちが、通りの端に身をよけた。

いさきの火を見事に鎮《しず》めたのは、南組三組の火消し人足たちである。五尺七寸（約百七十三センチ）を超える背丈の面々が、七分丈の火消し半纏を裏返しに着ていた。

火事場から戻る火消し人足は、半纏を裏返しに着て鎮火を教えた。

火消し半纏の表地は、濃紺の刺子《さしこ》作りが決まりだ。裏地は銘々が、派手な色の柄をあしらっていた。

初日の出の富士山と、鷹《たか》。

大漁旗をなびかせて走る漁船。

深川八景を描いた錦絵《にしきえ》。

裏地の柄は、人足たちが男振りを売る格好の舞台である。

「てえしたもんだ、あの柄は」

「消してくれて、ありがとよ」

わきに寄った野次馬たちは、火消したちの裏地を褒めて、働きを大声でねぎらった。

火消し半纏の裏地は、いつまでも残る。

飾り行灯は、あっという間に燃え尽きた。

はかなさを思い知った武市は、通りの端で吐息を漏らした。

鎮火を報せる半鐘の音が、武市の吐息におおいかぶさった。

十九

仲町の辻で、武市の足が止まった。

すでに六ツ半（午前七時）を大きく過ぎていた。空は青く晴れてはいるが、季節はもう冬である。

朝の光に、ぬくもりはない。真冬のいまは、天道《てんとう》の力が大きく弱まっているからだろう。

辻に立った武市は、身体をぶるるっと震わせた。朝の寒さと、焼け落ちる行灯を見た気落ちとが重なり合ったからだ。

裏店に帰っても、身体をあたためる火の気はない。武市はひとり者で、火を扱う職人である。自家火を出さないように、火の元の始末は念入りだった。

身体をあたためねえと、いやな風邪をひいちまうぜ……辻に立ったまま、ひとりごとをつぶやいた。

その通りだ、早くあたためてほしいと、強い震えで身体が応じた。

夜明けから開いている店が、黒船橋のたもとに一軒あった。佃町の漁師をおもな客として、朝から酒を呑ませてくれる縄のれん『えんま』である。

身体を内側からあたためてから、大木屋さんに出向こう……武市の足は黒船橋へと向かっていた。


えんまは一間半（約二・七メートル）の間口。簡単な肴《さかな》を拵《こしら》えるのが亭主の役目で、女房はぬる燗でも熱燗でも、注文通りに見事な燗づけをするお燗番を兼ねていた。

店とも呼べないような小さな縄のれんだが、えんまのひさしには看板が載っている。分厚い樫板《かしいた》に、赤と黒の塗料で描かれた閻魔《えんま》大王がその看板だ。

武市がえんまに通い始めたのは、この看板を目にしたからである。店は南に向いて建っていた。陽光に照らし出されたえんまの看板は、半町離れた場所からでも、人目を惹いた。


えんまは、明け六ツから燗酒を出した。

凍《い》てついた真冬の朝でも、漁師は漁船を出して江戸湾に向かう。えんまが供する夜明けの燗酒を、漁師たちは「閻魔大王のお恵み」と呼んで喜んだ。

亭主の多蔵《たぞう》は、今年で五十五歳だ。若い時分は、本所や向島《むこうじま》の料亭で働いていたそうだ。しかし口の重たい男で、定かなことを客は知らなかった。

背丈は五尺二寸（約百五十八センチ）と並だが、眉《まゆ》が太くて鼻が大きい。五十の半ばだというのに、髪は黒くてふさふさとしている。目方は二十貫（七十五キロ）、五尺二寸の背丈にしては相当に太っていた。

「えんまの看板は、とっつあんの似顔絵じゃあねえのか」

若い漁師は、物言いに遠慮がない。多蔵に向かって、こんな軽口をたたいた。無口な多蔵は返事をしない。

「怒ったときのうちのひとに比べたら、閻魔様が菩薩《ぼさつ》に思えますよ」

亭主の口が重たい分を、女房のおひさが肩代わりしていた。

四十八のおひさは、元は柳橋《やなぎばし》の芸者だったという。が、これもまた、定かなことはだれも知らなかった。

しかし縄のれんの女房とも思えない手つきで、客に酌をする。気に入った客には、時折り艶《つや》を含んだ横目を流した。

「おひささんに、チラッと横目を使われるとよう。それだけで、ふんどしの中が堅くなっちまうぜ」

「ばかやろう。あのひとは、おめえのおふくろよりも年上だぜ」

若い漁師たちは、おひさを肴に燗酒を酌《く》み交わした。

寡黙《かもく》な多蔵と、燗づけ名人のおひさ。

ふたりとも、客に媚《こ》びることはしない。それでも連日、明け六ツの口開けを待つ客が絶えなかった。

武市がえんまの縄のれんをくぐったのは、かれこれ五ツ（午前八時）近かった。

「おや、めずらしいわねえ」

おひさが目を見開いて驚いた。

武市がえんまに通い始めて、一年近くになる。五日に一度ぐらいの調子で顔を出しているが、常に日暮れてからだった。

「朝っぱらから、汐見橋で火事騒動があったもんで……ついつい、身体の調子がくるっちまいやした」

「それを言うなら、うちだってそう」

武市さんが今朝の口開けのお客なのよと、おひさは言葉を続けた。

「今朝はまだ、漁師は顔を出してねえんですかい？」

「みんな火事騒ぎで、武市さんじゃないけど、調子がくるったんじゃないのかしら」

おひさは武市を流し場に近い卓に座らせた。

「お酒がいいの？」

「今朝はよしにしときやす」

「だったら、うちの自慢の梅がゆを食べてみたらどう？」

おひさは、かゆを勧めた。

「そんなものがあったんですかい」

えんまに通って一年近くなるのに、武市は梅がゆがえんまの自慢だとは知らなかった。

「武市さんは夜しかこないから、知らないでしょうが……」

弱火で一刻《いっとき》（二時間）も火を通した梅がゆは、うちの自慢なのよとおひさは胸を張った。

「そいつあ、いまのおれにはお誂《あつら》え向きだ」

おひさの勧めを聞いて、武市はこの朝初めて顔をほころばせた。

「腹が減って、身体が細かに震えていたところでやすから。ぜひともそいつを食わせてくだせえ」

「いいわよ」

おひさは亭主に向かって、梅がゆ一丁と声を張り上げた。

「あいよう」

夜とはまるで違う、愛想のいい返事が多蔵から出た。驚いた武市は、多蔵に目を走らせた。

「うちのひとは、なによりも梅がゆが自慢なのよ」

いつもの朝なら、漁師や仕事場に向かう職人たちが、先を争うようにして梅がゆを注文する。ところが今朝は五ツが近くなって、初めて武市が注文をした。

それゆえに、多蔵もつい声を弾ませたのだろう。

「へいっ、おまちどお」

多蔵当人が、梅がゆの入った椀《わん》を武市の前に供した。強い湯気が立ち昇っている。白いかゆの真ん中に、大粒の梅干がひと粒あしらわれていた。

永代寺の撞く五ツの鐘が、黒船橋のたもとにも流れてきた。

二十

梅がゆを匙《さじ》ですする武市の前に、厚焼き玉子の皿が供された。

「おれのおごりだ、嫌いじゃなけりゃあ食ってくんねえ」

多蔵の言ったことを聞いて、武市の匙が止まった。

「なんだってまた、とっつあんから？」

問いかける口調も、顔つきも、武市はまるっきり得心してはいなかった。

「そんなツラをすることもねえさ」

多蔵は目元をゆるめた。

多蔵の背丈は五尺二寸だが、目方は二十貫もある。太目でも、あごは尖《とが》っていた。

眉は太くて濃いが、縮れ毛だ。ひたいのしわは汗がたまるほどに深く、鼻は低くて小鼻の広がった獅子鼻《ししばな》である。

唇は分厚くて、いつも赤味が強い。

そんな男が、武市に笑いかけたのだ。凄《すご》みのある顔は、機嫌がいいときの閻魔大王のようだった。

武市は匙を椀に戻した。

「おめえさんは、あとの客を引き込んでくれる縁起のいい福の神だ」

武市が顔を出した夜は、次々に客がえんまに入ってきた。しかもそのなかの多くは、馴染《なじ》み客ではなしに新顔だった。

武市は福の神だと、常から多蔵とおひさは話し合っていたのだ。

「今朝は梅がゆが、せっかくいつも以上に美味《うま》く拵えられたてえのに、まるっきり客がこなくて気をわるくしてたんだ」

そんなところに、思いがけず武市が顔を出した。夜しかこないはずの男が、梅がゆの客がひとりもこない朝に顔を出した。

これで、あとの客を引っ張ってくれる……。

武市の来店を喜んだ多蔵は、えんまのおごりで厚焼き玉子を拵えたのだ。

「そんなわけだからよう。嫌いじゃなけりゃあ、遠慮しねえで食ってくんねえ」

多蔵の太い腕には、びっしりと縮れ毛が生えていた。

「福の神だと言われるのは嬉《うれ》しいが……あとの客がこなかったらと思うと、落ち着いて食ってもいられねえ」

武市は玉子焼きの載った皿を、引き寄せようとはしなかった。

「気にすることはねえ」

多蔵はさらに愛想笑いを浮かべた。笑うと赤い唇が、べろりとめくれた。

「福の神だと決めてるのは、こっちの勝手だ。おめえさんが気にやむことはねえさ」

湯気の立っている玉子焼きの皿を、武市のほうに押し出した。

ダシと砂糖を利《き》かせた、ぜいたくな玉子焼きである。ごま油を使っており、焦《こ》げ目から香ばしさが漂い出ていた。

「それじゃあ、遠慮なしに」

武市は手元の丸箸《まるばし》で、皿の端のだいこんおろしをすくった。玉子焼きにのせると、下地《したじ》（醬油《しょうゆ》）をおろしにひと垂らしした。

えんまの屋根には、明かり取りの小窓がうがってあった。晴れた日は、戸を開いて明かりを土間に取り込んでいる。

五ツ過ぎの朝の光が、厚焼き玉子を照らしていた。

「この焦げ目が、たまらなく美味そうだ」

箸で切り割った武市は、口に運ぶ前にゴクッと喉《のど》を鳴らした。口いっぱいにたまっていた生唾《なまつば》を呑み込んだのだ。

「いただきやす」

小声を漏らしてから、口に運んだ。口のなかをあちこち転がし、美味さをたっぷり味わってから喉に滑らせた。

「なんてえ美味さだ」

武市の褒め言葉には、世辞の響きは皆無だった。

「甘さとダシの旨味《うまみ》が、ぴったりくっつき合ってるようでさ」

「そんだけ喜んでくれりゃあ、焼き甲斐《がい》もあるてえもんだ」

まだ、ほかの客は入ってこない。手を休めた多蔵は、煙草盆《たばこぼん》を提げて武市のわきに腰をおろした。

「おれに構うことはねえぜ。好きに梅がゆも食ってくんねえ」

煙草盆を膝《ひざ》に載せた多蔵は、種火でキセルに火をつけた。多蔵が吸っているのは、薩摩特産の『開聞《かいもん》みのり』である。

煙草の甘い香りが、土間に広がった。

箸を匙に持ち替えた武市は、梅がゆをすすった。急ぎかゆを食べ終えると、多蔵のほうに身体《からだ》を向けた。

「そいつあ、なんてえ煙草なんで?」

「開聞みのりだ」

「聞いたことのねえ煙草だが、仲町で売ってやすかい？」

「いや、売っちゃあいねえ」

灰吹きに吸い殻を叩《たた》き落としてから、多蔵は座敷に上がった。土間に戻ってきたときには、開聞みのりの紙袋を手にしていた。

煙草の詰まった袋には、桔梗色《ききょういろ》の文字で『開聞みのり』と摺《す》られていた。

明かり取りから差し込む光が、袋の文字を照らしている。朝日は桔梗色の鮮やかさを際立《きわだ》たせていた。

加賀藩が紐に使っていたあかね色と、この桔梗色とを組み合わせたら……。

武市はあたまのなかに、看板の絵柄を描いていた。

「おい……どうかしたのかい？」

いきなり遠い目になった武市を案じて、多蔵が強い口調で呼びかけた。

「うっかり、かんげえごとをしてやした」

詫《わ》びた武市は、開聞みのりの紙袋を多蔵に返した。

「一度おめえさんに訊《き》こうと思ってたんだが、生業《なりわい》はなにをやってるんでえ？」

多蔵はぶしつけな問いかけをした。

煙草の紙袋を手にして、武市はいきなり考えごとを始めた。そのときの遠い目を奇異に感じたがゆえに、多蔵は生業を問う気になったのだ。

「看板と、飾り行灯を拵えるのがあっしの生業なんでさ」

答えながらも、武市の目は開聞みのりの桔梗色を見詰めていた。

二十一

えんまの土間には、ひっくり返したカラの四斗樽三個が据えつけられている。客が卓代わりに使う空き樽だ。

四斗樽の周りには、それぞれ四脚の腰掛けが並べられている。狭いながらも、十二人の客が土間に入れる造りだった。

いつもの朝は、ひっきりなしに梅がゆ目当ての客がえんまにやってきた。ところが明け方に火事の大騒ぎがあったこの日は、様子が大きく違った。

五ツを四半刻《しはんとき》（三十分）過ぎても、武市のほかに新たな客は顔を出さなかった。

福の神だと褒められて、厚焼き玉子まで武市は振る舞われた。それなのに客はひとりも入ってこない。

「いいてえことよ。おめえさんのせいでもなんでもねえ」

腰をむずむずさせている武市に、多蔵はキセルを差し出した。

「おれの煙草でよけりゃあ、一服やってみねえな」

キセルを差し出された武市は、遠慮をせずに勧めを受けた。開聞みのりの煙は甘くて美味そうだったし、文字の色味には強く惹かれていたからだ。

「いただきやす」

火皿《ひざら》には軽く詰めた。

自分のキセルなら、もっとぎゅうぎゅうに詰めただろう。武市は、力いっぱい刻み煙草を詰めるのがくせだった。

しかし借り物ではそうはいかない。詰め方が軽いだけに、火はすぐについた。

キセルの掃除が行き届いているのだろう。軽く吸っただけで、甘味の強い煙が吸い口から流れ込んできた。

「ずいぶん軽い煙草でやすね」

灰吹きでていねいに叩いてから、多蔵にキセルを返した。

「あんたが言ったその軽さてえのが、尾張町《おわりちょう》では人気らしい」

多蔵は開聞みのりを買い求めに、尾張町の菊水《きくすい》まで出向いていた。

「粋筋《いきすじ》の姐《ねえ》さんたちに人気らしいが、火消し連中にも大受けしているそうだ」

「火消し衆にでやすかい？」

武市がいぶかしげな目で問いかけた。

「火を湿らせたあとの一服には、開聞みのりがもってこいらしい」

多蔵は新たな一服をキセルに詰めた。

火事場に出た火消したちは、火を湿らせたあとの一服をなによりの楽しみにしていた。命がけの仕事をやり遂げたあとは、あたまから煤《すす》をかぶり、真っ黒に汚れている。

煙もいやというほど吸い込んでいるが、それはすべて木が焦げた煙である。

「一服やろうじゃねえか」

「ようやく吸えるか」

身体の芯《しん》に染《し》み透《とお》る美味い煙草の煙を、火消したちはほしがった。

とはいえ火事を湿らせた直後の火消しは、気が昂《たか》ぶっている。そんなときの一服には、軽い煙草が一番だった。

「火消し衆てえのは、なんともうらやましい仕事でさあ」

武市の物言いが、愚痴《ぐち》めいていた。

「なんだい、いきなり」

一服を吸い終えた多蔵は、キセルを卓において武市を見詰めた。

「おめえさんだって、ひとに喜ばれる生業じゃないか」

「そりゃあ、いい仕事をしたときは江戸中から人の目が集まりやすし、大いに褒められたりもしやすが……」

「結構なことじゃないか」

「ですが多蔵さん、ひとたび火を出したらそれっきりです」

炎を上げて焼け落ちた、いさきの飾り行灯《あんどん》。つい先刻目の当たりにした光景が、武市の脳裏に強く焼きついていた。

どれだけ見事な仕事だと称《たた》えられても、火が出たらそれで終わりだ。百も数えないうちに燃え尽きる飾り行灯のはかなさを、武市は思い知った。

飾り行灯造りは、はかない生業だと多蔵に話した。

「それに比べて火消し衆は、火事を湿らせたあとも地べたをしっかり二本の足で踏ん張ってやす」

火事場から帰るときの火消しは、半纏の派手な裏地を見せびらかして歩く。そうするのが、火消し人足の見栄《みえ》だった。

見ているうちに燃え尽きた、いさきの飾り行灯。それを知らされたとき、裕三はどれほど強い喪失感を味わうことか。

同じ稼業《かぎょう》の武市には、競争相手の胸の内が容易に察せられた。

おれたちに比べて火消しは……と、武市はまたもや火消しとおのれの稼業とを引き比べた。が、いまのいままで、そんなことをしたことはなかった。

多蔵から勧められた煙草は、火消し衆がひいきにしているという。それを聞いたがために、ついおのれの稼業と火消しとを引き比べてしまったのだ。

「そいつあ、とんだ了見違いだぜ」

多蔵の顔つきが変わっていた。両目が強く光っているのは、身の内に怒りを募らせているからだろう。

眉も両端が吊《つ》り上がっている。多蔵の見た目は、屋号通りの閻魔だった。

「火事で燃え尽きたいさきの飾り行灯は、おれも何度も見ている。あれが見られなくなったのは惜しいが、だからといって生業を火消しと比べることはねえ」

あっという間に消えてなくなるというなら、おれの稼業だって同じだ……多蔵の声音《こわね》が低くなっている。低くなると、凄みが増していた。

「どんだけ手をかけて拵えても、それがどれほど見栄えよくできたとしても、梅がゆも厚焼き玉子も食ったらなくなる」

だからといって、はかない稼業だとは思わねえ……多蔵は武市に強い目を向けた。

「毎日同じように米を研ぎ、おんなじだけの水を加えてかゆを拵えるがよう。一度として、おんなじ味に仕上がることはねえ。毎日毎日、出来は違うんだ」

今朝はことのほか美味く仕上がった。ところがそんな朝に限って、客がこない。

もしもこのまま売れ残ったら、大横川の魚の餌《えさ》にするしかない。

「だからといって、おめえさんみてえにてめえの生業をはかないだの、蜂《はち》のあたまだのは言わねえ」

短軀《たんく》の多蔵が、ぐいっとあごを突き出して武市を睨《にら》んだ。

「そんなみっともねえことをしたら、おれは梅がゆに顔向けできなくなる。そうじゃねえか、武市さんよう」

武市は恥ずかしさで、伏せた顔が真っ赤になっていた。

「拵えても拵えても、なんにも形が残らねえ稼業は幾らでもある。燃え尽きた飾り行灯は気の毒というほかはねえが、たとえなくなっても、ひとはあの紅色を覚えてるぜ」

多蔵は、六造と同じような年恰好《としかっこう》である。意見をされてみて、武市はそれを強く感じた。

しっかりしろと、六造からきつい小言を食らったような気分だった。

「ありがとうごぜえやす」

立ち上がった武市は、多蔵の前で深々と辞儀をした。

「朝っぱらから行灯が燃えるのを見たもんで、妙に弱気になっちまいやした。親方に言われて、しっかり目が覚めやした」

「そいつあ、なによりだ」

多蔵の顔つきが和《やわ》らいだ。

「おめえさんの親方じゃあねえが、小言が効いたんならなによりだ」

また、梅がゆを食いにきてくれと、土間を出る武市に語りかけた。

「ごちそうさんでやした」

かれこれ、五ツ半（午前九時）の見当である。天道は黒船橋の斜め上にまで移っていた。

しっかりやるぜ。

大横川の川面《かわも》を見詰めて、武市はきっぱりと言い切った。大型のボラがバシャッと跳ねて、武市に応《こた》えた。

二十二

十一月三日の五ツ半過ぎ。一杯の屋根船が、黒船橋をくぐってきた。

橋の欄干《らんかん》に寄りかかって大横川を見下ろしていた武市は、いぶかしむような顔つきに変わっていた。

武市はボラが泳ぐ川面を見ていた。

黒船橋は南北両方のたもとに、イチョウの古木が二本ずつ植わっていた。葉は黄金色に染まっており、ギンナンもすでに落ちたあとである。

イチョウの根元には、黄色い落ち葉が幾重にも重なり合っていた。

イチョウはすでに冬支度を始めていたが、今朝の空は底なしに青く晴れ上がっていた。雲ひとつない空から降り注ぐ陽光が、大横川の川面をキラキラと光らせていた。

冬の足音が聞こえる時季の陽差しは、肌にぬくもりを感じさせてくれる。川面を照らす光も、ほどほどのまぶしさだ。

心地よい眺めだけに、武市は欄干に寄りかかったまま、川面をぼんやりと眺めていた。

そんな武市がいぶかしげな顔つきになったのは、屋根船が黒船橋の船着場に横付けされたからだ。

とはいえ武市は、船の形をいぶかしんだわけではなかった。船着場に舫《もや》い綱を投げたのは、三畳間大の部屋を乗せた屋根船である。同じ形の船は、何百杯も大川や深川の堀川を行き来していた。

五ツ半という朝の時分に屋根船が横付けされたのを、武市はいぶかしく思ったのだ。

「いまから四半刻ばかり、ちゃんは陸《おか》にあがるからよう」

舫い綱を拾い上げた船頭が、部屋の内に向かって声を投げ入れた。

「おめえたちは、船から勝手におりたりしちゃあならねえぜ」

「分かったよう」

部屋の内側からこどもが答えた。甲高い声は、橋の上にいる武市にも聞こえた。

「しょんべんがしたくなったら、どうすりゃあいいか分かってるな？」

「分かってるよ」

返事とともに、障子戸が開かれた。男の子ふたりが顔を出した。

「行ってらっしゃい」

「早く帰ってきてね」

ふたりとも、三尺（約九十センチ）少々の背丈である。

「しょんべんをするときのほかは、障子戸をしっかりと閉じておくんだぜ」

いまは上げ潮どきである。不用意に障子戸は開くなと、船頭は何度も念押しをした。

「分かったから」

兄とおぼしき子が、船頭に答えた。

船頭はこどもの父親で、屋根船に母親は乗っていないらしい。

自前の船に、こどもを乗せてきたのか。

五ツ半に横付けされた屋根船に得心した武市は、こどもふたりを橋の上から見ていた。

父親が船着場を離れたら、言いつけ通りに障子戸が閉じられた。

川船に三畳・四畳半・六畳などの小屋をかぶせたものが屋根船である。船は船頭ひとりが櫓《ろ》と棹《さお》で操った。

船にかぶせられた小屋には、障子戸が設けられている。戸を閉めた部屋の内側では、人目を気にせずに過ごすことができた。

冬場には、炬燵《こたつ》が用意される。

屋形船のように、船客に酒肴《しゅこう》や料理が供されることはない。が、わけあり男女の逢瀬《おうせ》には、この船はうってつけだった。

「そこいらの岸に着けて、半刻ばかり、煙草でも吹かしてきてくんねえ」

船客から酒手をもらった船頭は岸辺の杭《くい》に舫い、船からおりた。

江戸には数多くのあいまい宿があった。

しかしそこに向かうまでの間に、だれと出くわすかは知れたものではない。

また、あいまい宿に出入りするときは、人の目が大いに気になった。

さらには宿の仲居《なかい》や下足番《げそくばん》などにも、口止め代わりの祝儀《しゅうぎ》が入用だった。これを惜しむと、うわさがひとの口にのぼるという羽目になるからだ。

人目を避けたい男女には、あいまい宿に比べて屋根船は、まことに都合がよかった。

江戸の町には、数限りなく堀川が流れていた。四畳半の小屋をかぶせた屋根船でも、深さが一尋《ひとひろ》（約一・五メートル）で、幅が二間（約三・六メートル）ある堀なら、楽に行き来ができた。

客は、屋根船を舫った船着場に出向くのではない。

屋根船のほうが、客の指図した船着場まで迎えにくるのだ。

あいまい宿を使うよりも、屋根船代のほうが高い。あいまい宿なら一刻で二百文だが、屋根船は五割増しの三百文である。

船頭に手渡す酒手は、少なくても百文。機嫌よく船を離れてもらうには、小粒銀三粒（約二百五十文）は入用である。

船代と合わせれば、一刻で五百五十文という高値である。それでも文句を言わずに客が使うのは、屋根船のほうが便利だったからだ。

とはいえ昼日中から、屋根船を誂える者はいない。ひっきりなしに船が行き来する昼間は、たとえ障子戸を閉じていたとしても人目が気になったからだ。

陽が落ちて、川面が闇《やみ》に包まれてこそ値打ちの屋根船である。

昼間の屋根船使いの客など、いるはずもない。ましてや、朝の五ツ半に屋根船に乗る酔狂者などは皆無である。

ゆえに武市は、いぶかしげな目で船着場に横付けされた船を見ていたのだ。

ところが船には、船頭のこどもふたりが乗っていた。事情が分かった武市は、視線を川面に戻した。

「戸を開いたりしたら、ちゃんに叱《しか》られるから……おにいちゃん、聞いてるの？」

閉じた障子戸の内側で、弟が尖った声で兄をなじっていた。兄は返事の代わりに、勢いよく戸を開いた。

　船を離れる前に、船頭は障子戸は閉じておくようにと念押しをしていた。兄は言いつけを破った。

「おいら、しっこをするんだもんね」

小便をするというのが、戸を開いた言いわけらしい。

「ほんとうなの？」

船端に寄りかかった弟は、本気にしていないようだ。

「嘘《うそ》なわけ、ねえだろう」

大声で応じた兄は、木綿の長着の前を開いた。弟は、さらに強く船べりに身体を寄りかからせた。

川に向かって、兄は下半身を大きく突き出そうとした。こどもふたりが船端に寄ったことで、屋根船が大きく傾いた。

「きゃあっ」

甲高い声を発して、兄が大横川に落ちた。

間のわるいことに、一杯の船も通りがかってはいなかった。

武市は後先も考えずに欄干を乗り越え、大横川にあたまから飛び込んだ。

二十三

大横川は川底までの水深が二尋（約三メートル）で、川幅は狭いところでも十五間（約二十七メートル）はある流れだ。

とりわけ黒船橋の橋杭周辺は深く掘り下げられており、四尋（約六メートル）の深さがあった。

武市が飛び込んだ船着場の周りも、川底まで四尋近くもある深場だった。

黒船橋の真ん中は、川面から二丈（約六メートル）の高さがある。大型のはしけや、丸太を長く連ねたいかだが楽に潜《くぐ》り抜けできるように、高く盛り上がっていたからだ。

武市があたまから飛び込んだのは、水面から最も高くなっている橋の中央部だった。

しかし川底までは、四尋の深さがあるのだ。二丈の橋上から飛び込んでも、あたまを川底にぶつける恐れは皆無だった。

しかし……。

川に飛び込むなり、武市は全身に強い衝撃を受けた。わけはふたつある。

ひとつは川水が凍えていたことだ。

見た目には朝の光を弾《はじ》き返して、キラキラと大横川の川面は輝いていた。

黒船橋の欄干に寄りかかっていた武市は、ぬくもりのある朝日に身体を温められていた。まるで春を思わせるかのように、ぽかぽかと心地よかった。

その武市が、いきなり川の水でぬくもりを奪われた。身体に、凍えた水がまとわりついたのだ。

武市は息を詰まらせそうになった。

身体が衝撃を受けたもうひとつのわけは、武市が泳ぎを得手としていなかったことだ。こどもが屋根船から大横川に落ちたとき、周りには一杯の船もいなかった。しかしこどもが発した甲高い悲鳴は、武市の耳を鋭く刺した。

声を聞くなり、武市の身体は勝手に動いていた。

黒船橋の欄干は、高さが四尺（約一・二メートル）ある。こどもが乗り越えたりしないように、欄干は充分な高さで造られていた。

武市の背丈は五尺五寸だ。四尺の欄干は、武市にとっても乗り越えるのは難儀な高さだった。

悲鳴を聞くなり、武市は四尺の欄干を乗り越えた。しかし、その勢いが強過ぎた。

泳ぎが苦手な者が橋から川に飛び込むときは、九分九厘《くぶくりん》、足からである。あたまから飛び込むには、泳ぎに相応の心得がなければできることではなかった。

武市はおのれの泳ぎの技量とはかかわりなく、あたまから川に飛び込むことになった。

高さ二丈の橋の上から、である。

飛び込んだ衝撃に加えて、凍えをはらんだ水にまとわりつかれたのだ。

ぶくぶくっと沈みながら、息を詰まらせた。

もしも気を失っていたら、そのまま川底めがけて沈んだだろう。

運がよかったと言うべきか。

あたまから飛び込んだ武市のすぐ前で、船から落ちた子がもがいていた。

こどもは泳ぎができないらしく、激しく手足をバタバタさせてもがいていた。

こどものバタバタが、武市を正気に引き戻した。身体にまとわりついてくる冷水を、両手を櫂《かい》にして払いのけた。

水深一尋半のあたりから、武市はこどもがもがいている水面めがけて浮かび上がった。

ぶわっ。

水面に出るなり、詰まっていた息を吐き出した。両手を伸ばして、もがいているこどもを抱きとめようとした。

こどもはしかし、ばたつきをやめない。

水に溺《おぼ》れた恐怖が、こどもの動きを激しく煽《あお》り立てているのだ。

「でえじょうぶだ、暴れるんじゃねえ」

武市が怒鳴っても、こどもには通じなかった。武市にしがみつこうとして、凄《すさ》まじい勢いで手足をばたつかせた。

こどもは命がけで暴れていた。渾身《こんしん》の力をこめて蹴《け》り出した両足が、武市の鳩尾《みぞおち》と股《こ》間《かん》を同時に捉《とら》えた。

うぐっ。

またもや武市は、息を詰まらせた。一度はこどもを抱きとめていた両腕から、力が抜け落ちた。

こどもは、もがきながら沈んだ。水面には、幾つも泡が浮かんでいた。

「おにいちゃあああん」

弟が叫んでも、兄は沈んでいた。

武市も気を失って沈み始めた。

二十四

武市が正気に返ったのは、正午過ぎだった。

「おうい、正気に戻ったぜえ」

枕元《まくらもと》で看病をしていた男が、大声をあげた。板の間を鳴らして、何人もの男が武市の枕元に駆け寄ってきた。

「にいさん、気分はどうだ？」

上の前歯一本が抜けた五十見当の男が、武市に問いかけた。武市の枕元に、つきっきりだった男である。

「ここは、どちらなんで？」

わけが分からない武市は、横たわったままで問うた。

「黒船橋たもとの『梅乃湯《うめのゆ》』さ」

男は武市に笑いかけた。前歯が一本欠けていると、顔つきがひょうきんに見えた。

「梅乃湯ですって？」

思いもよらない屋号を聞かされて、武市は目を見開いて驚いた。慌《あわ》てて起き上がろうとしたら、男がとめた。

「ここは湯屋の二階だからよ。気にしねえで、好きなだけ横になっててていいぜ」

武市の動きを押し止《とど》めた男は、見かけからは及びもつかないほどに力が強かった。

「なんだってあっしは、梅乃湯さんの二階で寝てやすんで？」

問いかける武市は、男とは逆に顔つきがこわばっていた。

六造の宿に引きとられたのは六歳だった。

武市が安心して寝顔を人前にさらしていたのは、奉公前のこども時分のこと。もはや遠い遠い昔のことだ。

奉公を始めた当初は、朝が起きられなくて兄弟子たちからきつい言葉をぶつけられた。手桶《ておけ》の水を、寝ていた顔にかけられたこともあった。水で湿った布団《ふとん》を物干し竿《ざお》に干したときは、情けなくて涙がこぼれた。

二度と他人に寝顔を見せたりするもんか。

こどもながらに堅く決めたことを、武市はいまでも守っていたのだが……。

不覚にも人前で目覚めてしまった。なぜいま湯屋の二階にいるのか、武市にはまったくわけが分からなかった。

それゆえにひどくうろたえていた。

「梅乃湯さんと、さんづけで呼ぶところをみると、おめえさんはここの湯屋を知っていそうだな」

「知ってやす」

武市は即答した。

「そいつあ、いいや」

武市の枕元に集まっていた男たちが、武市の顔を覗《のぞ》き込んだ。

「にいさんの容態は、本当にもう、なんともねえのかい？」

半纏《はんてん》姿の男が、武市の目を見詰めて問うた。

「でえじょうぶでさ」

武市は身体を横にしてから、上体を起こそうとした。何人もの男が、武市に手を貸した。

「よかったら、おめえさんの名と宿とを、おせえてもらえねえかい」

半纏姿の男は、仲町の町内鳶《とび》のかしらで勇五郎《ゆうごろう》だと名乗った。

「あっしは黒江町の清之助店《だな》に暮らしておりやす、武市と申しやす」

「やっぱりあんたは、土地のひとだったのか」

勇五郎の顔つきが、一気に緩《ゆる》んだ。

「あんたと将太《しょうた》を助けあげたのが、こちらの釜兵衛《かまべえ》とっつあんでね」

勇五郎は前歯の抜けた親爺《おやじ》の肩に手を回した。肩にのった鳶の手は、釜兵衛の振舞いを称えているかに見えた。

「そうかっ」

不意に武市は、この朝の顚末《てんまつ》を思い出した。

「あっしは大横川で、こどもに蹴飛ばされて溺れちまったんだ……」

鳩尾と股間をしたたかに蹴られたことを、武市は思い出した。助けようとしたこどもに蹴られて、気を失った……きまりがわるくて、武市はうつむいた。

「おめえさんが将太を……将太てえのが、溺れてたこどもの名めえだが……抱き上げようとしたところに、釜兵衛とっつあんの船が通りかかったのさ」

釜兵衛は普請場《ふしんば》から出る廃材や、木挽《こび》き場のおがくずを集めて、船で梅乃湯に運び込むのが生業である。

「こどもにあんたが蹴飛ばされたときは、おれもきんたまのあたりに痛みを感じたぜ」

湯屋の二階に、大きな笑いが湧《わ》き起こった。しかしその笑いは、あざけりとは無縁である。

川に飛び込んだ武市の振舞いを、心底称える笑いだった。

二十五

ふたりのこどもの父親は、名を常太郎《じょうたろう》という。扇橋《おうぎばし》の裏店与野助店《よのすけだな》に、親子三人で暮らす屋根船の船頭である。

常太郎がおそめと与野助店に所帯を構えたのは、いまから八年前の天保六年五月のことだった。

祝言《しゅうげん》を挙げたとき、常太郎は二十七歳でおそめは二十一歳。

「六つも年下の嫁さんをもらうとは、おまえも果報者だねえ」

「すこぶる気立てがよくて、そのうえにあれほどの器量よしとは……」

船宿の女将《おかみ》も船頭仲間も、両手《もろて》を挙げてふたりの祝言を祝った。

だれもが心底から喜んだのは、常太郎が周りから大いに好かれていたからだ。とりわけ女将は常太郎を高く買っていた。

「櫓も棹も自在に操れるのに、少しもえらぶったりしないからねえ」

歳《とし》に似合わず腰が低くて、しかも船頭の技量は抜きん出ている。ゆえに女将は常太郎を重んじた。

それでいて仲間のやっかみを買わなかったのは、常太郎の人柄のよさゆえだ。

おそめと所帯を構えたあとは、女房がさらに常太郎の評判を高めた。

「あいつの宿には、うっかり行かねえほうがいいぜ」

「なんでえ、それは……なにか、妙なもんでも出てくるてえのか？」

「そうじゃねえさ」

問われた船頭仲間は、嬉しそうに目尻《めじり》を下げた。

「野郎のカミさんが、ことのほかもてなし上手だからよう。ついつい、長《なが》っ尻《ちり》になっちまうてえんだ」

常太郎が前触れもなしに仲間を連れて帰ったときでも、おそめは両目を三日月の形にして出迎えた。

いそいそと手料理を拵えて、嬉しそうにもてなした。

「おそめさんがつけてくれる燗酒《かんざけ》てえのは、両国橋の料亭のお燗番でもかなわねえ出来《でき》栄《ば》えでよう。ぬるくも熱くもねえ、だれにも真似《まね》のできねえ燗酒だぜ」

本気で客を大事に思うがゆえの、燗酒と手料理だと、仲間はおそめを褒めちぎった。

元々が評判よしだった常太郎だったが、おそめがさらに上積みをした。

与野助店の女房連中からも、おそめは大いに好かれていた。

「あれだけのカミさんは、大川の東側を隅々まで探したっていやしないさ」

他人の女房には辛口しか言わない女房たちが、おそめに限っては正味で褒めた。

常太郎とおそめが与野助店に暮らし始めて、二年が過ぎた天保八年。長屋の女房たちはおそめのいないところで、ひそひそ声を交わし始めた。

が、それは陰口ではなかった。

「ほんとうに惜しいわよねえ」

「毎朝お天道《てんと》さまにお願いしても、こればっかりは効き目がないからさあ」

井戸端に集まった女房たちは、話の締めくくりで毎度のごとく大きなため息をついた。

与野助店は三軒長屋が三棟、川の字に並んで建っていた。ひとり者は住んではいない。差配の与野助を含めて、九軒の家族が暮らしていた。

そのなかでこどものいない宿は、常太郎・おそめ夫婦だけである。女房たちは、おそめに子宝が授からないことを惜しんでいた。

「あんなに夫婦仲がいいのにねえ」

「仲がよすぎて、授からないのかもしれないじゃないか」

「これぱっかりは、手伝うこともできないしねえ……」

井戸端の話は、いつも同じ言い回しで閉じられた。

そんなおそめが長男将太を授かったのは、天保九年の二月。所帯を構えて三年目のことだった。

「産湯《うぶゆ》を沸かすのは、あたしにまかせといてちょうだい」

「だったらあたしらは、おむつと肌着を縫わせてもらうからさあ」

「うちの子に作っといたおむつが、まだ十枚ばかり手付かずのままだから。よかったら、それも使ってちょうだい」

おそめのお産は、与野助店の女房たちが総出で手伝った。

長男を授かった二年後の天保十一年四月には、次男の憲次《けんじ》も元気な産声を上げた。

「ひとり授かったことで、しっかり産道ができたんだろうさ」

「ふたり目も男の子だもの、おそめさんは大手柄だよ」

長屋中から手助けを得て、ふたり目の憲次も達者に暑い夏をやり過ごした。

おそめも夏は息災に乗り切った。が、晩秋になって寝込んでしまった。

どれほど薬を服用しても、ひどい咳《せき》が治まらなかった。

「小石川《こいしかわ》の先生に診てもらうといい。咳の名医だと評判だ」

気落ちした常太郎の様子を案じた客は、小石川の内科医に口利《くちき》きをした。

「そんな遠くのお医者さんにかかったりしたら、憲次の世話ができなくなります」

まだ当歳の憲次を案ずるあまり、おそめは小石川に向かおうとはしなかった。

「女将に話したら、屋根船を使ってもいいてえからよう。将太と憲次も、おめえと一緒に連れて行くから」

渋るおそめに言い聞かせて、常太郎は小石川の診療所におそめを連れて行くことになった。屋根船に乗ったおそめは、憲次を胸元にしっかりと抱きかかえた姿勢を、かたときも崩さなかった。

「たちのよくない病にかかっておる」

おそめを診断した医者は、その場で診療所への入院を命じた。

「このまま放っておいては、こどもに病がうつる。むごい言葉に聞こえるじゃろうが、そなたとは引き離すほかに手立てはない」

医者の言い分を、おそめはしっかりと呑《の》み込んだ。憲次に頬ずりをしたあと、ひとりで診療所の病棟への一歩を踏み出した。

「おかあちゃああん……」

将太が大声で叫んだら、憲次もいきなり泣き出した。病棟に続く廊下に、こどもふたりの声が響き渡った。

一度だけ振り返ったおそめは、常太郎に向かって深い辞儀をした。

いままでの暮らしへの礼をこめて。

そして、連れ合いとこどもに暇乞《いとまご》いをするかのように。

常太郎は、うなずきで応じた。

両目からこぼれ出た涙が、病棟につながる廊下に落ちた。

入院したわずか三日後に、おそめは逝《い》った。

享年《きょうねん》二十六。

思いを山のように残した旅立ちとなった。

二十六

こどもの快復は早い。

おそめとの来《こ》し方《かた》を話す常太郎のわきで、すっかり元気になった将太はもぞもぞと腰を動かした。

隣には弟の憲次が座っている。ふたりとも、じっとしていることに厭《あ》きたのだろう。

兄が弟のひじをつつくと、弟も負けずにつつき返した。

最初はおどけていたが、次第に本気になってくる。やがて兄が強い一撃を弟に食らわせると、弟は大声で兄をなじった。

「ばかやろう」

常太郎は右手をこぶしに握るなり、兄弟ふたりのあたまをゴツンとやった。

「おめえの命の恩人のまえで、ばかなことをやるんじゃねえ」

本気で父親に叱られたふたりは、肩を落としてうつむいた。

「命の恩人だなんて、とんでもねえ」

武市は右手を突き出して、常太郎のあとの言葉をふさいだ。

「あとさきもかんげえねえで飛び込んだばっかりに、あっしは周りに大きな迷惑をかけたんでさ」

武市はしょげている将太を手招きした。

こどもは気持ちの切り替えも、また早い。顔つきを明るくした将太は、武市の膝元に、にじり寄った。

「この子のことは、亡《な》くなられたおそめさんが守ってくれたんでやしょう」

あのとき余計なことをしなくても、きっとこどもの命は助かったに違いない。ほんとうに迷惑をかけましたと、武市は詫《わ》びた。

謙遜《けんそん》したわけではなかった。川に飛び込んだのは余計なことだったと恥じていた。

武市の気持ちは、二階に居合わせた全員に伝わったらしい。だれもが穏やかな眼差《まなざ》しを武市に向けた。

　常太郎ひとりが、大きな身振りで武市の言葉を拒んだ。

「ガキを助けてくれた武市さんが詫びるなんざ、とんでもねえことでさ」

　武市の膝元に寄っていた将太の襟首をつかみ、常太郎はこどもを自分のわきに座らせた。

「武市さんが飛び込んでくれなけりゃあ、こいつは間違いなく土左衛門《どざえもん》になってやす」

　常太郎は次男と長男を並べて座らせた。

「おめえたちも、しっかりと武市さんに礼を言うんだ」

　こどもに目配《めくば》せをしてから、親子三人がそろって身体をふたつに折った。

「とにかく、みんなに元気が戻ってなによりだぜ」

　鳶の勇五郎が、歯切れのいい物言いで常太郎から話を引き取った。

「武市さんがこの土地のモンだというのは分かったし、看板描きだという生業《なりわい》もおせえてもらった」

　深川のどこかに、おめえさんの拵《こしら》えた看板てえのはあるのかい……それを問うた勇五郎は、答えを聞く前に話を続けた。

「地元でえれえ評判になってた飾り行灯《あんどん》が燃えちまったのは、おめえさんも知ってなさるだろう？」

「もちろん、知っておりやす」

「武市さんも、あの手の飾り行灯を拵えることはあるのかい？」

「へいっ」

武市がきっぱりと答えたら、二階の面々の間にどよめきが起きた。

「さっきも問いかけたことだが……」

勇五郎は膝《ひざ》を動かして、武市のほうににじり寄った。

「この深川のどこかに、武市さんの拵えた看板てえのはありやすかい？」

勇五郎は町鳶のかしらだ。しかも武市よりは、明らかに年長者である。

それでいながら、ていねいな口調で問いかけた。命を惜しまずに流れのなかに飛び込んだことに、敬《うやま》いを示しているからだろう。

「あいにく、まだ深川にはありやせんが……」

いまは、大木屋さんの看板を思案しているさなかだと明かした。

「大木屋さんてえのは、仲町の乾物屋の大木屋さんかい？」

問うたのは釜兵衛である。

欠けた前歯の隙間《すきま》から、息が漏れるらしい。当人は大まじめにしゃべっているのだろうが、釜兵衛の物言いはなぜかひょうきんなものに聞こえた。

「どうしたよ、いきなりとっつあんが問いかけたりして」

勇五郎はいぶかしげな顔で、釜兵衛に話しかけた。大木屋の屋号を聞くなり、釜兵衛が背筋を張って武市に問いかけたからだ。

「とっつあんは大木屋と、なにかわけでもあるのかい？」

「もちろん、大ありさあ」

釜兵衛は真顔で応じた。

「大木屋さんの旦那《だんな》は、いっつも気前よく木《こ》っ端《ぱ》をくれるのよ」

大木屋に届く雑穀のなかには、木箱に詰められて送られてくる物がある。いずれも杉の木箱だが、廻漕《かいそう》途中で海水を浴びていて、箱としては使い物にならなかった。

大木屋はそれらの木箱を、捨て値で釜兵衛に払い下げた。箱としての使い道はなくても、釜にくべれば立派な燃料である。

釜兵衛にとっての大木屋は、大事な仕入先の一軒だった。

「大木屋の番頭さんと昨日話したとき、今度目新しい趣向の看板を誂《あつら》えることになったと聞かされたばっかりだ」

その看板というのは、武市さんが拵えるのかい……話すたびに、釜兵衛の前歯の隙間から息が抜けている。しかし武市はもはや、その口調をひょうきんだとは思っていなかった。

「その通りでさ」

武市は正面から釜兵衛を見詰めた。

「橋から飛び込んだときも、大木屋さんの看板をどうしようかと、あれこれ思案をしておりやした」

あとさきも考えずに飛び込んだのも、看板の思案に気がいっていたからだと、武市は正直に明かした。

「そいつあ、難儀な稼業《かぎょう》だ」

勇五郎の両目が細くなっていた。相手の言い分に得心がいったとき、勇五郎の目は常に細くなった。

「それで……武市さんには、なにか妙案が浮かんだのかい？」

勇五郎の物言いが、砕けている。武市に対して、親しみを覚え始めていたからだ。

「大木屋さんにゆかりのある、梅鉢の紋を使ってみようとは思ってやすが……」

その先は、まだ知恵が浮かばないと言って口を閉じた。

ひと息をおいてから、釜兵衛は武市に目を向けた。

「武市さんよう」

釜兵衛が口を開くと、煙草《たばこ》のヤニで黄色くなった歯が見えた。

「この話があんたの役に立つかどうかは分からねえが、おれは飛び切り面白いものを見たことがあるんだ」

話を始めると、武市を含めたみなの目が釜兵衛に注がれた。

二十七

釜兵衛は薪船《まきぶね》の船頭を、すでに三十年以上も続けていた。

堀を川船で行き来しながら、普請場の廃材や、火事場から焼け残りの木材を拾い集めるのが釜兵衛の仕事である。

集めた木々は、梅乃湯の釜で焚《た》かれた。

大量の木材を運ぶには、荷車よりも川船がはるかに便利だ。薪船船頭の年季が入っている釜兵衛は、細い水路でも巧みに船を操った。

「川船を操らせたら、釜兵衛さんに勝てる船頭は江戸広しといえども、ざらにはいない」

巧みな棹さばき・櫓さばきを褒められると、釜兵衛は潮焼けした顔をほころばせて喜んだ。

堀の多い江戸では、船の扱いが上手だというのは、なによりの褒め言葉だった。

「釜兵衛とっつあんの話てえのは……」

仲町の鳶のかしら勇五郎は、キセルを手にした形で釜兵衛を見た。

「自慢の櫓さばき・棹さばきにかかわりがあるんだろう?」

勇五郎は遠慮のない口調で、年上の釜兵衛に話しかけた。

釜兵衛と勇五郎は、かれこれ二十年を超える付き合いだ。今年で三十八の勇五郎は、釜兵衛より一回りも年下である。

そんな勇五郎が遠慮のない物言いをするのは、それだけ付き合いが深いからだ。

「まったく、かしらにはなんでもお見通してえことかい」

大げさにため息をついた釜兵衛は、川船のことには詳しいかと武市に問いかけた。

「屋根船がどうの、猪牙舟《ちょきぶね》がどうのぐらいのことなら知ってやすが……」

ことさら川船に通じているわけではない武市は、語尾を濁した。

「わしの話てえのは、いまもかしらが言い当てた通り、川船にかかわりがあることだ」

講釈めいた話をするが、我慢して聞いてもらいたい……釜兵衛は前置きをしてから、キセルに煙草を詰め始めた。

一服吸い終えた釜兵衛は灰吹きに吸い殻を落としてから、話を始めた。

江戸は大川の東側も西側も、縦横に堀が走っている。古くからの川もあるが、堀のほとんどは徳川家康が江戸に幕府を開いたあとに掘削されたものだった。

江戸御府内に堀を張り巡らせたのは、徳川幕府の施策に従ってのことである。

ひとは陸を。

モノは水を。

これが幕府の基本方針だ。この方針を定めたのは、江戸開府直後のことである。家康が幕府を開くまでの江戸は、寂れた田舎町も同然だった。そんな地に開府されたことで、いきなり町が膨らみ始めた。

諸国から、膨大な数のひととモノが江戸に押し寄せてきた。

豊臣秀吉は大坂に城を構えた。諸国の武将は、こぞって大坂詣《もう》でを繰り返した。ゆえに大坂に通ずる道は、ほどほどに整備がされていた。

家康は江戸開府と同時に、諸国大名に江戸上屋敷の普請を命じた。もちろん藩主が江戸に在府するのが条件である。

しかし諸国から江戸に通ずる街道は、さほどに整備がされてはいなかった。それでも家康は、諸国大名に江戸出府《しゆつぷ》と在府を命じた。

上屋敷は大名の石高に応じて敷地の広さが定められた。

加賀百万石前田家の本郷上屋敷は、じつに十万坪を超える敷地となった。

屋敷の大きさは、大名の面目のあらわれである。

「さすがは加賀様のお屋敷だ。敷地のうちには山も谷も森まであるぜ」

江戸の町民は、前田家上屋敷の桁違《けたちが》いの広さに吐息を漏らした。

しかし大名に広大な敷地を与えたのは、面子《メンツ》を重んじたがゆえのみではなかった。

任ある者は禄《ろく》薄く。

禄ある者は任薄く。

これもまた、公儀の基本施策である。

家康が信をおいた親藩大名は、石高を低く抑えた代わりに、幕閣に任じた。そして江戸の近くに領地を与えた。

表向きはともかく、正味のところは信用していない外様《とざま》大名には、石高を多くして江戸から遠ざけた。

そのうえで、江戸と領国との間を一年交替で行き来する『参勤交代』を制度化した。

十万石大名と五十万石大名とでは、上屋敷の広さはまるで違っていた。

大きな屋敷は大名の見栄《みえ》である。しかしこの体面を保つために、大名は巨額の出費を迫られた。

広大な敷地を取り囲む、長屋塀。一万坪規模の上屋敷では、この造作だけで数千両の費《つい》えが入り用だった。

上屋敷普請は、長屋塀だけではない。母屋《おもや》、離れ、上級家臣の組屋敷など、多くの建家普請が必要である。

敷地内には、庭や築山《つきやま》などの造園もいる。仕上げたあとの手入れにもカネがかかる。

町民が感嘆の吐息を漏らした通り、前田家上屋敷には山も谷も池も森もあった。その手入れをする奉公人の給金・手間賃だけでも、一年に数千両の出費となった。

広大な上屋敷の敷地貸与は、公儀の知恵者が編み出した策略である。

「外様大名には、断じて蓄財をさせてはなりませぬ。常に内証が厳しくなるよう、多額の費えを遣わせることが肝要と存じます」

大名の江戸に構える屋敷は、藩主公邸の上屋敷だけではなかった。

藩主が休息目的でおとずれる中屋敷。

江戸勤番藩士が詰める下屋敷。

上・中・下の三屋敷は、どれほど小藩であってもかならず構えることが定められていた。

大名屋敷普請のための建材。

そこに起居する藩主・藩士たちの暮らしに入り用な各種産物。

途方もない量の物資が、諸国から江戸に押し寄せてきた。

大量の物資を一度に運ぶには、陸路よりも水路が適している。

荷車一台が運ぶ量と、川船一杯が運ぶ量では、文句なしに船が勝った。

しかも船で運べば、街道の整備が不要となる。道はひとの行き来ができればいいのだ。

ひとは陸を。

モノは水を。

江戸に開府した公儀の定めた基本施策は、まことに理にかなっていた。

幕府お膝元の江戸は、開府から年を重ねるごとに住む者が増えた。

開府当初から、幕閣の知恵者たちは江戸の居住者が急増することを見通していた。

ゆえに江戸御府内の横持ち（配送）を滑らかに運ぶために、人造の堀を縦横に張り巡らせたのだ。

釜兵衛が薪船を操る天保十四年のいま。

川船はひとを乗せて突っ走る猪牙舟だけでも、三千杯を大きく上回っていた。

荷物船・はしけまで加えれば、一万杯を超える船の数だ。

それほどの船が行き来するなかで、釜兵衛の棹さばきは群を抜いて巧みだった。


「おとといの昼過ぎのことだったが、わしは高橋の火事場跡に向かっていた」

「おれがおせえた焼け跡だろう？」

勇五郎がわきから口を挟んだ。釜兵衛は渋い顔でうなずいた。余計な口を挟むなと、言いたげな顔つきだった。

勇五郎の鳶宿は、火消しも受け持っている。深川の焼け跡のあらましを、勇五郎はことあるごとに釜兵衛に教えていた。

高橋の火消しを受け持つのは、勇五郎の鳶宿とは町が違っていた。が、火消し手伝いに出張った先だったことで、釜兵衛に焼け跡を教えたのだ。

「そこの焼け跡に向かっていたとき、いきなり高橋の半鐘《はんしょう》が鳴り始めた」

釜兵衛は何服目か吸い終えたキセルを、灰吹きにぶつけた。

ボコンと鈍い音がした。

二十八

「葛湯《くずゆ》でも、ひとくちどうかと思ったもんでねえ」

梅乃湯二階の休み処《どころ》を切り盛りするおふさが、分厚い湯呑みに注がれた葛湯を武市たちに運んできた。

「おいら、葛湯が大好きだよ」

おふさから受け取った湯呑みを、将太は両手で持った。声が弾んでいる。

「おいらだって大好きだもん」

次男の憲次も負けずに、湯呑みを両手で包み込もうとした。が、おふさの拵えた葛湯は熱々だった。

「あちちっ」

憲次の手から湯呑みが滑り落ちた。床の杉板にぶつかり、葛湯が板の間に流れ出した。

「ばかやろう」

常太郎が声を荒らげた。泣き顔になった憲次は、両目から涙を落とした。

常太郎から強い目で睨《にら》まれた憲次は、泣き声は漏らさぬよう懸命に踏ん張った。

「それでこそ、男の子だ」

憲次のあたまを左手で軽く撫《な》でた釜兵衛は、キセルを膝元に置いた。

「いきなり鳴り出した半鐘は、火事を報《しら》せたわけじゃあなかった」

話に戻った釜兵衛は、尖《とが》った口調で話を始めた。半鐘が鳴った日の顚末を思い出した釜兵衛は、そのときに抱いた業腹《ごうはら》な思いがいまだ消えてはいないようだった。

「高橋まで一町（約百九メートル）のあたりでその猪牙舟に出くわしたんだが、とにかく半端な速さじゃなかった」

釜兵衛は水平にした右手を、自分の右肩の前でひらひらさせた。

「この手を、そんときの猪牙舟だと思ってくんねえ。わしの薪船とは一町も離れていたが、向かってくる猪牙舟の速さのほどは察することができた」

釜兵衛は右手を一気に目の前まで動かした。

「鳴ってた半鐘は、猪牙舟の乗り逃げをおせえていたんだ」

「乗り逃げてえのは、船をかっぱらったてえことでやすかい？」

目を剝《む》いて驚いている常太郎に向かって、釜兵衛はこくりとうなずいた。

「なんだって、そんなことが」

「そのことさ」

高橋の下を流れるのは、大川と荒川を東西に結ぶ小名木川だ。行徳《ぎょうとく》の浜で拵えた塩を江戸城に運ぶために掘削した運河である。

荒川と交わる場所には中川船番所があるし、大川とぶつかる場所には紀州徳川家の下屋敷が構えられていた。

小名木川の東西両端を、公儀役人と御三家の一家が見張っているも同然である。そんな守りの堅固な川で、なぜ猪牙舟のかっぱらいが起きたのか。

「猪牙舟の櫓《ろ》を操っていたのは、まだ八つの船大工のひとり息子だった」

「ええっ……そんな、ばかな」

「まさに、そんなばかなてえやつだ」

みんなの顔を見回しながら、釜兵衛は葛湯に口をつけた。前歯の隙間から、ずるずるっと大きな音が立った。

船着き場に舫《もや》ってあったのは、深川佃町の船宿から高橋に乗ってきた猪牙舟だった。船頭は客と一緒に、橋のたもとの蕎麦屋《そばや》で腹ごしらえをしていた。

客は門前仲町の商家のあるじで、蕎麦屋に向かうために仕立てた猪牙舟だったのだ。

八つのこどもとは、船大工棟梁《とうりょう》元五郎《げんごろう》のひとり息子、風太《ふうた》である。

栈橋でうろちょろしていた姿は、何人ものおとなが目にとめていた。しかし風太は地元の子で、だれもが見知っていた。それゆえに、格別に気にとめる者もいなかった。

八歳ながら、風太は背丈が四尺五寸（約百三十六センチ）もあった。父親元五郎が六尺（約百八十二センチ）の大男で、風太はまともに親の血をひいていた。

風太を目にとめたおとなたちは、どこの子かは知っていた。しかし風太が櫓の操り方に長《た》けていたとは、だれも知らなかった。

元五郎配下の職人が仕上げた猪牙舟は、棟梁みずから櫓を握って按配《あんばい》を吟味した。

船の仕上がり吟味には、元五郎は常に風太を連れて行った。

「行くぞ、風太」

大柄な元五郎の櫓さばきは力強い。

もともと快速で知られた猪牙舟だが、元五郎が漕《こ》ぐと、風太の前髪が左右に割れるほどに速く走った。

風太は、父親の櫓さばきを見て育った。周りに舟影のない川では、元五郎は息子に櫓を握らせたりもしていた。

高橋に舫われていた船には、船頭が乗ってなかった。船に乗った風太は軽々と舫い綱をほどき、大川に向けて船を漕ぎ出した。

呆気《あっけ》にとられたおとなは、つかの間見とれていた。

「いけねえ、えれえこった」

我に返るなり、火の見やぐらに駆け上った。半鐘が打たれ始めたとき、釜兵衛は高橋に向かって薪船を進めていた。

「真《ま》っ直《す》ぐに突っ込んでくる猪牙舟を見て、わしは面舵《おもかじ》（舳《へ》先《さき》を右に向ける）を切った。ところが猪牙舟はまったく舵を切らねえで、まともに突っ込んできた」

まさにイノシシのようだった……そのときを思い出した釜兵衛は、ふうっと吐息を漏らした。

「それで、どうなったんで？」

屋根船の船頭だけに、常太郎は話の先行きが気になったのだろう。せっつく口調で釜兵衛に問いかけた。

「わしの薪船に、猪牙舟が乗り上げた」

「そりゃあおおごとだが、たかが八つのガキが漕いでた猪牙舟でやしょう？」

どれほど漕ぎ方に長けていたとしても、こどもにそんな力があるのか……。

話を聞いていた全員が、いぶかしげな顔を釜兵衛に向けた。

「その猪牙舟は元五郎当人が拵えた、特別誂えの一杯でよ。漕ぎ方のコツさえ摑《つか》んだら、大した力がなくても滅法な速さが出る造りだったてえんだ」

残りの葛湯を飲み干した釜兵衛は、武市に目を向けた。

武市はなにかを思い詰めたような、血の気が失《う》せた顔つきに変わっていた。

「どうかしたのか、武市さん？」

問いかけた勇五郎は案じ顔である。

「茶でももらったほうがいいかい？」

釜兵衛も張り詰めた物言いで問うた。

「考えごとをしていただけでさ、なんでもありやせん」

答えた武市の声はうわずっている。

「なんともねえって顔じゃあねえやね」

勇五郎は尻をずらし、武市との間合いを詰めた。

自分が話したことを聞いて、いきなり様子が変わったのだ。釜兵衛も尻を二度、三度とずらして間合いを詰めた。

「気分がよくねえなら、ここの婆《ばあ》さんがいい気付け薬を持ってるからさ。やせ我慢をしてねえで、そう言いねえな」

釜兵衛は正味で武市の様子を案じているのだろう。武市の顔をのぞきこんでいた。

右手を突き出して、武市は釜兵衛の案じ顔を押し止めた。

「いまの釜兵衛さんの話を聞いたことで、看板の趣向を思いつきやした」

武市の声がいつもの調子に戻っていた。

「大木屋さんの屋根に猪牙舟を乗せて、往来に向けて尖った牙《きば》を突き出しやしょう!」

ひと息で言い終えた武市は気が昂《たか》ぶっているのだろう。

血の気が戻ったのみならず、頬はこどものように朱色に染まっていた。

二十九

「あんまり途方もない話を聞かされたもんだからさあ」

素《す》っ頓狂《とんきょう》な声を発したおふさは、小鍋《こなべ》を手にしてこどもたちのところに寄ってきた。

新たな葛湯を拵えたらしい。小鍋からは、強い湯気が立ち上っていた。

「おまえたちの湯呑みを、こっちに出してごらん」

将太と憲次の湯呑みに葛湯を注ぎいれてから、釜兵衛に目を向けた。

「薪船に猪牙舟が乗り上げただの、たかだか八つのこどもがその猪牙舟を漕いでいただのと聞かされても、あたしゃあ格別に驚きはしないけどさあ」

五十も半ば過ぎまで生きていたら、大概のことには驚かないものさ……葛湯に口をつけているこどもふたりに、おふさはしわの寄った顔で笑いかけた。

こどもたちはズズズッと威勢のよい音を立てて、おふさの笑顔に応《こた》えた。

真顔に戻ったおふさは、釜兵衛に目を合わせた。

「モノに驚かなくなったあたしでも、いま武市さんが口にしたことには、震えがくるほどにびっくりしちまったよ」

カラになった小鍋を手にしたまま、おふさは武市のわきに座った。

「庇《ひさし》の上から通りに向かって、猪牙舟が飛び出している看板を見たらさあ」

夜中の墓地で火の玉が飛んでるのを見ても、臥煙《がえん》は平気だという。そんな荒くれ火消し人足でも、通りで棒立ちになること請け合いだよと、声をひと調子高く張り上げた。

「おふささんがそこまで気を昂ぶらせたのを見るのは、初めてだ」

猪牙舟の話を口にした釜兵衛が、正味で驚いていた。

「だって、そうじゃないかさ」

おふさは丸く見開いたままの目で、釜兵衛を見た。気の昂ぶりは、いささかも醒《さ》めてはいない様子だった。

「そう言っちゃあわるいけど、仲町の大木屋さんと言ったって、深川の外にまで名前が通っているわけじゃないしさ。商いの乾物にしたところで、江戸のどこででも手に入るモノばかりじゃないか」

そうだろうと、おふさは釜兵衛に相槌《あいづち》を求めた。

当人が口にした通り、おふさは今年で五十六である。五十の半ばを過ぎた女は、物言いに遠慮がなかった。

釜兵衛はしかし、大木屋から釜焚き用の板きれや、壊れた荷箱などをもらっている。

おふさに同意を求められても、うなずき返しはしなかった。

返事をしない釜兵衛を気にもとめず、おふさは話を続けた。

「看板が評判を呼んでひとが集まってくれるなら、大木屋さんにとっては願ってもないことじゃないか」

ぜひとも江戸中の評判となるような、見映えのする看板を拵えておくれ……。

おふさは武市に目を合わせて、話を閉じた。

「葛湯、とってもおいしいよ」

おふさが立ち上がったとき、将太が葛湯の味を褒めた。

「そりゃそうさ、手をかけて拵えたから、おいしいに決まってる」

「すっごくおいしい」

将太が声を弾ませたら、憲次が負けずに小さな身体《からだ》で前に出てきた。

「もうさっきの葛湯よりも、今度のほうが甘くなってる」

憲次は湯呑みを高くかざした。湯呑みは、はやくもカラになっていた。

「驚いたよ、この子には」

おふさは本気で驚いていた。

「さっきの葛湯よりも、ほんのひとつまみだけ砂糖を多くしたんだけどさあ。それが分かるのは、大した舌だよ」

「猪牙舟もそうだったが……」

釜兵衛が話の続きを引き取った。

「こどもだからと、あなどっちゃあならねえやね」

釜兵衛は将太と憲次のふたりを交互に見た。

「おまえたちは、看板の話をちゃんと聞いていたかい？」

「聞いてたよ」

兄弟の声が重なり合った。

「だったら、猪牙舟の看板てえ趣向はどうだい、おもしろいかい？」

問われたこどもふたりは、互いに顔を見交わした。答えたのは兄だった。

「猪牙舟よりも、ちゃんの屋根船のほうがずうっとおっきいよ」

将太の返事の意味を、おとなたちはすぐには呑み込めなかった。

「おっきくないと、下から見上げたってつまんないもん」

「動かない猪牙舟だと、すぐに飽きちゃうから……でっかいお船のほうがいい」

幼い兄弟が、代わる代わるに思ったままを口にした。

「そうかっ」

得心したのは武市だった。

「正味の寸法で拵えても、思ったほどにはひとは驚かねえてえことでさ」

庇の上から突き出した猪牙舟。

その形は、確かにひとの度肝《どぎも》を抜くだろう。

しかし一度据え付けた看板は、すぐには取り外すことができない。見慣れてしまえば、ただの飾りでしかなくなるに違いない。

毎日見ても見飽きない工夫とは？

桁違いに大きな猪牙舟にして、動きを加えてみたらどうなるか……。

武市のあたまのなかを、次々に湧《わ》き上がる思案が走り回り始めた。

「でかいといっても、屋根に乗らないことには話にならないだろうが」

釜兵衛が話しかけても、思案を巡らせる武市の耳には聞こえないらしい。

「おいちゃん、大丈夫？」

将太と憲次は、湯呑みを床において武市の顔をのぞき込んだ。

思案に夢中の武市は、こどもたちの声にも気づいてはいなかった。

三十

大木屋をおとずれようとして武市が門前仲町に向かったのは、この日の八ツ（午後二時）下がりだった。

富岡八幡宮《はちまんぐう》の表参道を行き交う参詣者《さんけい》のなかにも、綿入れ姿が多く見受けられた。

八ツ下がりの柔らかな冬の陽が、地べたを照らしている。広い参道の端には、水溜《みずた》まりができていた。商家の小僧が八ツどきの水撒《みずま》きをした名残りだろう。

陽差しは、その水溜まりにも降り注いでいた。水が弾《はじ》き返した冬の陽が、大木屋に向かう武市の顔を照らした。

ふうっ。

まばゆさを感じた武市は、吐息を漏らして足を止めた。

あたまのなかを、猪牙舟看板の思案がいまだに走り回っている。気が急《せ》くあまりに、思わず漏らした吐息だった。

おれがこうまで意気込み過ぎてたんじゃあ、ことをしくじりかねねえ。

足を止めた武市は、もう一度深く息を吸い込んだ。気を落ち着かせるために、つい先ほどまで交わしていた猪牙舟思案のあれこれを思い返した。

梅乃湯の二階で武市が口にした思案は、その場にいただれもが大いに称《たた》えた。

なかでも屋根船船頭の常太郎は、我が身を乗り出しておもしろさを褒めた。

「釜兵衛さんの話に出てきた、猪牙舟大工の元五郎さんてえひととは」

深い付き合いがあると、常太郎が明かした。

「猪牙舟を拵えさせたら、江戸でも指折りの棟梁でやすが、名人と呼ばれるだけあって偏屈《へんくつ》なことでも知られてやしてね」

うっかり気に障《さわ》ることを言おうものなら、どれほど大きな数の注文でも眉《まゆ》も動かさずに蹴飛《けと》ばしていた。

「江戸にはいま、ざっと三千杯の猪牙舟がありやしてね。大きな船宿じゃあ、三十杯を超える船と船頭を抱えておりやす」

屋根船の船頭だけに、常太郎は船宿と猪牙舟には深く通じていた。

「なかでも浜町の『ゑさ元』は、七十杯という桁違いに多い猪牙舟を抱えた、江戸でも図抜けて所帯の大きい船宿なんでやすが……」

ゑさ元の番頭が手間賃にかかわることで、不用意な物言いをした。たちまち、元五郎の機嫌がわるくなった。

「番頭さんがそういう了見だと、あっしんところじゃあ受けられねえ」

元五郎は若い職人にあごをしゃくり、番頭を追い返した。

元五郎当人が、まだ四十代初めの若さである。しかし配下に十五人の船大工を抱える、押しも押されもせぬ棟梁だった。

向こうっ気は滅法に強い。

ゑさ元はこれまでにも、五十杯を超える猪牙舟造船を注文してきた大得意先である。その ゑさ元の番頭を、平気で追い返した。

猪牙舟造りによほどの自負があるのだろうが、偏屈な男ならではの振舞いだった。

「元五郎棟梁はむずかしい男でやすから、武市さんがひとりで出張ってもうまくは運ばねえかもしれねえ」

こどもの命の恩人のためなら、いつでも元五郎に口利《くちき》きをすると、常太郎は請け合った。

「助かりやす」

武市があたまを下げたら、釜兵衛も同行すると言い出した。

「なにしろ元五郎さんところの小僧は、わしの薪船に乗り上げて、大きな迷惑をかけた」

一緒にいるだけで、元五郎に対する重石《おもし》になるだろう……釜兵衛の言い分には、その場のだれもが深くうなずいた。

「みなさんに助けていただけて、ありがてえ限りでさ」

あたまを下げたあと、武市は大木屋と掛け合ってくると告げた。

「みなさんの助けを借りるためにも、まずは大木屋さんに猪牙舟の思案を受け入れてもらわねえと」

「そいつあ道理だ」

釜兵衛も常太郎も、大いに得心した。

おふさは元気づけにと、熱々のうどんを武市に用意してくれた。

「しっかりと掛け合ってきやす」

うどんのつゆまですっかり平らげてから、武市は梅乃湯の二階を出た。


武市が立ち止まっているすぐ先に、鳩《はと》の群れが舞い降りた。地べたにキビのかけらが落ちていたからだろう。

キビをついばみ終えた鳩の一羽が、武市のほうに目を向けた。赤い足をトコトコと運び、武市に近寄ってきた。

なにか餌《えさ》になるものはないかと、半纏《はんてん》のたもとをまさぐった。知らぬ間に、米粒が何粒か紛れ込んでいた。

梅乃湯の二階に寝かされていたとき、おふさが乾かしておいてくれた半纏である。干したときに、おふさの手から米粒がたもとに入り込んだのだろう。

指先につまんだ米粒を、地べたに振りまいた。気配を察した仲間の鳩が、一気に武市のほうに寄ってきた。

「それしかねえんだ、勘弁してくんねえ」

鳩に言いわけしてから、大木屋のほうにきびすを返した。勢いよく歩き始めた武市の背中に向かって、クルルウと鳩が鳴いた。

鳩が向き合って「八」を描いているのが、富岡八幡宮の紋である。縁起担《かつ》ぎの武市は、鳩の鳴き声を吉兆《きっちょう》と受け止めた。

振り返った武市は、富岡八幡宮の大鳥居に向かって深々とこうべを垂れた。が、立ち止まった場所がわるかった。

富岡八幡宮の前を東西に通る表参道は、ひとと荷車がひっきりなしに行き来する大路である。

西に向かえば永代橋と、佐賀町河岸《がし》がある。

東に進めば洲崎弁財天と、色里の入口となる大門《おおもん》が構えられていた。

表参道の東西両端を目指して進むひとや荷車の群れは、夜明けから日暮れまで途絶えることがなかった。

とりわけ八ツどきを過ぎると廻漕問屋が並ぶ佐賀町河岸を目指して、大小さまざまの荷車が長い車列を作った。

廻漕問屋の船着き場から品川沖に向かう荷物船は、七ツ（午後四時）で仕舞いとなる。その船に積み損ねたら翌朝の日の出まで、まる一晩荷積みを待つことになるのだ。

「どきねえ、どきねえ」

「前をふさいだら、思いっきり蹴飛ばすぜ」

佐賀町に向かう荷車の車力《しゃりき》は、表参道を行き交う者を大声で蹴散らした。

大鳥居のほうに振り返ったとき。武市は間のわるいことに、佐賀町河岸に向かう荷車の前に立ちふさがる形となった。

とはいえ武市と車力の間には、五間（約九メートル）以上の隔たりがあった。五間も間合いがあれば、車力に怒鳴られる筋合いはなかった。が、大型荷車の車力は、ことのほか短気な男だった。

車には二十五俵の米俵が山形に積まれていた。並の荷車の倍の俵数だ。梶棒《かじぼう》を引くのがふたり、後押しは三人がかりだった。

「ばかやろう」

短気なほうの車力が、目一杯の怒鳴り声を発した。

「車の前をふさぐんじゃねえ」

車力の怒鳴り声は、武市の背中に突き刺さった。慌《あわ》てて飛び退《の》いたが、荷車はまだ後方である。

うろたえた自分に、武市は決まりわるさを感じた。周囲の者に、笑われたような気にもなった。

武市も決して気の長い男ではなかった。

両目に腹立ちをこめて、後ろから向かってくる車力を睨みつけようとした。が、すぐに思いとどまった。

大木屋との掛け合いという、大事を控えていたからだ。

武市は目つきを元に戻して、通りの端に寄った。通り過ぎるとき、車力は武市に向かって、フンッと鼻を鳴らした。

さきほど感じた吉兆が、車力の鼻息で吹き飛んだ。

三十一

「あっ、武市さん」

大木屋の店先に立つと、小僧が武市に近寄ってきた。三人いる小僧の中の、最年長の跳吉《ちょうきち》である。

跳吉は、ことのほか武市を慕っていた。

「旦那《だんな》様に、武市さんが来たことをお報せしてきまあす」

武市に対する物言いは、すこぶる愛想がいい。小僧の弾んだ声を聞いて、武市の目元がゆるんだ。

つい今し方浴びせられた、車力の無礼な物言い。そのいやな心持ちを、武市はあたまから追い出すことができた。

店先に立っている武市は、八ツ下がりの柔らかな陽差しを浴びていた。武市を見て、ふたりの小僧がぺこりと辞儀をした。

武市は笑顔で小僧に応じた。

二カ月前の昼下がりに、武市は小僧たち三人の見ている前で、鬼の絵を半紙に描いたことがあった。

当主との話し合いがうまく運び、武市は上機嫌で店から出ようとした。その武市の前に、跳吉が立った。

濃紺の前垂れが、昼下がりの光を浴びて色味も鮮やかに輝いていた。

「桃太郎が退治をした鬼って、あたまからツノが生えてるんでしょう?」

鬼はほんとうにいるのかと、跳吉が問いかけてきた。その前の夜に、跳吉は大木屋の手代から、桃太郎の話を聞かされたばかりだったのだ。

あたまにツノが生えており、口は耳元まで裂けている怪物。

手代は、跳吉を散々に脅かしていた。

武市が絵描きだと、跳吉は分かっていた。そして絵描きはだれもが、なんでも知っている物知りだと思われていた。

ツノが生えた怪物が、ほんとうにいるのかを、跳吉は物知りの武市に確かめたかったのだろう。

「もちろんいるさ」

跳吉の真剣なまなざしを見た武市は、鬼なんかいないとは言えなかった。こころのどこかでは、武市当人も鬼ヶ島には鬼がいるものと思っていたのかもしれない。

＊

裏店《うらだな》暮らしの武市が存分にこどもでいられたのは、三歳から六歳までのわずかな年月でしかなかった。

生まれるなり一歳、次の正月を迎えれば二歳に数えられた。二月生まれの武市は、やっと這《は》い這《は》いができ始めた時、二歳の正月を迎えた。

周りのこどもたちに比べて、武市は身体が大きかった。四歳の初午《はつうま》（二月の最初の午の日）は、年長の子たちに交じって竹馬遊びをこなせていた。

夏も過ぎ、九月十三日夜近くになると、武市は五歳の男児よりも大きくなっていた。

長屋裏の原っぱには、ススキが群れていた。十三夜のススキが抜き取られたあと、地べたは柔らかくなった。おとなたちがススキの根を掘り返したからだ。

武市は枯れ枝を手に持ち、犬だの猫だのを描いた。

「ぶうちゃん、今度はあたいを描いてよ」

武市よりも年長の女児のひとりが、似顔絵描きをねだった。

いいよとも答えず、武市は細い枝を手に持った。身体は大きくても無口な子だったのだ。

描き終わったら他の女児たちも、あたいも描いてとせがんだ。

武市はいやな顔も見せず、せっせと描いた。

枝で描いた一筆描きに近かったが、顔や髪の特徴をうまく捉《とら》えていた。

地べたに描いた絵は持ち帰ることができない。女児たちは自分の似顔絵を小石で囲い、消されぬ備えにした。

女児たちが歓声をあげて武市に詰め寄るのが、悪ガキたちには面白くなかった。さりとて体つきの大きな武市に、挑みかかることもできずにいた。

仕返しとばかり男児数人で、日暮れたあとに似顔絵をわらじの底で踏みつけて回った。囲いの小石は、原っぱ脇《わき》の堀に投げ込んだ。

翌日、早くから原っぱに出てきた女児たちは、自分の絵が踏みつぶされているのを見た。

何人もの泣き声が裏店にまで届いた。なにごとかと、血相を変えてカミさん連中が駈《か》け寄ってきた。

悪ガキどもは女児の泣き声の凄《すさ》まじさに驚き、棒立ちになっていた。

事情を聞き取った母親たちは、立ち尽くしていた男児五人に平手打ちを食わせた。

その場は引き下がったものの、男児たちは武市への逆恨みを募らせた。なかのひとり、酒屋の良太が悪巧みを思いついた。

「うちの蔵は、戸を閉めたら真っ暗になるからさ。鬼のお面をかぶって武市を脅かそうよ」

良太の父親は鬼の面を趣味で集めており、蔵の棚に仕舞っていた。

「武市が泣くのを見たい！」

こどもたちは手を叩《たた》いて良太の思いつきを受け入れた。無口で大柄な武市は、外で泣き顔を見せたことがなかった。

言葉巧みに誘われるがまま、武市は蔵に入った。長屋暮らしに蔵は無縁である。なかに何が入っているのか、四歳の武市は大いに気持ちをそそられた。

良太の計略通りにことは運んだ。戸を閉じたあと柱に吊《つる》した明かりを土間に下ろし、厚布をかぶせた。

いきなり蔵が闇《やみ》に包まれた。

良太たち五人が鬼の面をかぶったら、足元の明かりにかぶせていた布が取り除かれた。

下から照らされた鬼が武市を睨み付けた。

怖さで声も出せなかった武市は、立ちすくんだまま小便をちびらせた。

長屋を離れることになった六歳の夏まで、武市はしょんべんちびりとからかわれた。

あのとき蔵で鬼面に感じた恐怖の思いは、いまも失せてはいなかった。

*

武市は看板の打ち合わせに使うために、半紙と矢立《やたて》を持っていた。

「鬼を見てみたいか？」

「うん、見たい」

こども特有の怖いモノみたさで、跳吉は声を弾ませた。その声を聞きつけて、残るふたりの小僧も近寄ってきた。

「どうしたの、跳どん」

「なにが見たいの？」

小僧ふたりは、跳吉と武市の顔を見比べながら問いかけた。

「武市さんが、鬼はいるって言った」

「いるとも」

武市はわざと声を震わせた。

「鬼ヶ島に行ったら、島じゅうにうじゃうじゃいるぞ」

言うなり武市は、半紙に鬼の絵を描いた。矢立の墨壺《すみつぼ》に詰まっているのは、黒色の墨だ。武市は墨の濃さを加減しながら、濃淡をつけて形相の異なる鬼を三匹描いた。

どの鬼も、耳元まで口が裂けていた。

「すっごくおっかないけど……」

跳吉は鬼を描いた半紙がほしい、ぜひくださいと武市に頼み込んだ。

「どうするんだ、こんな怖い鬼を」

問いかけた武市は、まだ筆を手に持ったままだった。

「枕元《まくらもと》に貼って、怖い夢を見ないように魔除《まよ》けにします」

跳吉は武市から目を逸《そ》らさずに応えた。

「魔除けの絵が怖ければ怖いほど、わるいモノは近寄ってこないと、ちゃん……おとっつあんに言われたことがあります」

十歳の跳吉は、大木屋の手代から物言いもしつけられているのだろう。こども言葉のちゃんを、おとっつあんと言い直した。

「そういうことなら」

武市は三匹の形相を、さらに凄まじいものに描き加えた。目の描き方を工夫して、三人のこどもたちと目が合うようにした。

「これでおまえたち三人の魔除けになった」

小僧たちは、深い辞儀で武市に礼を伝えた。

「旦那様が、奥でお待ちです」

迎えに戻ってきた跳吉は、小僧とも思えぬ身振りで武市を招き上げようとした。

「ありがとう」

店の隅で履き物を脱いだ武市は、跳吉のあとについて奥へと向かった。

先を歩く跳吉は、足取りが軽い。

このたびの思案なら、きっと大木屋さんにも受け入れてもらえる。

廊下を歩く武市の歩みも弾んでいた。

三十二

武市が案内されたのは、当主がみずから上客を接待するときの十二畳間だった。

建家に囲まれた坪庭が見える客間は、畳も欄間《らんま》も極上の拵《こしら》えである。

床の間には、唐土《もろこし》から伝来した山水画の軸がかかっていた。日本橋室町《むろまち》の道具屋が、散々にもったいをつけて大木屋に売りつけた軸である。

この客間を普請《ふしん》した棟梁は、坪庭越しに差し込む光の具合まで勘定にいれていた。庭の緑が弾き返した光は、按配よく床の間の手前まで届いている。山水画の軸には、じかに陽は当たらない拵えだ。

庭に差した光は、客間の畳を明るく照らした。その畳の跳ね返りの柔らかな光が、軸を照らすという寸法だった。

細部にまで気を配って普請された十二畳間は、大木屋自慢の客間である。

その部屋に武市を招き入れたのだ。

看板職人の身を承知で、大木屋当主は武市をこの客間に通してくれたのだ。

大木屋さんに、ぜひともこの思案を喜んでいただこう……。

当主があらわれるのを待ちながら、武市はあらためて思いを強くした。

奥付きの女中が茶菓を運んできたことで、部屋の明かりが揺れた。ひとが歩くと光がゆらゆらと揺れるように、棟梁は客間を普請していた。

「どうぞ一服を」

女中は上煎茶《じようせんちや》と干菓子を用意していた。

純白の伊万里焼湯呑《いまりやきゆの》みには、ほどよい量の上煎茶が注がれている。淡い緑色を、湯呑みの白が際立《きわだ》たせていた。

「いただきやす」

武市は女中に断ってから、湯呑みを手にした。職人が上煎茶を口にするなど、滅多にあることではない。

呑み方が分からず、武市はまず吹いた。

いつも口にする焙《ほう》じ茶は、舌がやけどしそうなほど熱い。そのつもりで、武市は吹いた。

女中は口元に手をあてて、クスッと笑い声を漏らした。口に含んでみて、女中の笑いの意味が分かった。

煎茶はほどよくぬるかった。

ぬるいのに、焙じ茶にはない甘味ともいえそうな、風味に富んでいた。初めて味わった上煎茶の美味《うま》さだった。

女中にクスッと笑われたことも忘れて、武市は茶を褒めた。

「ありがとうございます」

武市の素直な言葉が嬉《うれ》しかったのだろう。まだ年若い女中は、自分でいれた茶だと武市に明かした。

「てえしたもんだ」

武市は心底、感心したという顔つきになっていた。

「干菓子もどうぞ、召し上がってください」

すっかり武市にこころを開いた様子の女中は、日本橋の『鈴木越後《すずきえちご》』で買い求めた特級品の干菓子だと告げた。

「旦那様がこの干菓子を言いつけられるお客様は、ことのほかお気に入りの方に限られています」

これからの掛け合いが、うまく運ぶといいですね……それを言い残して、女中は下がった。やがてあらわれる、当主の茶の支度のためである。

武市は干菓子を前歯ではさみ、カリッと音をさせてふたつに割った。舌に落ちた半分は、じわっと溶け始めた。

和三盆《わさんぼん》で拵えた干菓子は、甘さに尖りがない。武市は溶けた干菓子を呑み込もうとはせず、まぶたを閉じて甘味を楽しんだ。

目を閉じて舌に気を集めることで、干菓子の美味さがより際立った。

存分に甘味を堪能《たんのう》したのち、武市は惜しむような思いとともに溶けた干菓子を呑み込んだ。ごくっと喉《のど》が鳴った。

「なんてえうまさだ」

武市のつぶやきに、大木屋当主の足音が重なった。

先刻の女中があるじに従っていた。

「待たせたようだが……」

弥兵衛が座すなり、女中はあるじの膝元に湯呑みを置いた。武市に供したものと同じ上煎茶である。

が、菓子皿は置かなかった。干菓子は客にのみ供するのだろう。

「早速だが」

茶にひとくちをつけただけで、弥兵衛は話に入った。武市が美味さに目を見開いた上煎茶も、弥兵衛は呑み慣れているようだ。

「看板の思案が定まったようですな」

「へいっ」

短く威勢のいい声で応えた武市は、矢立を膝元に置いた。

「せっかくの絵をあんたに描いてもらうのだ、きちんと支度をさせよう」

弥兵衛は女中に文机《ふづくえ》などの支度を言いつけた。客間から下がった女中は、小僧三人を引き連れて戻ってきた。

文机。絵具。画板。美濃紙《みのがみ》。筆と筆洗。

驚いたことに、大木屋には絵描き道具一式が揃《そろ》っていた。

「あんたには言ってなかったと思うが、わたしにもいささかの絵心が備わっているらしくてねえ」

弥兵衛のもとには、山本町の絵師が出稽古《でげいこ》におとずれていた。

大木屋ほどの身代になると、絵の師匠のほうから稽古をつけに出向いてくるらしい。

「わたしが使っている素人《しろうと》道具ですまないが、それでも矢立の墨で描くよりはいいだろう」

存分に使ってくれと、弥兵衛は勧めた。

所詮《しょせん》は大店《おおだな》の旦那芸である。弥兵衛当人が口にした通り、素人の絵描き道具が文机の上に並んでいた。

とはいえ、道具にカネを惜しんではいない。筆も絵具も、武市が使っている品よりも見映えはよかった。

筆を手にした武市は、穂先を坪庭が弾き返した明かりに向けた。太筆も細筆も、毛先は見事に揃っていた。

筆に見入っている武市に、弥兵衛は満足感を覚えたらしい。

「素人の道具ですが、あんたに使ってもらえますかな？」

弥兵衛の目元が大きくゆるんでいた。

「仕上がり具合は、あっしが使っている筆に勝っています」

武市は正味で筆を褒めた。

「あっしらが使う品は、筆でも絵具でも画板でも、頑丈なことが一番なんでさ」

玄人《くろうと》の使う道具になによりも求められるのは、どんな場所でも同じ使い勝手が得られる信頼性ですと、武市は言葉を続けた。

「信頼性を請け合うためには、見映えのよさは後ろに引っ込んじまいやす」

武市の言い分を聞いて、弥兵衛はゆるめていた目つきを元に戻した。

素人と玄人の違いは、信頼性の有無。

見映えのよさは、玄人の道具には無用。

武市が気負いなく口にしたことで、弥兵衛はへこまされたらしい。

「それではあんたの思案のほどを、玄人の筆遣いで描いてもらおうか」

弥兵衛の物言いには、それまであった親しさが薄くなっていた。

武市も、それは察していた。

が、いまは思案を絵に描き起こすことが先決である。雑念を払い、絵描きに気持ちを集中させた。

描き始めたときには、弥兵衛は武市の筆に見入っていた。

自在に動く筆先に、弥兵衛の目は釘付《くぎづ》けになった。

素人玄人談議で、いささか気分を害していたが、筆遣いを見ているうちに、すっかりそれは忘れたかに見えた。

武市の筆を見詰める弥兵衛の両目には、感服の色が濃く浮かんでいたからだ。

ところが。

武市が描くのが猪牙舟《ちょきぶね》だと分かるなり、弥兵衛の血相が変わった。

「なんだ、その絵は」

客間の光が揺れたほどに、弥兵衛は声を荒らげた。

「あんたが描いているのが、うちの看板だというつもりか」

「なにかお気に障りやしたんで?」

「気に障ったかだと?」

言い終える前に、弥兵衛はその場で仁王立ちになった。

「うちは江戸でも名の通った乾物の老舗《しにせ》だ。呑み屋ではないぞ」

光のみならず、山水画の軸まで揺れた。

弥兵衛の怒声は、帳場にまで届いていたようだ。駆け寄ってきた番頭は、客間の外に棒立ちになっていた。

三十三

軒下に吊したままになっていた風鈴が、チリリンと乾いた音を立てた。

あるじの剣幕に驚いた番頭は客間に飛び込み、武市のわきに座していた。が、まだあるじに取りなしを言ってはいなかった。

微風ながらも、風は大横川から吹き渡ってくる。風鈴もひっきりなしに鈴を打っていた。

今年の五月二十八日、川開きの物売り屋台に吊されていた風鈴である。滅多に夜店の品など買わない弥兵衛が、涼やかな音に惹《ひ》かれて買い求めた。

冬がきているというのに、風鈴は相変わらず涼しげな音を響かせている。

その音を聞いて、弥兵衛は荒らげていた声を、ふっと途切らせた。弥兵衛の怒鳴り声が静まり、部屋から物音が消えた。

チリリン。チリリン。

風鈴の音が、部屋に響き渡った。

うっ、うんっ。

咳払《せきばら》いをひとつくれてから、弥兵衛は膝を揃えて座り直した。

「いまも言った通り、うちはこの仲町で四代続いている乾物問屋だ」

まだ弥兵衛の目には、尖《とが》った光が残っていた。が、大店のあるじは、軽々しく人前で怒りを破裂させたりはしないものだ。

少々のことでは顔つきを動かさず、鷹揚《おうよう》な振舞いを続けるのが大店当主の値打ちとされていた。

風鈴の音で、弥兵衛は怒りを鎮《しず》めた。

その落ち着きを保とうとして、女中が支度を調《ととの》えていた煙草盆《たばこぼん》を引き寄せた。

「問屋と小売りの乾物屋とでは、商いのあり方は大きく異なる」

弥兵衛は刻み煙草を、キセルの大きな火皿にぎゅっと詰めた。

「小売りの商いなら、通りすがりの客を店に呼び込むためには、看板でひとの目を惹くということも大事だろう」

詰め終えたキセルを、弥兵衛は種火にくっつけた。強く吸うと火皿が赤くなった。

ふうっ。

吐き出した煙が横に流れた。あるじ好みに障子戸を開いた部屋には、風が流れ込んでいる。

風鈴がまた、チリリンと鳴った。

「しかしうちは、わたしが言うのもなんだが、深川でも名の通った問屋だ」

武市は弥兵衛を見詰めたまま、話を聞いている。わきに座した番頭は、相槌代わりに大きくうなずいた。

「わたしが頼んだ看板は、人目を惹くうんぬんの前に、それが四代続く乾物問屋にふさわしいものかどうか……うちの格式に見合った看板なのかどうかが大事だ」

弥兵衛は灰吹きにキセルをぶつけた。叩き方が穏やかなのは、それだけ気持ちが落ち着きを取り戻したからだろう。

一服を吸い終えた弥兵衛は、キセルと煙草盆をわきにどけて武市を見た。

「縄のれんのような店なら、猪牙舟が突き出している看板でも、大きな評判になってなによりだろうが、そんな派手な趣向はうちには向かない」

大木屋にはふさわしくないと断じた弥兵衛は、頭取番頭に目を向けた。

「おまえの考えはどうだ？」

矛先を向けられた頭取番頭の豊司郎は、背筋を伸ばしてあるじを見た。

「てまえはたったいま、ここに参りましたもので、子細を呑み込めてはおりませんが」

豊司郎は武市の思案がどんなものか、分かってはいなかった。が、豊司郎が七歳で大木屋に丁稚《でっち》奉公を始めたのは、すでに四十五年も前である。

「旦那様のお考えこそが、まさしく大木屋を言い当てているものと存じます」

武市の思案がどうであれ、豊司郎はあるじの言い分を受け入れていた。

豊司郎が奉公を始めたとき、弥兵衛はまだ八歳だった。自分より一歳年上の弥兵衛の気性を、豊司郎は他の奉公人はもちろんのこと、内儀よりも呑み込んでいた。

ひとたび言い出したことは、滅多なことでは引っ込めないのが弥兵衛の長所でもあり、また欠点でもあった。

いまはとりあえず弥兵衛の言い分を丸呑みするのが場を収める一番の上策だと、豊司郎は判じたのだろう。

「ひとまず今日のところは、武市さんにお引き取りいただきましょう」

豊司郎はわきにいる武市に、座を立つようにと目で促した。

武市は立ち上がるのを渋った。

深い思案の末に行き着いた看板である。猪牙舟の趣向については、絶対に評判を呼ぶとの自負があった。

職人の武市には、商人《あきんど》のような駆け引きは苦手だった。

せっかくの思案を深い吟味もしないまま、豊司郎は追い返そうとしている。そんな扱いをされることは、職人の矜持《きょうじ》が拒んでいた。

目で促されても、武市は立たなかった。

「武市さん」

呼びかけた豊司郎の目には、強い光が宿されていた。奉公人を従わせる、頭取番頭ならではの目の光である。

「へい」

不承不承ながらも、武市は答えた。豊司郎は立ち上がりなさいと、手で示した。

弥兵衛に一礼してから、武市は豊司郎と一緒に客間を辞した。

チリリン……。

まるで武市をなぐさめるかのように、風鈴は優しい音色を奏《かな》でた。

三十四

十一月三日、暮れ六ツ前。

大木屋頭取番頭の豊司郎が、武市の暮らす清之助店をたずねてきた。

豊司郎はやぐら下のうなぎ屋『しのかわ』に誂《あつら》えさせた蒲焼《かばや》き二串《くし》と、五合徳利に詰められた灘《なだ》酒を両手に提げていた。

「さきほどは、武市さんにいやな思いをさせてしまった」

狭い土間に入るなり、豊司郎は詫《わ》びの言葉を口にした。

「武市さんさえよければ、ここで一杯、やらせてもらいたいと思ってね」

豊司郎は徳利を持ち上げて、武市に見せた。やぐら下の立ち飲み酒屋、『ほりはた』の通い徳利である。

素焼き薄茶色の徳利の腹に、筆でほの字を描いているのがほりはたの印だ。灘の下り酒を一合二十八文で呑ませることで、職人たちに人気の高い酒屋だ。

暮れ六ツ間近の土間は、もはや墨を流したような暗さである。ほりはたの素焼き徳利も、土間に忍び込んできた闇にほとんど溶け込んでいた。

しかし蒲焼きは暗がりのなかでも、美味そうな香りを土間一杯に放っていた。

しのかわが蒲焼きにするのは、砂村の川漁師が毎日小名木川で獲《と》ったうなぎである。

冬場の今の時季のうなぎは、たっぷりと脂《あぶら》がのった絶品だ。そんなうなぎのなかから、格別に大きな二匹を選りすぐり、豊司郎は蒲焼きに焼かせた。

たっぷりとタレをまとって焼き上げられた蒲焼きは、香りをかいだだけで生唾《なまつば》が湧いてきそうだった。

「わざわざ頭取さんに出向いてもらったうえに、酒とうなぎの手土産とは」

土間に飛び降りた武市は、へっついの灰をかき混ぜて種火を引っ張り出した。

その種火に藁《わら》をくっつけた。

行灯《あんどん》に明かりを灯《とも》すための藁である。大きな炎が立った藁で、武市は手早く土間の行灯を灯した。

夜鍋《よなべ》仕事が少なくない武市は、稼業柄《かぎょうがら》、明かりにはぜいたくである。

裏店の流し場の明かりといえば、魚油を燃やす瓦灯《がとう》がほとんどだ。しかし武市は極上の菜種油を灯す行灯を土間に二張り、六畳間にも二張り備えていた。

大型の行灯二張りが灯り、土間の闇がすっかり追い払われた。

「すぐに湯を沸かしやすんで、狭いところで申しわけありやせんが、そっちに上がって待っててくだせえ」

武市は六畳間に上がってほしいと、畳を指し示した。

「それでは、遠慮なく」

豊司郎は履き物を揃えて六畳間に上がった。

裏店には押し入れがない。看板職人の武市は、絵具などの画材を仕舞っておく小箪笥《こだんす》を六畳間の一角に座らせていた。

箪笥と画板や紙で、ほぼ一畳を占めている。残りは五畳だ。男のひとり暮らしだが、武市はきちんと所帯道具を片付けていた。

敷き布団《ぶとん》は三つ折りにして、枕屛風《まくらびょうぶ》で隠してある。部屋の真ん中には、下絵描きにも使う丸いちゃぶ台が出されていた。

厚さ一寸（約三センチ）もある分厚い杉板のちゃぶ台は、四本脚もしっかりしている。五尺六寸（約百七十センチ）、十九貫（約七十一キロ）の豊司郎が畳を歩いても、分厚い杉板のちゃぶ台はびくとも動かなかった。

武市は燗《かん》つけの湯を沸かすために、急ぎ七輪に火熾《ひおこ》しをしている。土間の二張りの行灯が、ぼんやりとした明かりで六畳間を照らしていた。

「手間をかけて申しわけありやせんが」

うちわをあおぐ手を止めた武市は、灯された十匁《もんめ》ろうそくを手に持っていた。

「これで行灯に火をいれてくだせえ」

行灯の火付けに、武市はろうそくを灯していた。

「承知した」

豊司郎は六畳間の行灯二張りに火を灯した。畳の間がほどよく明るくなったところで、豊司郎はろうそくを吹き消した。

行灯に使う油に比べて、ろうそくは何倍もの高値だ。しかし武市はその高価なろうそくを、費《つい》えを惜しまずに使っていた。

絵描きには、明かりは命も同様である。

高値を承知で、武市はろうそくを身の回りに置いていた。

夜鍋仕事の折りには、菜種油の行灯だけではなく、ろうそくもふんだんに使うに違いない……。そう判じ豊司郎は、行灯に照らし出された六畳間に目を走らせた。

見当は図星だった。

部屋の隅には、ろうそくを灯す燭台《しょくだい》が四基も立てかけられていた。しかも一番大型の、百目ろうそく用の燭台である。

裏店暮らしにはまるで似合わない燭台が、しかも百目ろうそくの燭台が四基。

豊司郎は燭台を見て、あらためて武市の職人の技量を察した。

絵描き仕事を万全にこなすためには費えは惜しまないと、燭台が胸を張っていた。

「湯が沸きやした」

燭台に感心していた豊司郎に、湯の支度ができたと武市が声をかけた。

「あいにく徳利は、二合のものが二本しかありやせんが」

「それだけあれば充分だ。わたしはさほどに強いほうじゃない」

強くはないが、熱燗にしてもらえればありがたいと豊司郎は付け加えた。

「あっしも熱燗が好みでやすから」

豊司郎に調子を合わせた武市は、徳利の口が摑《つか》めないほどの熱燗につけた。

肴《さかな》の蒲焼きは、七輪でひと焙《あぶ》りした。

たっぷりまとわりついていたタレが、炭火に落ちて煙を立ち上らせた。

狭い部屋に、蒲焼きの美味さが香りとなって充《み》ちた。

「話は、まず一献やってからということにさせてもらおう」

互いに熱燗の酌をし、ゆっくりと干した。

焼き立てもどきとなった蒲焼きには、ほどよく山椒《さんしょ》を振ってから箸《はし》をつけた。

「しのかわの美味さは知ってるつもりでやしたが、こいつはまた、格別の味でさ」

「喜んでもらえれば、誂えた甲斐《かい》がある」

ふたりとも二合の酒とうなぎの大串を、四半刻《しはんとき》もかからぬ間に平らげた。

ちゃぶ台をきれいに片付けたところで、豊司郎は話を切り出した。

「せっかくの妙案を吟味もせずに、旦那様はあたまごなしに怒鳴りつけてしまった」

まことに申しわけないことをしたと、豊司郎は詫びた。

「旦那様は、ひとたび言い出すと、なにがあっても引っ込めることをしないご気性なのでねえ。あの場で話を続けていては、まとまる話も壊れたに違いない」

無理やりに追い返してわるかったと、豊司郎はもう一度、詫びた。

「頭取さんに、そこまで詫びさせちゃあ、あっしの立つ瀬がありやせん」

どうぞ詫びは引っ込めてほしいと、武市は豊司郎に頼み込んだ。これで、大木屋での一件にはケリがついた。

「それで……あらためてお願いしたいが」

もう一度、猪牙舟の思案を進めてほしいというのが、豊司郎がたずねてきた用向きだった。

「武市さんが帰ったあと、旦那様もあれこれと考えを巡らせたようだ」

今はもう老舗風を吹かせる時代ではない。

日本橋室町の大通りに店を構えている老舗でも、客の目を惹くためにはあれこれと趣向を凝らしている。

日本橋でもそうだというのに、門前仲町の問屋が老舗だの大店だのといって納まり返っていては、商いの波に乗り遅れる。

ぜひとも趣向を凝らした看板で、江戸中の評判を集めるように仕掛けてもらいたい。

「そうは言いつつも、どこかには老舗ならではの風格を感じさせてほしいというのが、旦那様の注文なんだが……」

豊司郎は頼み込むような口調で、武市への話を閉じた。

「そのことについちゃあ、あっしにも考えがありやす」

武市は画材箪笥の引き出しから、一枚の下絵を取りだした。豊司郎に見せる前に、大型の遠州行灯を膝元に置いた。

「これを船の水押《みよし》にくっつけようと思っておりやす」

開かれた半紙に、豊司郎の目が釘付けになった。

半紙一杯に、梅鉢が描かれていた。

鮮やかな紅花色の梅鉢だった。

三十五

十一月三日、六ツ半（午後七時）を四半刻も過ぎたころ。昼間の上天気は夜になっても続いていた。

見渡す限りの夜空一面に、数え切れないほどの星が散っていた。しかしまだ月は細くて三日月だ。

そんな月星の夜空の下を、武市と豊司郎が並んで歩いていた。向かっている先は門前仲町の料亭、『江戸屋』である。

華やいだ料亭に向かっているというのに、武市の足取りはすこぶる重かった。

仲町の辻《つじ》にさしかかったとき、武市は歩みを止めて豊司郎を見た。

「やっぱりあっしには、江戸屋さんに行くてぇのは気が進みやせん」

やぐら下の縄のれんにしてほしいと、武市は訴えかけた。

仲町の辻には、高さ六丈（約十八メートル）の火の見やぐらが建っている。晴れてさえいれば、御府内の隅々まで見渡せるという、江戸で一番高い火の見やぐらだ。

このやぐらの下には、何十軒もの呑み屋や一膳飯屋《いちぜんめしや》、小料理屋が集まっていた。

「仲町のやぐら下の店なら、どこに入っても安くて美味い酒と肴が楽しめる」

やぐら下の店は、深川っ子の自慢のひとつだった。

もとより豊司郎も承知である。

しかしいまは、武市の言い分を受け付けなかった。

「やぐら下がどうこうという話は、もうカタがついていたはずだが」

豊司郎の口調が、わずかに尖りを帯びていた。

「それはそうでやすが……」

火の見やぐらの黒板を背にした武市は、どうしても気が進まないと声音を曇らせた。

「そう言ってはなんだが」

豊司郎は武市に一歩詰め寄った。

「あんたは江戸屋さんに行ったことでもあるのかね」

「とんでもねえ」

武市は手を大きく振って、あるわけがないと応じた。

「ならば武市さん、行きもしないで行きたくないと断るのは、食わず嫌いを言い募るこどもも同然じゃないか」

小声だが、きっぱりとした物言いである。多くの奉公人に指図をしなれている、大店の番頭ならではの物言いだった。

「かれこれ五ツ（午後八時）が近い」

豊司郎は夜空を見上げた。細い月が空の居場所を変えていた。

「前触れもなしに行くからには、遅くなっては江戸屋さんにも迷惑だ」

とにかく行こうと、豊司郎は武市に言い聞かせた、もはやその物言いは、指図に近かった。

「分かりやした」

答えた武市は、肚《はら》をくったのだろう。背筋を張って歩き始めた。

豊司郎が先に立ち、歩みの調子を早めた。

ふたりが向かっている江戸屋は、深川でも名の通った老舗料亭である。肚をくくって歩き始めたにもかかわらず、武市は時おり吐息を漏らした。格式の高い料亭になど、行きたくはなかったからだ。

ふうっ。

吐息を漏らした武市の前を、黒毛の野良猫《のらねこ》が横切った。

材木商の集まっている木場《きば》は、門前仲町からわずか五町（約五百四十五メートル）の隔たりでしかない。その材木商を相手にする料亭が、門前仲町には群れをなして店を構えていた。

江戸では蔵前《くらまえ》の札差《ふださし》、日本橋室町の大店、深川木場の材木商が三大大尽（大金持ち）だと言われていた。

蔵前の札差は、両国橋西詰の料亭と、柳橋の船宿をひいきにした。柳橋には、札差を旦那に持つ芸者も多くいた。

日本橋室町の大店がひいきにしているのは、浜町河岸《はまちょうがし》に並んだ料亭である。

浜町の料亭は、日本橋川から堀伝いに行き来ができた。

大店の当主は、料亭に出入りする姿を見られるのを嫌った。このことは蔵前の札差や、木場の材木商とは大きく異なった。

札差も材木商も、遊びでカネを使うのは店の見栄《みえ》だと考えていた。ところが室町の当主たちは、そうではなかった。

「あの店の旦那は、また今日も浜町においでのようだ」

こんな評判が立つと商いに障《さわ》る。それを案じるがゆえ、料亭に向かう姿を見られたくなかった。

屋根船のなかに隠れて出向ける浜町河岸の料亭なら、室町からも近くて便利である。大店の旦那衆の遊びに芸者はつきものである。浜町の客は浜町河岸の芸者衆が相手をした。

送り迎えを受け持つ船宿も、浜町には数多くあった。木場の材木商は、門前仲町の料亭をひいきにした。大小合わせて三十軒はあるという料亭の数が、
それだけの料亭のなかでも、江戸屋は格式の高さと料理の美味さ、築山《つきやま》の見事さで抜きんでていた。

江戸屋は一見《いちげん》客を断っているわけではない。しかし店の評判を聞き及んでいる者は、顔つなぎもされずにおとずれようとはしなかった。

「江戸屋で遊ぶには、ひとり二両はかかるそうだ」

「そうじゃない。どう安くても、ひとり三両二分は入り用だという話だ」

江戸屋を使ったこともない者たちが、耳にした評判をあれこれと言い交わした。その

うわさが、さらに江戸屋の評判を高いものにしていた。

通りの先に、江戸屋の提灯《ちょうちん》の明かりが見えていた。

提灯には、百目ろうそくがともされている。玄関の両側に吊された、際だって明るい大型の提灯もまた、江戸屋の格式のひとつだった。

玄関前に立っていた下足番が、豊司郎の姿を見つけた。暗がりを歩いていても、すぐに馴染《なじ》み客を見分けるのが老舗料亭の下足番である。

「いらっしゃいまし」

下足番の声が、武市にまで聞こえた。すこぶる愛想のいい物言いだ。

ふうっ。

武市から、一段と大きな吐息が漏れた。

豊司郎は紋付きの羽織姿だが、武市は股引半纏《ももひきばんてん》の職人身なりである。

豊司郎はその格好でいいと言った。

しかし股引半纏姿で江戸屋の玄関を入るのは気後れがした。

武市の歩みが、ひどくのろくなっていた。

三十六

大木屋は江戸屋に上物の乾物を納めていた。それに加えて、客としても江戸屋を使っているのだろう。

前触れもなく、しかも五ツ前という遅い訪れだったにもかかわらず、豊司郎と武市は庭に面した十二畳間に案内された。

部屋に入る前に、豊司郎はわずかに眉《まゆ》を動かした。それだけで仲居は察した。

「どうぞこちらへ」

股引半纏姿の武市を、仲居は床の間を背負う座に案内しようとした。

一度も老舗料亭など、入ったことのない武市だ。が、床の間を背負うのが上座《かみざ》であるのは、もちろんわきまえていた。

「あっしが高い席なんぞは、とんでもねえことでさ」

武市は手を大きく振って、上座を拒んだ。

「今夜は武市さんが、てまえのお客様です。上座は当然でしょう」

豊司郎はきっぱりとした物言いで、武市を上座に座らせた。

「口幅《くちはば》ったいことを申し上げるが、武市さんよりはてまえのほうが、この手の場には慣れていると思いますが、それでよろしいか？」

「よろしいもなにも、あっしは江戸屋さんの玄関をへえったのは今日が初めてでさ」

武市は半纏の襟元を閉じ合わせた。

「ならば武市さん、今夜はこれからてまえが申し上げることを、しっかりと聞き届けていただきたい」

豊司郎の目が光を帯びた。まさに大店の番頭の目つきである。

「よろしくお願い申し上げやす」

武市も素直に応じたあと、部屋のふすまに目を走らせた。先刻の仲居が、すぐに戻ってくるような気がしたからだ。

「わたしが手を叩くまでは、だれもここには寄ってはこない。案ずるには及びません」

豊司郎は武市の胸の内を読み取っていた。

十一月三日ともなれば、夜には冬の凍えが忍び寄ってくる時季だ。江戸屋の仲居は小型の手焙《てあぶ》りを、豊司郎と武市のわきにすでに配していた。

豊司郎は炭火に手をかざし、軽く両手をこすり合わせてから目を武市に戻した。

相変わらず、強い光を帯びていた。

「さきほどの絵を、いま一度見せてくださらんか」

「ようがすとも」

立ち上がった武市は、部屋の隅に置かれた遠州行灯を運んできた。向かい合わせに座した豊司郎との間に、行灯を置いた。

極上の油を使っている行灯だが、武市が仕事で使うろうそくよりは明るさが劣っていた。

行灯をふたりの間に置いた武市は、腹掛けのどんぶり（胸元に縫い付けた小袋）に手を差し込んだ。取り出したのは、先刻豊司郎に見せた梅鉢の絵である。

半紙を開こうとしたら、動きを豊司郎が止めた。

パン、パンッ。

豊司郎が手を叩《たた》くと、乾いた音がした。間をおかずに仲居が顔を出した。

「百目ろうそくの燭台を二基、ここに持ち込んでくだされ」

「かしこまりました」

下がった仲居が戻ってきたときは、燭台を両手に持った下男を引き連れていた。

すでにろうそくは灯されている。二基の百目ろうそくの光を浴びて、客間がいきなり明るくなった。

「ゆっくりと仕度を始めてもらいましょう」

ていねいな物言いで、仲居に酒肴《しゆこう》の仕度を言いつけた。

「それではご注文通りに」

燭台を持ち込ませたのは、大木屋の仕事にかかわりがある……そう察した仲居は、頃合いを見計らって酒肴を運んでくると答えた。

二基の燭台をふたりの間に置いてから、豊司郎は半紙を広げさせた。

紅色で描かれた梅鉢の紋が、鮮やかに浮かび上がった。

「この紅色は、さきほど武市さんが口にした加賀あかねとは別物ですな？」

「別物です。あっしの手元には、加賀あかねの絵具はありやせん」

武市の返事を聞いて、豊司郎は得心顔でうなずいた。

「てまえがいきなり武市さんをここに連れてきたのも、その加賀あかねという色を聞かされたからです」

豊司郎は梅鉢を描いた半紙を、元通りに仕舞うようにと告げた。武市が四つに畳んでどんぶりに戻したところで、豊司郎はろうそくを消した。

部屋の明るさが四分一になった。

仕事がらみの話が終わったと察したのだろう。仲居は朋輩《ほうばい》を引き連れて、先付けの載った膳を運んできた。

しつけの行き届いた江戸屋の仲居は、客の様子に気を配り続けている。

豊司郎は仲居たちに酌などの世話を求めていない……それを察するなり、客間から下がった。

豊司郎が再び話を始めたのは、熱燗の酒を武市に勧めたあとである。

「言い方を誤ると、わたしが不遜《ふそん》きわまりない男に聞こえるだろうが、あんたにはそれを承知で話を続ける」

豊司郎は居住まいを正した。武市は熱燗が注がれた盃《さかずき》を膳に戻して背筋を伸ばした。

「わけあってここまで口を閉ざしてきたが、わたしは六造親方と昵懇《じっこん》の間柄だった」

独り立ちをしたあとの武市をよろしく頼むと、生前の六造から頼まれていた……。

豊司郎が話し始めると、膝に載せた武市の手に力がこもっていた。

＊

六造と豊司郎の出会いは、十数年前の富岡八幡宮《はちまんぐう》本祭だった。

町の威勢を顕《あらわ》す町内神輿《みこし》を、仲町は誂えていた。商家の若い者は神輿の大事な担《かつ》ぎ手である。大木屋も二番番頭を筆頭に手代全員が町内神輿の担ぎ手だった。

朝から上天気に恵まれた正午過ぎに、神輿は仲町の辻に戻ってきた。

火の見やぐらの建つ辻から八幡宮正面まで、参道両側には多数の商家が並んでいた。

大木屋は辻に近い一軒で、神輿が大きく上下にうねる場所だった。

六造が本祭見物に出向いたのは、この年が初だった。

「神輿には思いっきり水がぶっかけられやすんで、親方は濡《ぬ》れても構わねえなりで見物してくだせえ」

何度も本祭を見物してきた弟子は、雨具の合羽《かっぱ》を羽織るように強く勧めた。が、朝からの陽差しは強すぎた。

「少々濡れても、どうてえことはねえ」

弟子の言い分を聞き流して出かけた。

寄進を惜しまない大木屋の前で神輿がうねるのは、毎度のことである。揉《も》まれる神輿には盛大に水がぶっかけられた。

大木屋の小僧たちは大型の桶《おけ》に真水を汲《く》み入れて、神輿接近に備えた。

埋め立て地深川の井戸は、海水が混じっていて塩辛い。飲み水は水売りから真水を買い求めていた。

店の見栄で、大木屋は真水を神輿にぶっかけてきた。担ぎ手もそれを知っていた。

井戸水を浴びた半纏は、乾けば塩を吹いた。大木屋で浴びせられる真水は、塩を洗い流してくれるのだ。

「盛大に浴びせて鳳凰《ほうおう》を喜ばせなさい」

豊司郎から言いつけられた小僧たちは、大型の水桶を表に運んだ。高さ四尺の台に水桶を置き、小僧が台に乗って振り撒《ま》くのだ。

六造は水桶台のすぐ脇に立っていた。

ふたりがかりで運んできた水桶を台に載せようとして、ひとりが足を滑らせた。抱えていた桶が横になり、真水が丸ごと六造に浴びせられた。

一部始終を見ていた豊司郎は、慌《あわ》てて六造に駈《か》け寄った。

「とんだ粗相をいたしました」

あたまを下げた豊司郎と六造とは、体つきがほぼ同じだった。

潜《くぐ》り戸《ど》から店に招き入れたあと、豊司郎は自分の浴衣《ゆかた》とふんどしを差しだした。

「とり急ぎ、これを召されて祭りを楽しんでください」

神輿宮入は七ツ（午後四時）の見当である。

「この天気ですから宮入までには洗い物も乾くに違いありません」

詫びる豊司郎を六造は押し止《とど》めた。

「水掛け祭りの作法も知らず、水桶の脇に突っ立っていたあっしのほうに非がありやす」

弟子を何人も抱えた六造である。物言いには実《じつ》があった。豊司郎には感ずるものがあったようだ。

「まことにご面倒をおかけしますが、宮入のあと、てまえどもまでいま一度、足をお運びください」

この出来事がきっかけとなり、豊司郎と六造との付き合いが始まった。

酒を酌《く》み交わす仲となってからは、互いに胸の内を明かしあったりもした。信頼してなんでも話せる相手が、ふたりともいなかった。

「武市という男に、おれは目をかけている」

絵の筋がよく、ときには突飛な思案を思いついたりもする。

「まだ物心も定かじゃねえこども時分から、あちこち預けられていたんだが……」

ひとをねたんだり、嘘をつくなどは皆無の子だったと、六造は言葉を補い、あとを続けた。

「口数は多くねえし、上手も言わねえが、ひとの情けには存分に触れて育ってきたんだ」

あぐらの背筋を伸ばした六造は、調子を強くした。

「あいつの少ない物言いには、世辞とは無縁の正味が詰まっている」

偏屈なところもある男だが、紅花の技は武市に伝授する気でいる……。

六造はきっぱりとこれを明かしていた。

何度か武市と話をした豊司郎は、六造の目は確かだったと確信していた。

＊

「加賀あかねというからには、加賀様にかかわりのある色のはずだが」

「その通りでさ」

武市は加賀にゆかりのある聡助から、加賀あかねの話を聞かされていた。

「うちの看板に、加賀あかねで描いた梅鉢をあしらってもらえれば、間違いなく江戸中の評判となる」

看板に使う船の水押に、加賀あかねで描いた梅鉢をあしらう。この思案を聞かされたからこそ、豊司郎は江戸屋に武市を引き連れてきたのだ。

「しかし梅鉢が評判を取るためには、色味が加賀あかねなればこそだ。江戸者のほとんどは、その色味を知らない」

正しく色味を出すためには、加賀あかねの元色を手に入れなければならない。が、そのために加賀まで出向くのは難儀だ。

「本郷に行けば、加賀様お屋敷に出入りをしている商家は幾らでもあるはずだ。そのなかの一番の商家を酒席に招いて、加賀あかねの元色をなんとしても手に入れてほしい」

首尾よく運ぶために、その商家の手代か手代頭を、江戸屋に招いてもらいたい……豊司郎は手酌で盃を満たした。

「今夜はそのための稽古だ。存分に楽しんでもらいましょう」

豊司郎が手をふたつ叩いた。

音も立てずにふすまが開き、仲居四人が座敷に入ってきた。

武市は慌てて座り直した。

庭の遠くで、鹿威《ししおど》しがスコーンと鳴った。

三十七

豊司郎と武市が江戸屋の座敷を出たときには、五ツ半（午後九時）を過ぎていた。

思いのほか長居をすることになった。

が、深い満足感を覚えた武市は上気して、頰の周りが朱色になっていた。

女将《おかみ》は店の玄関口でふたりを見送った。そのあと、下足番は提灯を提げて表通りと路地が交わる辻まで見送りに出てきた。

日頃から大木屋と江戸屋は、深い付き合いをしている。わざわざ提灯を提げて見送る下足番の動きにも、親密さがあらわれていた。

「ここで結構だ」

大通りに出たところで、豊司郎は下足番に告げた。

豊司郎は、羽織のたもとからポチ袋を取り出した。大木屋家紋の梅鉢が摺《す》られた、美濃紙のポチ袋だ。

「手間をかけました」

傍目《はため》に分からぬ動きで、豊司郎は下足番にポチ袋を握らせた。その所作も手慣れたものである。

「ありがとうごぜえやす」

小声で礼を告げて、下足番は江戸屋に戻って行った。

通りを隔てた先が大木屋である。

商家の並んだ十五間幅の大通りだが、どこもすでに雨戸を閉じていた。

十一月三日で、空の月は細い。星明かりだけの表参道大通りは、道幅が広いだけに闇《やみ》も深かった。

豊司郎は通りを隔てた先の大木屋に目を向けた。とはいえ大木屋もすでに灯火を落としていた。

なにも見えない闇を、豊司郎は黙したまま見詰めた。

頭取番頭がなにを思っているのか、武市には察しがつかない。が、余計な口を挟まないほうがいいとのわきまえはあった。

ふたりは黙したまま、しばらく闇に溶けた大木屋を見詰めた。

ふうっ。

吐息を漏らしてから、豊司郎は小声で話を始めた。

「もしもいま、うちの庇《ひさし》にあんたの思案通りの看板が突き出していたとしても」

豊司郎は大木屋に向けて、右腕を突き出した。武市も同じあたりに目を移した。

「この闇のなかでは、せっかくの看板がまるで活《い》かされないことになる」

武市を振り返った豊司郎の目は、闇のなかでもはっきり分かるほどに光を帯びていた。

「素人《しろうと》が勝手な思いつきを言うことを、勘弁してもらいたい」

断りを言ったのちに、豊司郎はいまこの場で思いついたことを口にし始めた。

「今夜の江戸屋さんが見せてくれた、絵皿の趣向を覚えていなさるか」

「もちろんでさ」

武市は即座に応じた。

両目には、つい先刻見せられた絵皿の鮮やかさが焼き付いていた。


座敷にあいさつに顔を出した女将に、豊司郎は武市を顔つなぎした。

「このひとは、うちの看板の造作一切をお任せしてある腕利《うでき》きの職人さんだ」

「さようでございましたか」

看板造りの職人だと知った女将は、正味で気持ちを動かしたようだ。

「今朝、惜しいことにいさきさんの飾り行灯が燃えてしまいまして」

武市は喉《のど》を鳴らして固唾《かたず》を呑《の》んだ。

女将は構わずに話を続けた。

「あの火事で、めっきり深川が寂しくなりそうだと案じていた矢先ですから……」

ぜひとも、深川の新しい評判となる看板を拵《こしら》えてほしいと、女将は武市に頼んだ。

江戸屋の女将秀弥《ひでや》は、代々が富岡八幡宮の氏子《うじこ》総代《そうだい》を務めていた。当代の秀弥も、もちろん総代である。

深川の新たな評判となるように……。

秀弥の物言いからは、深川を思う気持ちが強く感じられた。

「じつは女将、武市さんは飛び切りの趣向を考えているようでね」

加賀あかねという色味をご存じかと、豊司郎は秀弥に問うた。

「あいにく存じあげませんが、どんなお色でございましょうか」

「わたしも知らないんだ」

あっさりと白状した豊司郎は、加賀藩の大名行列にも使われているそうだと、武市から聞いた話を受け売りした。

「加賀あかねではございませんが、てまえどもにもひとつの持ち合わせがございます」

座敷を下がった女将は、料理番と仲居を従えて戻ってきた。

料理番は両手に大きな籠《かご》を提げていた。

「暫時《ざんじ》、明かりを落とさせていただきますが、不都合はございませんか？」

「なんらありません」

豊司郎の返答を確かめてから、秀弥は仲居と料理番に目顔で指図をした。籠から取り出した道具で料理番が設《しつら》えを終えたあと、仲居は座敷の明かりを落とした。

ふすまが閉じられた座敷は、闇に包まれた。

百目ろうそくを使った龕灯《がんどう》が、その闇を切り裂いた。

ろうそくの強い明かりが、九谷焼の絵皿を照らしている。

座敷の明かりは、龕灯一灯だけである。闇のなかに浮かび上がった九谷焼の絵皿は、赤の美しさが際立《きわだ》って見えた。

「加賀あかねというお色も、さぞかしきれいでございましょうね」

早く大木屋の看板を見てみたいと、秀弥は絵皿のわきで思いを告げた。

百目ろうそくの芯《しん》は太くて長い。わずかな風を浴びても、明かりはゆらりと揺れる。炎が揺れると、絵皿の色味が微妙に変わって見えた。

闇のなかに浮かんだ九谷焼を見た刹那、武市の息が詰まった。

焼き物の美しさゆえにではない。六造を思ったがためだった。

親方が口にしていた「加賀にもある紅色」とは、九谷焼の色だったのか……と、得心できたからだった。

「先刻の江戸屋さんのように、もしも龕灯が水押の梅鉢を照らし出してくれたならば、さぞかし鮮やかに映るに違いないと思うが」

豊司郎の両目にも、座敷で見た絵皿の鮮やかさが焼き付いているらしい。

「素人の思いつきだなんて、とんでもねえことでさ」

武市は本気の物言いで答えた。

「水押につける梅鉢の紋は、差し渡しで五尺（約一・五メートル）の大きさになると考えておりやす」

「それはまた、図抜けて大きなものだ」

豊司郎は甲高い声になっていた。

水押につける梅鉢紋が差し渡し五尺であるなら、猪牙舟《ちょきぶね》はどんな大きさなのか。

いまさらながら、豊司郎は看板の大きさに驚いたのだろう。

「相当に大きな紋になりやすんで、それを照らす細工も半端《はんぱ》な仕事じゃあねえでしょうが」

仕上がったら評判になるのは間違いないと、武市は請け合った。

「今夜のうちから、段取りを始めやす」

武市もすっかり気を昂《たか》ぶらせていた。

「いかにあっしがモノを知らなかったかを、今夜は思い知らされやした」

武市は豊司郎に深い辞儀をした。

儀礼ではない。正味の感謝の気持ちをこめて、深々と辞儀をした。

「今夜のことが、あんたの役に立ったのであればなによりだ」

辻の暗がりに立った豊司郎は、鷹揚《おうよう》な物言いで応じた。

「看板作りの思案の足しになってくれれば、席を設けさせてもらった甲斐がある」

豊司郎の顔つきが引き締まった。

わずか半刻あまりの酒席で、豊司郎は五両もの費えを投じていた。

看板思案の足しになればと言うのも、豊司郎の正味の思いだったのだろう。

暗がりで豊司郎と向かい合っている武市は、あれこれと今夜のことを思い返した。

門前仲町で一番と評判の高い江戸屋は、七ツ（午後四時）から五ツ半までの商いだ。

両国や柳橋、向島の料亭に比べれば店の口開けは一刻は早かった。

「てまえどもの料理を美味《おい》しく召し上がっていただくには、明るさが大事です」

食は目で愛《め》でることから始まる。

これが江戸屋の流儀だった。

料理を目で楽しむ。これを実践するために、器にも盛りつけの添え物にも費えを惜しんではいない。

そして充分に目で楽しんでもらいたいがために、まだ陽の高い七ツから客を受け入れていた。

江戸屋女将の言葉は、仕事の神髄を言い当てていると武市は呑み込んでいた。抜かりない準備がなされていればこそ、料理は味わう前に目で楽しんでいただくと言い切ることができるのだ。江戸屋は身代を賭して料理と向きあっていることを、別の言い方で言い切っていた。

こう呑み込んだ武市は、なら看板はどうだと考えた。

看板も、目で楽しんでもらえることが大事だ。が、それは答えの一部分に過ぎない。大路を行き交うひとに伝えなければならない一番の大事は、看板を掲げる商家への安心感を感じさせることだ。

店への安心感・信頼感があって初めて、趣向の善し悪しを判じてもらえる。

「ありがとうごぜえやす」

武市は江戸屋の方角にこうべを垂れた。

大木屋の看板を「千両看板」とするための極意を、江戸屋女将から教わったと、深く垂れた脳裏に刻みつけた。

江戸屋からはもうひとつの大事も今夜教わっていた。

闇のなかに浮かび上がったモノの美しさという大事を、である。

九谷焼の鮮やかさを際立たせるために、女将はわざわざ座敷の明かりを落とした。そして重たい龕灯を運び込むという、手間を惜しまなかった。

座敷の闇が深かっただけに、照らし出された九谷焼の絵皿が際立って映えた。

豊司郎は、あの手法を看板に取り入れたいと武市に告げた。

本来なら、武市のほうから豊司郎に龕灯を使わせてほしいと申し出ることだ。

今夜は幾つもの大事を教わった。

そして、いかに自分がモノを知らなかったかを思い知った。

まだまだ未熟なくせに、裕三には負けたくないと、それはかりを思ってきた。

恩人である六造親方の祥月《しょうつき》命日があさってに迫っていた。それすら忘れて、裕三を打ち負かすことばかりを思っていた。

今夜、江戸屋に招いてもらえたことを、武市は身体《からだ》の芯からありがたく思った。

「しっかりやらせてもらいやす」

豊司郎にもう一度、あたまを下げた。

「仕上がりが楽しみだ」

言い置いた豊司郎は、雪駄《せった》を鳴らしながら大木屋に戻って行った。

頭取番頭を見送る武市は、龕灯に照らし出された梅鉢の紋を思い描いていた。

火の用心……。

夜回りが打つ拍子木《ひょうしぎ》の音が、仲町の奥から聞こえてきた。

三十八

豊司郎と別れた武市は、黒船橋を渡り始めた。十一月三日の夜空にあるのは、まだ年若い月である。

黒船橋の真ん中で、武市は五尺五寸の身体を欄干《らんかん》に預けた。

刻はもう四ツ（午後十時）が近い。寝静まった町の木橋を渡る者は、武市のほかには皆無だった。

夜が更《ふ》けるにつれて、凍えが町におおいかぶさってくる。武市が吐いた息は凍えにさらされて、白く濁った。

橋の真ん中から向こう岸の通りに目を凝らしても、動いている人の気配はほとんどなかった。

しかし町木戸が閉じられる四ツからが、聡助の屋台は賑《にぎ》わい始める。町は深い眠りについているように見えても、通りを歩くひとの気配は感じられなくても、夜鳴きうどんの屋台を待っている者はどこかに潜んでいるのだ。

とりわけ今夜のように冷え込みがきつい夜は、うどんの温《ぬく》もりを求めていつも以上に客が寄ってくるだろう。

手慣れた手つきでうどんを茹《ゆ》でる聡助の姿を、武市は思い描いた。多くの客で商いが弾み、笑みが絶えない聡助の色黒顔まで見えたような気がした。

ふうっ。

吐息をひとつ漏らしてから、武市は夜空を見上げた。

大木屋の飾り行灯に加賀あかねを用いる。

この思案に行き着くまでの武市は、弟弟子に先を越された焦《あせ》りと苛立《いらだ》ちで、身悶《みもだ》えを続ける日々を送ってきた。

そんな武市に、進むべき道を示してくれたのが聡助だった。

しかも聡助の在所は加賀だという。

いま武市のあたまのなかを走り回っている、加賀あかね。この色についてのあらましも、聡助から聞けるかもしれない。

武市はもう一度、三日月を見上げた。

六造が逝《い》ったあと、武市は今夜まで三日月を見上げることはしなかった。

月を見れば、六造の言葉を思い出す。そして、秘伝を教えてもらえなかった口惜《くや》しさをも、同時に思い出すと分かっていたからだ。

いまは違った。

両手をこすり合わせた武市は、温かい息を手に吹きかけた。

今夜はみっちり、聡助から加賀あかねのあらましを聞かせてもらおう。

胸の内で思い定めた武市は、力強い歩みで欄干から離れた。

「仕上がりが楽しみだ」

武市にこう言い置いたあと、大木屋の頭取番頭は雪駄を鳴らして店へ戻って行った。

武市の技量を信じたうえで、しっかりやってくれと励ましているような、雪駄の尻金《しりがね》の鳴り方だった。

やりやすぜ。

声に出して自分に言い聞かせた武市は、黒船橋の南詰へと渡り始めた。

大横川の南岸伝いに歩けば、聡助に出会うことができる……そう思い定めて橋を渡る武市は、一歩ずつの歩みが確かである。

ウオオーーン……。

漁師町の方角から、犬の遠吠《とおぼ》えが聞こえてきた。もの悲しい吠え方だが、武市の耳にはこの遠吠えまでも励ましに聞こえていた。

三十九

武市の見当通り、聡助は蓬萊橋たもとに担ぎ屋台をおろしていた。

客が座る折りたたみの腰掛けと卓が、屋台の前に設えられていた。

しかし大きな見当外れだったのは、客がひとりもいなかったことだ。

「なにがあったかは知らねえが、今夜はさっぱり時化《しけ》だ」

武市を見ても、聡助の顔に笑みは浮かばなかった。

「おめえさんの宿は、こっちじゃあねえだろによ」

話しかけてきた聡助の声にも、いつになく愛想は乏しかった。

武市もひとに上手な愛想が言える男ではない。

「聡助さんに会いたくて、ここまで屋台を探して出向いてきたんですぜ」

冷え込んだ夜だけに、口がうまく回らない。武市の物言いは間の悪いことに、聡助には恩着せがましく聞こえたようだ。

「探したと言われても、おれがあんたに頼んだわけじゃねえ」

折りたたみの腰掛けに座った聡助は、七輪の前から動こうとはしなかった。

振分けの担ぎ屋台は、片方に炭火の熾《お》きた七輪を積んでいる。屋台をおろしたあとは大型の鍋《なべ》を七輪に載せて、湯を沸かすのだ。

うどんを茹でたり、どんぶりを温めたり、燗酒《かんざけ》を拵えるのに使う湯だ。

ブクッ、ブクッ、ブクッ。

鍋一杯に張られた湯は、低い音を立てて煮えたぎっていた。湯の様子を見て、武市は今夜はまだ坊主《ぼうず》（客なし）だと察した。

鍋の湯は真《ま》っ新《さら》で、そのまま急須《きゅうす》に移して茶をいれてもいいほどに澄んでいた。うどんを茹でてもおらず、燗酒をつけてもいないがゆえの真新しい湯である。

武市は両手を凍《い》てついた夜空に突き上げて、身体に大きな伸びをくれた。

つい今し方、武市は黒船橋の真ん中で六造が三日月の夜に話したことを思い出した。

いまもまたひとつのことを思い出し、身体に伸びをくれたのだ。

「今夜のあっしは、縁起がいいんでさ。口開けの客みてえだから、景気をつけさせてもらいやすぜ」

武市は声を弾ませて花巻うどん一杯に、燗酒二合を注文した。

「花巻は、海苔《のり》を倍付けにしてくだせえ」

「あいよう」

応《こた》えた聡助は、幾らか声の調子が明るくなっていた。

担ぎ屋台で商う燗酒は、江戸の地酒隅田川ひとくちである。熱燗にして一合二十文。

その燗酒を武市は二合頼んだ。

花巻うどんは、炭火で炙《あぶ》ってから揉んだ海苔を振りかけたかけうどんである。これが一杯十六文だ。

海苔好きの客は、八文を足して倍の量をうどんにちらした。

聡助のうどんは太い。

そのうどんに負けぬように、サバ節でダシをとったつゆは、味がしっかりしている。うどんとつゆと揉み海苔。三者が味を競い合う聡助の花巻うどんの美味《うま》さは、深川の町々に知れ渡っていた。

「先にうどんからになったが、それでもいいかい?」

「もちろんでさ」

武市はさらに声の調子を明るくした。

「今夜は冷え込みがきついからよ。刻みネギをたっぷりおごっておいたぜ」

商いが滑り出したことで、聡助の物言いにも威勢が戻っていた。

「ネギの香りをかいだだけで、身体の芯からあったまってきやすぜ」

精一杯の愛想を込めて応じた武市は、うどんに箸《はし》をつける前にどんぶりを抱え持った。

サバ節と刻みネギ、それに揉み海苔の香りがもつれ合っている。存分に香りをかいでから、つゆをすすった。

聡助はほどよく七色《なないろ》(七味唐辛子)も振っていた。つゆの旨味《うまみ》に、山椒《さんしょ》と唐辛子がピリッとした調子を加えている。

「うめえ」

武市のつぶやきは世辞ではなかった。

高橋の縄のれんを出たあと、六造は橋のたもとに近寄った。四ツ前で、まだ荷をおろしたばかりの夜鳴き蕎麦《そば》が、屋台の行灯《あんどん》に明かりを灯していた。

「口開けの屋台に出くわしたときは、まずてめえの身体に大きな伸びをくれるんだ」

そうすることで、屋台にほかの客も呼び込むことができる。口開けの客は、その夜の商いの縁起を左右するという、大事な責めを負っている。

「てめえが口開けだと分かったら、景気づけにいつも以上の誂《あつら》えを口にしろ」

いい縁起をひとに裾分《すそわ》けできれば、それはかならず自分に返ってくる。

「情けはひとのためならずてえが、景気づけだっておんなじだ」

屋台の親爺《おやじ》に気に入られれば、新しい飾り行灯の注文だってもらえるかもしれない。口開けの客になったときは、ゼニを惜しむんじゃねえ。愛想よく、景気づけをしろ。

六造が口にした諭《さと》しを、武市はしっかりと胸の内に刻みつけていた。


「熱燗がついたぜ」

熱くなったチロリを、聡助が屋台の卓に載せた。

「まずは、こいつを平らげやすから」

武市はどんぶりを両手で抱えて、つゆをすすった。底が見えるまで、つゆを飲み干した。

「そんだけ気持ちよく食ってもらえたから、いい縁起をつけてもらったぜ」

おれに会いたいと言ってたが、なにか格別の用があるのか……問いかけた聡助の声は、すこぶる明るかった。

武市はカラになったどんぶりをわきに置き、チロリの酒を湯呑みに注いだ。

「じつは加賀あかねのことを……」

口を開きかけたとき、七人連れの職人が屋台に寄ってきた。

四十

火の用心……火の用心……。

四度目の夜回りが回ってきたとき、屋台からようやく仕舞いの客が離れた。

「半刻《はんとき》以上も、手伝わせることになっちまったなあ」

武市に話しかける聡助の上機嫌な声に、向こう岸を歩く夜回りの物音が重なった。

チョーン、チョーンと響きのいい乾いた音を立てる拍子木。

チャリン、チャリン……拍子木を追って、金棒の鉄輪《かなわ》が鳴った。

十一月ともなると、町は早寝である。がやがやと賑やかだった屋台の客も、四ツ半（午後十一時）を過ぎたいまではひとりもいなくなっていた。

聞こえるのは、向こう岸を行く夜回りの音だけである。

「おめえがこんなツキを持った男だったてえのは、うかつにも今夜まで気づかなかったぜ」

わずか半刻少々で、三十杯用意していたうどんが売り切れになったのだ。聡助は嬉《うれ》しさを隠しきれず、弾んだ声で話を続けた。

「おれもこの稼業《かぎよう》はそこそこ長いがよう」

聡助は湯からチロリを取り出すと、武市の湯呑みに燗酒を注いだ。

「これはおれが自分で呑みたくて、わきにどけておいた分だ。遠慮はいらねえ」

「いただきやす」

軽くあたまを下げてから、武市は熱燗が注がれた湯呑みに口をつけた。

チロリにはまだ酒が残っている。聡助は自分の湯呑みに残りを注いだ。

「なにを話してたんだっけ」

よほどに嬉しかったらしく、聡助は言いかけたことをど忘れしていた。

「夜鳴きうどんを、そこそこ長くやっているがと言われやした」

「それだ」

武市に教えられて、聡助は続きに戻れた。

「この稼業を長らくやってきたが、たった半刻のうちに総ざらいになったてえのは今夜が初めてだ」

湯呑みを手に持った聡助は、熱燗の酒に口をつけた。

グビッ。

喉を滑り落ちていく酒が、飛び切り美味そうな音を立てた。


うどんを食い終わった武市が聡助に加賀あかねのことを聞こうとしたまさにそのとき、七人連れの客が屋台に寄ってきた。

「寄合が長引いちまってよう。身体の芯まで冷えちまったぜ」

言いわけがましいことを口にしながら、男は半纏の襟元を重ね合わせた。あとに従ってきた六人も、同じように半纏の前を閉じ合わせた。

「おれっちは隣町の鳶《とび》だからよう」

寄合の会所が底冷えしていても、火をほしがるわけにはいかなかったと男は続けた。

「なんたって、鳶は見栄《みえ》が命の稼業だ」

男は背後の連れのほうを振り返った。

「まだ十一月が始まって間もねえ夜に、火鉢をほしがることはできねえ」

そうだろう？

男は仲間に問いかけた。

「あにぃの言われる通りでさ」

六人は神妙な顔で相槌《あいづち》を打った。

深川各町から集まった鳶衆が、冬の本番を間近に控えた今夜、蓬萊橋の北詰で火の用心の段取りを打ち合わせた。

男が口にした通り、鳶は男振りを売るためにはやせ我慢を押し通した。

めっきり今夜は冷え込んでいたが、まだ十一月初旬だ。寒いなどとは、鳶衆は口が裂けても言えないだろう。

ジャン（半鐘《はんしょう》）が鳴るなり、真冬でも火消し半纏一枚を羽織って飛び出す。そして火事場では寒さなど忘れて、命がけで火消しに打ち込むのが鳶だからだ。

冬が寒いだの、夏が暑いだのと愚痴をこぼすのは、鳶には御法度《ごはっと》だった。

建前はともかく、冷え込んだ夜は鳶でも肌寒さを感ずるのだろう。しかし会所の内にいた間は、我慢比べで気も張っていた。

外に出て、他町の仲間の目がなくなった途端に寒さを覚えた。

そんなときに目についたのが、聡助の屋台だったのだ。煮え立った湯から立ち上る湯気を見るなり、鳶の我慢が切れた。

「うどんと熱燗を、冷えた身体に流し込んでやろうじゃねえか」

配下を従えた七人連れの兄貴分が、聡助にうどんと酒を注文した。

「へぇえい」

声を弾ませた聡助は、使い込んだ渋うちわで七輪の焚《た》き口をあおぎ始めた。元から火は熾きていたが、七人の注文で気持ちが弾んだのだ。聡助は新たに炭をふたつくべた。

夜鳴きうどんが使う炭は、安物の楢炭《ならすみ》だ。くべられるなり、盛大に火の粉を飛ばした。

「おいおい、とっつあん。火の粉には気をつけてくんねぇ」

四方に飛び散る火の粉に、兄貴分が口を尖《とが》らせていたら……。

「でえじょうぶか、とっつあん」

寄合に出ていた別の町内鳶が駆けてきた。

「炭をくべたばかりでしたから」

聡助が詫《わ》びを口にしていたら、鳶同士が屋台の端で目を合わせた。

「なんでえ、佃町のあにいじゃねえか」

先にうどんと酒を注文していたのは、佃町の鳶。火の粉を見て駆けてきたのは、蛤《はまぐり》町の鳶だった。

「あにいはなにを頼まれやしたんで?」

どうやら蛤町の鳶のほうが、年下らしい。ていねいな口調で問いかけた。

「花巻と熱燗を人数分だ」

佃町の鳶は、背後に控えた若い者を目で示した。

「七人みんなとは豪気な誂えだ」

うちも負けちゃあられねえと、蛤町が張り切った。

「おれっちも七人だが、まだうどんと酒は残ってるかい？」

「ありやすとも」

聡助は渋うちわをひらひらさせた。

「口開け早々ですから、たっぷり備えはありやす」

「そいつあ、ありがてえ」

顔をほころばせた蛤町は、仲間を近くに呼び寄せた。

「花巻と熱燗で、身体を温めてからけえろうじゃねえか」

「ごちになりやす」

蛤町の若い者六人が、礼の口を揃《そろ》えた。

その声を聞きつけたかのように、別の町の鳶衆二組が、蓬莱橋を渡ってきた。

佃町に蛤町、そして山本町と黒江町の町内鳶二十八人が、聡助の屋台の周りに人垣を拵えた。

「寒い夜は、こいつに限るぜ」

あとから来た二組もまた、うどんと熱燗を注文した。

「どんぶりもチロリも数が限られてやすんで、順にお待ちいただくことになりやすが」

注文をもらうのはありがたいが、出来上がりまでには暇がかかると聡助は告げた。

「構うこたあねえ。ここにいる連中は、みんな火消しだ」

木戸番の番太郎とは顔馴染《なじ》みだから、四ツを過ぎても行き来は自在だと、鳶は胸を反り返らせた。

「そういうことなら、てまえも目一杯に支度を急ぎやしょう」

張り切った聡助は、武市に手伝いを求めた。

「控えの七輪を出して、そっちにも炭火を熾してくんねえ」

「お安いことで」

看板造りには焼き鏝《ごて》を使う。武市は七輪の火熾しには慣れていた。

手早く火熾しを済ませたあとは、鍋に水を張って燗酒の支度を調《ととの》えた。

「おめえがお燗番を受け持ってくんねえ」

大きくうなずいた武市は、鳶衆それぞれの好みを訊《き》いて回った。

火の気のない会所の寄合で、だれもが身体を凍えさせていた夜である。

「湯気が立つぐれえに、熱々の燗をつけてくんねえ」

「おれも熱燗だ」

「こっちもみんな、熱燗で頼むぜ」

燗酒の注文は熱燗一色となった。

聡助がうどんを拵えて、武市はお燗番を受け持ち、ふたりがかりで支度を進めた。

鳶衆が待っている間に、夜回りが三度も向こう岸を行き来した。

「ごくろうなことだ」

「連中もこっちにきて、熱々のうどんをたぐり込めばいいのによう」

「ばか言うねえ。そんなことをされたら、おれの出来上がりが遅れちまうだろうが」

七輪を取り囲んで、鳶たちは勝手なことを言い交わした。

二十八人目の鳶にうどんと酒が行き渡るまでには、半刻近くも要した。

「すっかり温まったぜ」

「ごちそうさん」

威勢のいい声を残して鳶たちが屋台を離れたのは、四ツ半を過ぎたころだった。

「おめえには客を呼び込むツキがある」

看板造りの職人にそのツキがあれば、得意先は大喜びをする……武市が抱え持つ縁起の良さに、聡助は深く感心していた。

「おめえの頼みなら、何でも聞くぜ」

湯呑みに残っていたぬるくなった燗酒を、聡助は威勢よく飲み干した。

ひとしずくの酒も、もはや屋台に残ってはいなかった。

四十一

武市が門前仲町の大木屋をおとずれたのは、十一月四日の四ツ（午前十時）どきだった。

「番頭さんにつなげばいいんですね？」

小僧の跳吉は、売り場座敷に駆け上がった。

昨日に続いて、今朝も上天気である。十一月の柔らかな陽差しが、通りの反対側の店先を明るく照らしていた。

跳吉は大木屋の内で待っていてくださいと、武市に言い残して座敷に上がった。が、武市はあえて店の外に出た。

四ツどきの陽差しがどんな具合に大木屋を照らしているのか、それを確かめておきたかったからだ。

大木屋が建っているのは、富岡八幡宮表参道の南側である。品川沖から昇った天道《てんとう》は、四ツには参道北側の商家を照らしていた。

店の外に立った武市は十五間幅の、広い参道の両側を見比べた。

正面から陽を浴びて、明るい陽光が土間を照らしている店。

自分の建家が日陰を拵えていて、庇《ひさし》がくすんで見える店。

天道の光を浴びるか浴びないかで、両側は店の明るさがまるで違っていた。

大木屋の庇には、陽光は降り注いではいなかった。

参道南側に建つ店の庇に陽がささないのは、いまの時季に限ったことではない。一年を通して自家の建家が陽をさえぎるのだ。

「店の品物がまともに陽を浴びると、傷《いた》んでしまうからねえ。北側が間口になっているほうが、商家にはありがたい」

じかに差し込む陽光を嫌って、あえて北向きに間口を構える店も少なくなかった。

大木屋の奥は南に面していた。敷地の先は大横川で、陽光をさえぎるものは皆無だ。ゆえに大木屋の庭には季節にかかわりなく、終日たっぷりと陽が降り注いでいた。

しかし店先には陽が届かない。反対側に建つ商家に弾《はじ》き返された明かりが、大木屋の店先にお裾分けをしていた。

看板を明るく見せる工夫がいる……。

武市が心覚えを胸に刻みつけているさなかに、跳吉が戻ってきた。

武市は四文銭三枚を跳吉に握らせてから、座敷に上がった。

背後では跳吉が深々と辞儀をしていた。

頭取番頭の豊司郎は、女中に茶の支度を言いつけていた。武市が座につくなり、焙《ほう》じ茶が運ばれてきた。

「昨晩会ったばかりだというのに、よほどに急ぐ話でも？」

吉報を予感していたのだろう。話しかける豊司郎の口調は、すこぶる穏やかだった。

大きくうなずいてから、武市は昨夜の顚末《てんまつ》を話し始めた。

「夜鳴きうどんの聡助さんは、在所が加賀だと聞いておりやしたもので……」

加賀あかねの子細を知っているひとに、顔つなぎしてもらえないか……それを頼むために、豊司郎と別れたあとで聡助を探した。

「蓬萊橋のたもとが、聡助さんの商い場所ですから」

「そこで出会えたのですな？」

「へい」

鳶の群れが屋台にむらがり、半刻のうちに総ざらいになったと続けた。

「すっかり気をよくした聡助さんは、なんでも言ってくれと上機嫌で頼みを聞き入れてくれやした」

自分には客を呼び込むツキがある……。

聡助から言われたことは、自慢話に聞こえるのがいやで豊司郎には話さなかった。

そんなことを言わずとも、聡助から聞かされた思案は、すこぶるつきの大金星だった。

「加賀様上屋敷の近くに、加賀料理の老舗《しにせ》料亭があるそうです」

「浅田屋《あさだや》さんのことかね」

豊司郎は即座に応じた。

大木屋の頭取番頭ともなれば、本郷の老舗料亭の名にも通じていた。

「よくご存じでやすね」

武市は正味で豊司郎の物知りぶりに感心した。が、豊司郎は右手をひらひらさせて、一度も行ったことはないと明かした。

「まことに格式の高い料亭だと聞いている。馴染み客の顔つなぎがない限りは、室町の大店といえども店には上がれないはずだ」

その浅田屋さんがどうかしたのかと、豊司郎は問うた。

「聡助さんは浅田屋さんの下足番と同じ村で育ったそうですから、浅田屋さんに顔つなぎができると言われました」

「なんと……」

少々のことでは驚かない豊司郎が、あとの言葉に詰まった。

番頭を見詰めたまま、武市は焙じ茶をすすった。

四十二

武市は雪駄の歩みを弾ませながら、聡助の屋台を目指していた。

十一月四日、四ツ（午後十時）過ぎ。

六刻（十二時間）前には、武市の話を聞いた大木屋の番頭豊司郎が、息を呑《の》んで驚いた。

同じ日の夜に、武市は聡助の元へと歩みを急がせていた。

あの大木屋の番頭が、ぜひとも浅田屋さんに顔つなぎを願いたいと、武市の前で息遣いを弾ませた。

表通りに店を構えた乾物問屋の頭取番頭が、屋台のうどん屋の親爺にモノを頼むとは！

痛快このうえない話だ。

聡助がどんな顔をするのか。浮かべる笑みを見たいばかりに、武市は闇《やみ》の深い町を急ぎ足で歩いた。

夜の凍え方は、すでに冬のものだ。

天道の温もりが地べたに届いている昼間は、半纏《はんてん》を脱ぎたくなるほどに暖かだった。

暮れ六ツに陽が沈んでから、はや二刻（四時間）が過ぎている。すっかり冷えた地べたは硬さを増していた。

チャリン、チャリン……。

雪駄の尻金で叩《たた》かれた地べたは、寝静まった町に遠慮のない音を響かせた。

歩みの速い武市は、尻金が立てる音を置き去りにして蓬莱橋を目指した。

分厚い杉板で拵《こしら》えた橋に一歩を踏み入れるなり、チャリン、チャリンの音が消えた。

橋の真ん中まで進んだところで、武市は歩みを止めた。

聡助の屋台は、いつも通りに蓬莱橋の南詰に出ていた。行灯にも明かりが入っており、聡助が床几《しょうぎ》に腰をおろしているのが見えた。

めえったぜ……。

あれほど歩みを急がせてきた武市なのに、まるで裏腹な、気の滅入《めい》るようなつぶやきを漏らした。

武市のツキを試すかのように、今夜もまた坊主（先客なし）だった。

昨晩は口開けの客になった武市に、大きなツキがあったのだろう。屋台の品を総ざらいにするほどの客を、武市は呼び込んだ。

あんなことが、二晩も続くわけがねえ。ゆんべのツキは、まぐれに決まってる。

ツキには限りがあるとわきまえている武市は、坊主の屋台に向かうのが億劫《おっくう》になった。

弾んでいた気持ちが重たく沈んだことで、不意に手先に寒さを覚えた。欄干に寄りかかかった武市は、両手をこすり合わせた。

橋の上に明かりはない。夜空は昨夜同様に晴れていたが、四日の月はまだ若かった。

ふううっ。

吐息が白く濁った。

両手を強くこすり合わせながら、武市は思案をめぐらせた。

夜鳴きうどんには、寒さがなによりの味方だ。寒ければ寒いほど、夜歩きの客は屋台の前で足を止める。

たっぷり七味を振りかけた熱々のうどんをたぐり込んで、身体の芯《しん》をぬくもらせようと思うからだ。

昨日も今日も、昼間は暖かだったが、夜に入ると底冷えを感じた。

暖かさと寒さが一日の途中で入れ替わるような日は、聡助の商いにはうってつけである。

いまは坊主でも、まだ四ツ前だ。もう少し夜が更ければ、かならず客は寄ってくる。

そう判じた武市は、欄干から身体を離した。

足の運びをすり足にして、ゆっくりと南詰に向かって橋を下り始めた。

空の高いところで、星が流れた。

四十三

「二晩も続けて、おめえさんが口開けの客になるとはなあ……」

武市から話を聞き終えた聡助は、機嫌よさそうな顔でチロリに酒を注いだ。いつもの五合徳利ではなく、素焼きの二合徳利に入っている酒をである。

武市は黙って聡助の仕草を見ていた。

燗づけを仕上げた聡助は、チロリの酒を大きな湯呑みに注いだ。燗酒を分厚い湯呑みで供するのが聡助の流儀だ。

聡助がつける燗酒は熱燗である。武市が口元に運んだ湯呑みから、香りと一緒に湯気が立ち上っていた。

「大木屋の番頭さんが目を見開いて驚いた顚末を、早く聡助さんに伝えたかったんでさ」

口開けの客となったわけを告げながら、武市は湯気と一緒に酒を味わった。

「この酒は……」

湯呑みを握る武市の手に力がこもった。

「酒がどうかしたかい」

聡助に見詰められた武市は、湯呑みを両手で抱え持った。燗酒のぬくもりが、湯呑みから伝わってきた。

「こんな酒が江戸にありやしたんで？」

問いかけた武市は、湯呑みに目を落とした。行灯の頼りない明かりのなかでも、湯呑みの酒の透き通り具合は伝わってきた。

「いままで何度も聡助さんの酒は呑んできやしたが、今夜のは初めてでさ」

「口に合わねえってか？」

「とんでもねえ」

右手に湯呑みを持ち替えた武市は、左手を大きく振った。

「こんなに澄み切った味の辛口は、一度も味わったことがありやせん」

「へええ……そうかい」

聡助はチロリに残っていた酒を、自分の湯呑みに注いだ。

グビッ。

喉《のど》を鳴らして滑り落としてから、武市に目を戻した。

「澄み切った辛口てえのは、灘の下り酒だと言いてえのか？」

「それも違いやす」

武市は湯呑みに口をつけて、酒の素性を吟味するかのように次のひと口を味わった。

「灘の下り酒がどうのこうのと、能書きを言えるほどには通じちゃあおりやせんが」

もうひと口味わってから、聡助を見詰めた。

「この酒にはなんてえ言えばいいのか……雪を潜《くぐ》り抜けてきたような、凛々《りり》しさがあるように感じやした」

武市はひとことずつ噛《か》みしめるかのように、感じたままを聡助に告げた。

「さすがは飾り行灯の職人だぜ。モノの吟味の仕方が違う」

聡助は心底感心したという目で武市を見た。

「この燗酒は、おれのとっておきの酒だ」

聡助は自分の湯呑みの酒を飲み干した。

「大木屋の番頭さんが目を白黒させて、たまげたてえのは聞いてて心地いいやね」

吉報を届けてくれた礼に、とっておきの酒を振る舞ったと聡助は明かした。

「この酒は加賀の白山《はくさん》から運ばれてきた萬歳楽《まんざいらく》てえ名の、飛び切りの地酒だ」

加賀藩御用達《ごようたし》の萬歳楽は、本郷上屋敷に近い浅田屋が白山から運ばせていた。

浅田屋下足番と聡助は、在所が同じだ。そのよしみで、下足番が自分で楽しむ萬歳楽の裾分けを聡助は受けていた。

「酒造りには、いい米ももちろんでえじだが、清らかな水が欠かせねえ」

萬歳楽の蔵元は、白山の雪解け水を使うことができた。しかも冬場は雪深い。

「酒造りには、寒仕込みも欠かせねえ。萬歳楽の蔵元は、米にも水にも、寒仕込みをする凍えにも恵まれてるんだ」

聡助は在所の冬を懐《なつ》かしむかのように、遠い目を拵えた。

「こんなに澄み切った味の酒ができる、加賀の冬てえのは……」

武市は湯呑みの燗酒を味わい、あとの言葉を続けた。

「さぞかし凍えはきついんでやしょうね」

「そりゃあそうさ」

聡助は目つきを元に戻すと、加賀の冬がどんな様子かに話を移した。

「江戸の連中は雪が降るてえが、加賀の雪は降るんじゃねえ」

「降るんじゃねえとは？」

いぶかしげな声で問いかけた武市を、聡助は光を帯びた目で見詰め返した。

「音を立てて舞うんだ」

聡助は湯呑みに口をつけた。が、すでに萬歳楽を飲み干していた。

「なんたって加賀国の雪は、地べたが平らな御城下でも一尺（約三十センチ）積もるのもめずらしくはねえ」

「一尺ですか……」

武市は思わず聡助の言葉をなぞり返した。

江戸でも雪は降る。ときには十一月半ばに初雪を見ることもあった。

十二月の冬本番ともなれば、厚さ五分（約一・五センチ）の氷が張るのもめずらしくはなかった。

雪も三寸（約九センチ）を超えて積もる年もあった。

「雪合戦をやろうぜ」

長屋のこどもたちは寒さをものともせず、積もった雪でつぶてを作り、力任せに投げ合った。

「そこを動いちゃあだめだよ」

じゃんけんで負けた子を松の木の下に立たせ、雪をかぶった枝めがけて大きな雪のつぶてを投げる。

ドサッと音を立てて雪を落とし、枝の下の子を雪まみれにする。

こどもは雪が大好きだった。しかし積もるといっても、たかだか三寸だ。

一尺も積もる雪など、絵心のある武市にも思い描くことができなかった。

まして、音を立てて舞う雪とは……。

「江戸の雪は柔らかくて気立てがいいが、御城下を舞うのは気性の荒っぽい雪だ」

江戸に降る牡丹《ぼたん》雪は、ひとにぶつかるとすぐに溶けた。地べたに積もった雪も、ベタベタで人なつっこい。

加賀の雪片は、小さくて硬い。なかでも強い風を道連れにしてゴオゴオと音を立てて舞う雪は、ひとにぶつかっても溶けることはなかった。

「まともに顔にぶつかった雪には、痛さすら覚えるほどさ」

身体《からだ》の向きをずらした聡助は、七輪に手をかざした。在所の雪の話をしているうちに、手先に寒さがまとわりついたらしい。

「加賀の御城下にはよ、ごっぽ石てえ名の岩が道ばたに置いてあるんだ」

「ごっぽ石?」

聞き慣れない言葉に接した武市は、語尾をビコンと跳ね上げた。

「江戸者のおめえが、ごっぽ石を知らねえのも無理はねえ」

聡助は七輪にかざした手を引っ込めて、身体の向きを元に戻した。

「金沢じゃあ、下駄《げた》の歯の間に雪が挟まることをごぼると言うんだ」

「雪が下駄の歯に挟まりやすんで?」

これも江戸者の武市には、思いも及ばぬことだった。三寸しか積もらない雪は、下駄の歯の間に挟まったりはしない。

雪の日に外出をするときの武市は、底にイノシシの毛を貼《は》り付けた雪駄を履いた。イノシシの剛毛が雪に突き刺さり、格好の滑り止めになる。

江戸の雪なら、この履き物で充分にやり過ごすことができた。

「一尺の雪でも、お武家の多くは下駄履きで行き来をする。その下駄を手に持ち、ぶつけて歯の間に挟まった雪を叩き落とすのがごっぽ石さ」

ときにはごっぽ石に馬をつなぐこともあると、聡助は付け加えた。

「雪国の冬てえのは、江戸者にはとっても思い描くことができやせん」

「御城下だから一尺ですむが、萬歳楽の蔵元あたりはそんなものじゃあねえ」

ひどい雪が続くと、身の丈を超えるほどに雪が積もる……床几から立ち上がった聡助は、自分のあたまよりも上に手を置いた。

「そいつあすげえ……」

大きな息を吐き出した武市が、湯呑みを口に運ぼうとしたとき。

「なんてえ寒さだ」

「立ってるだけで、足元がじんじんするぜ」

半纏の前を閉じ合わせた男五人が、聡助の屋台を取り巻いた。

「とっつあん、なにができるんでえ」

五人とも、一見《いちげん》の客だった。

聡助は目元を大きくゆるめて、男たちの顔を順に見た。馴染み客に仕立てたいと思ったからだ。

「しっぽくと鍋焼きうどんでやすが、早いのはしっぽくでさ」

「だったらよう」

五人のなかで一番上背《うわぜい》のある男が、屋台の向こう側に回り込んだ。

「おれっちみんな佃町の漁師だが、網の手入れをしてすっかり凍えちまったんだ」

しっぽくと熱燗で身体を温《ぬく》もらせたい。手早く誂えてくれと、威勢のいい言葉を聡助に投げた。

「へいへい、ありがとうごぜえやす」

目一杯に愛想よく答えた聡助は、五合徳利の酒をチロリに注ぎ始めた。

「ここにうどん屋が出てたてえのは、うっかり気づかねえでいたがよう。うまけりゃあ、仲間にも言いふらすからよ」

「ありがとうごぜえやす」

聡助は深々と辞儀をした身体を元に戻したあとで、武市を見た。

あんたのツキは本物だぜ。

聡助の目がそれを告げている。

ひときわ大きな星が、つがいになって夜空を走り抜けていた。

四十四

十一月五日の四ツ（午前十時）過ぎ。聡助は湯島の男坂を上っていた。

湯島天神につながる上り坂は、男坂と女坂のふたつがあった。登りはきついが、道のりが短いのが男坂である。

聡助は常に男坂を上った。

坂の途中の踊り場には三本松がある。真冬でも、どの枝にも濃緑の松葉が茂る老松だ。

「晴れてさえいれば五ツから四ツ半までの一刻半、三本松にはたっぷりと陽が降り注ぐからねえ。松葉はいつでも濃い緑色を保っている」

「枝に雪が積もった三本松に朝の陽がさしている眺めは、まるで江戸の名所図会《めいしょずえ》だ」

土地の者が自慢するのも無理はないと思えるほどに、男坂の三本松は美しかった。

踊り場に差しかかった聡助は、松の根元の岩に腰をおろした。ここから眺める湯島の町は、甍《いらか》の波を見るようだった。

武家屋敷と寺社の多い湯島である。高台から町を見下ろせば、なによりも先に屋根の本瓦《ほんがわら》が目に飛び込んできた。

深川はひとが多くて賑《にぎ》やかな土地だが、武家はさほどに暮らしていない。町の眺めを占めているのは、聡助や武市が暮らしているような棟割り長屋である。

長屋の屋根は板張りばかりで、本瓦が使われることは皆無に近い。火の見やぐらから町を見渡しても、陽を浴びた本瓦の輝く眺めは大して見えない。

廻漕《かいそう》問屋の蔵が群れている佐賀町の一角と、土地に点在する寺社、あとは表参道の両側に立ち並んだ商家ぐらいだ。

深川の屋根の眺めは、板張りの色味が多くを占めていた。

湯島はまるで違った。

黒艶《くろつや》の本瓦のかたまりが、町のあちこちに見えた。陽を浴びて艶を競い合う屋根の眺めは、まさに甍の海だった。

しばし町の美しさに見とれてから、聡助は帯に提げた煙草《たばこ》入れを外した。

名所図会のような景色を眺めながら吸う一服は、格別の美味《うま》さだ。煙草好きの聡助は、どこに出向くにも煙草入れを帯から提げていた。

銀の火皿が自慢のキセル。

漆塗《うるしぬ》り仕上げの煙草入れ。

ともした火が六刻も長持ちする、別誂《べつあつら》えの懐炉灰《かいろばい》入れ。

この三つを帯から提げていた。なかでも大事なのは懐炉灰入れだ。この種火のおかげで、聡助はどこにいても煙草が吸えた。

やさしく親指の腹で刻み煙草を詰めてから、種火で火をつけた。火皿が真っ赤にならないように、ゆっくりと吸うのが上機嫌のときの聡助の流儀だ。

こうして吸えば煙が苦くならなかったし、銀の火皿も長持ちした。

ふうう……。

吸ったときと同じように、ゆっくりと吐き出した。あたかも吐き出す煙を惜しむかのように、である。

存分に煙草の美味さを味わいながら、聡助は昨夜の武市とのやり取りを思い返した。

「あの大木屋さんの、頭取番頭さんかい？」

少々のことでは驚かない聡助が、つい屋号をなぞり返した。

「あの大木屋さんです」

客の群れが退《ひ》いて、いっとき静けさが戻った屋台のそばで、聡助と武市の声がもつれ合った。

深川で名を知られた商家といえば、第一は両替商の近江屋《おうみや》だ。

大木屋は近江屋に次いで名が通っていた。

その大店の頭取番頭が、屋台のうどん屋の親爺《おやじ》に仲立ちを頼むというのだ。

「引き受けてもらえやすか？」

「いいとも」

聡助はもったいをつけずに即答した。答えてから銀ギセルを手に持ち、煙草を詰めた。

五人の漁師に、熱燗としっぽくうどんを供したあとだ。七輪の炭火は、まだ赤々と熾《お》きていた。

威勢のいい炭火で煙草に火をつけた聡助は、存分に深く吸い込んだ。

ふううっと、惜しみつつ煙を吐き出したあと、聡助は武市を正面から見詰めた。

「勘違いしちゃあいけねえぜ」

煙草を吸ってゆるんでいた聡助の目つきが、いまは引き締まっていた。

「おれが浅田屋さんの下足番に話をつなぐのは、頭取番頭さんにあたまを下げられたからじゃねえ」

手早く次の煙草を詰めた聡助は、話の続きに戻る前に、もう一服を吹かした。

プッ。

強い音を立てて、吸い殻を七輪の炭火の上に吹き飛ばした。

吸い殻には、まだ煙草が残っていたらしい。細い煙を立ち上らせて、煙草は燃え尽きた。

「おれが頼みを聞き入れて下足番に話をつなぐのは、おめえのツキが本物だからだ」

二晩続けて、武市は屋台に客を呼び込んだ。

ひとには自分の力ではどうにもできない事柄が幾つもある。

ツキのあるなしもそのひとつだ。

口開けから坊主《ぼうず》を続けていた店なのに、顔を出せば次々と新たな客を引き寄せるという、ありがたい客がいる。

それとは逆で、賑わっていた店なのにその者が顔をだすなり、潮が引くように店からひとがいなくなるという客もいる。

武市は客を呼び込む強いツキを持っている……二晩続きの出来事で、聡助はそれを確信していた。

武市の頼みを聞き入れたら、さらに大きな商いを屋台に運んできてくれると、聡助は判じた。

「おめえには、ほかの者には真似《まね》のできねえ強い運が備わっている。飾り行灯《あんどん》職人てえのは、つまりは縁起商売だ」

ツキのある職人なら、かならず客が大事にしてくれるぜ……正味から出た聡助の言葉に、武市は深々とあたまを下げた。

三本松から陽が逃げ始めていた。四ツ半を回ったあかしである。

下足番の鴇助《ときすけ》の手があくのは、四ツ半を過ぎてからだ。

キセルを煙草入れに仕舞った聡助は、岩から立ち上がった。

四ツ半の柔らかな陽が町に降り注いでいる。湯島の屋敷の屋根は、相変わらず黒光りしていた。

四十五

本郷の浅田屋は、前田家上屋敷の御用門までわずか五町（約五百四十五メートル）。すこぶるつきの地の利のよさに恵まれていた。

江戸で正統な加賀料理が供せるのは、この浅田屋一軒のみである。ゆえに上屋敷に近い浅田屋は、前田家の料理御用手伝いも請け負っていた。

十一月五日の四ツ半過ぎ。本郷の高台を吹き渡る風は、日だまりを通り抜けてきても凍えをはらんでいた。

聡助は男坂の三本松下で、たっぷりと陽差しを身体に浴びた。身にまとっている股引《ももひき》も半纏も、陽差しのぬくもりを織物の隙間《すきま》に溜《た》め込んでいた。

しかし通りを渡る冬の風が、布からぬくもりを奪い取った。

ブルルッ。

聡助は日だまりの真《ま》っ直中《ただなか》で身体を震わせた。五十四ともなると、身体のあちこちがゆるんでくる。

身体の震えが、水っぱなを引きずりだした。

浅田屋の玄関まで、もう半町（約五十五メートル）もない。すでに敷地を囲う黒板塀が始まっていた。

　立ち止まった聡助は、周囲を見回した。幸いにも人影は見えなかった。

　鼻に右手をあてた聡助は右の鼻をふさぎ、勢いをつけて手鼻をかんだ。

　二十の歳《とし》から始めた、年季の入った手鼻のかみかただった。

　帯には煙草入れとともに、細めの手拭《てぬぐ》いが一本挟まれていた。それを取り外した聡助は、鼻の下を拭った。

「ここをどこだと思ってるんだ」

　黒板塀の向こうから、くぐもった声がした。驚いた聡助は、手拭いを持ったまま棒立ちになった。

　塀にしか見えなかった一角に、潜り戸が設けられていた。内側に開かれた戸から、下足番の鴇助が顔を出した。

　聡助の身体から力が抜けた。

「脅かすんじゃやねえぜ」

　鴇助だと分かった聡助は、安堵《あんど》で顔からしまりが失《う》せていた。

「脅しじゃあねえさ」

　鴇助は硬い口調のまま話を続けた。

「ここは加賀様の上屋敷につながる往来だ。格別に用のない者は、歩くのもはばかられるという大路だぜ」

この道を行き来する者は、だらしない身なりは御法度《ごはっと》とされていた。

「そんな通りで手鼻をかんで、鼻汁を往来に飛ばすなどは、正気の者には怖くてできねえ振舞いだ」

武家に見咎《みとが》められなくて幸いだと、鴇助は付け足した。

「うちの黒板塀には、何カ所も潜り戸が拵えてある」

月に何度も、前田家家臣が潜り戸の内に隠れて、通りを行き来する者の所業を見張っていた。

不埒《ふらち》な振舞いに及んだ者は、その場で取り押さえられて、上屋敷に引き立てられた。

「大名屋敷のなかなら、手打ちもご勝手次第てえのはおまえも知ってるだろうが」

問われた聡助も、もちろん知っていた。

大名行列の前を横切ったり、大名の乗物に無礼を働いた者は、その場で家臣に取り押さえられた。

「屋敷までついてまいれ」

屋敷に引き立てられるというのは、成敗されることを意味した。

「見られたのが、おめえでよかった」

深川の渡世人相手に、一歩も引かずに渡り合うのが自慢の聡助である。しかし相手が百万石の大名では、聡助といえども身体の芯から震えを覚えていた。

「加賀様上屋敷のある本郷は、深川とは大分に違うぜ」

「分かった」

聡助は神妙な顔でうなずいた。


「そういうことなら……」

浅田屋奉公人が使う板の間で、鴇助は穏やかな声で応じた。

つい先刻、往来で向き合っていたときとは、顔つきも声音も違っていた。

「うちの客として、加賀料理を食いにくればいいさ」

「そうさせてもらえれば大助かりだ」

大木屋の豊司郎は、いつ幾日だろうが、費《つい》えはどれほどかかろうが、すべてを任せると武市に告げていた。

聡助も段取りのすべてを鴇助に預けた。

「いまから帳場で掛け合ってくる」

板の間に聡助を待たせたまま、鴇助は帳場に向かった。

仲居頭のかすみは帳場にいた。

この日の夜の客の顔ぶれを、確かめているさなかだった。

「仲町の乾物問屋の大店が、いつでもいいから店に来たいと言ってるんだが」

仲居頭のかすみの客あしらいについては、女将が深い信頼を寄せていた。ゆえにかすみには座敷予約の段取りすべてを預けていた。

そんなかすみは、ひとを見極める鴇助の眼力を高く買っていた。かすみはすぐさま帳面を開いた。

「急な話になるけど、明後日《あさって》の七日でよければ離れにあきがあるんだけど」

「そいつあ、ありがてえ」

鴇助は顔をほころばせた。

「離れの客なら、かすみさんに受け持ってもらえるし、願ったりだ」

「だったら、お名前を聞かせてくださいな」

仲居頭のかすみは、門前仲町大木屋の名を帳面に書き入れた。

帳場の猫が、大きなあくびをした。

四十六

豊司郎と武市を乗せた屋根船は、十一月七日の七ツ（午後四時）の鐘が鳴り終わるなり、黒船橋たもとの船着き場を離れた。

本郷浅田屋の離れを、この日の暮れ六ツから使える段取りになっていた。

深川から神田《かんだ》和泉橋《いずみばし》まで船で向かい、あとは歩いて本郷に出向く道のりである。

湯島界隈《かいわい》には、豊司郎は通じていた。湯島天神周辺の商家に、大木屋は何軒も得意先を抱えていたからだ。

しかし本郷という町には、豊司郎はまるでうとかった。商いのかかわり先が、一軒もなかったからだ。

それでも浅田屋が格式の高い料亭であることは聞き及んでいた。

前田様が御用でお使いになる料亭。

この評判を豊司郎は何度も耳にしていた。

本郷といえば武家の町。そして本郷で武家といえば前田家。

豊司郎はこのことを、大木屋の修繕に出入りしていた大工・左官などの職人の話を聞いたことで深く呑み込んでいた。

気を張って町に入らないと、しくじりをおかしてしまう……。

屋根船の障子戸を開き、大川の夕景を眺めながら豊司郎は職人たちの話を思い返した。

本郷と湯島は、地形の上では隣町のような間柄である。しかし町のたたずまいは、まるで違っていた。

湯島には商家もあれば寺社もあった。

江戸中から参詣客《さんけい》が押し寄せる湯島天神も、湯島の坂上に社殿を構えていた。

「江戸の梅は、ここの白梅がさきがけとなって咲き始めるてえ話だ」

湯島天神の梅は、木の数だけで言えばさほどに多くはない。江戸には名の通った梅林は他所《よそ》に幾つもあった。

が、高台の天満宮境内に咲く梅には、江戸っ子は格別の思いを抱いていた。

梅の時季や天満宮の縁日には、境内につながる坂道を参詣客の群れが埋めた。

「お休みなさいまし。熱いお茶と、白梅《しらうめ》まんじゅうのご用意ができております」

「お参りのあとは、てまえどものうなぎごはんで腹ごしらえをなさいませ」

参詣客目当ての休み処《どころ》や飯屋は、店先に器量のいい仲居を立たせて、呼び込みを繰り広げた。

湯島は、さまざまな商いの達者な町として江戸中に知られていた。

対する本郷は武家の町である。

「本郷はお武家様の町。用もないのにうかつに歩くと、怖い門番に咎められる」

江戸の町人がこれを言い交わしたゆえんは、本郷の大半を占める加賀藩前田家上屋敷にあった。

屋敷につながる門だけでも十を数えた。しかもどの門にも、六尺棒を手に持った大男の中間が立っていた。

「何用あって門前を行き過ぎるのか」

うかつに門に近寄ると、中間は地べたに六尺棒を突き立てて誰何《すいか》した。

なにしろ上屋敷の敷地は、十万坪を優に超えているのだ。本郷から遠く離れた深川の職人でも、前田家の上屋敷の大きさは聞き及んでいた。

が、果たしていかほどに大きいのか、定かに知る者は数少なかった。

去年の夏、大木屋は母屋《おもや》と蔵に大がかりな修繕を施した。その仕事を請け負った大工のひとりが、前月初めに本郷の普請場《ふしんば》に通っていた。大工は、前田家上屋敷の大きさに度肝を抜かれた。

「前田様の上屋敷てえのは、行けども行けども長屋塀の仕舞いに行き着かねえほどにでけえんだ」

生まれて初めて上屋敷の前を通りかかった大工の留吉《とめきち》は、口から泡を飛ばしながら屋敷の大きさを仲間に聞かせた。

留吉の話を聞いていた左官の長助《ちょうすけ》は、脇《わき》から口出しをした。

「おめえみてえに、でけえでけえと言われたってよう。どんだけ大きな屋敷かは、まるで分からねえ」

「だったらおめえは、上屋敷を知ってるてえのか？」

「知ってるさ」

長助が言い切ると、留吉は鼻の穴を膨らませて問うた。

「そう言うからには、おめえはひとに分かるように話せるてえんだな?」

「お安いご用だ」

ふたりのやり取りに聞き入っている職人仲間を、長助は見回した。そして全員の目を自分に引きつけたあと、わけしり顔で唇を舐《な》めた。

「おれは尋常な歩みで、一歩の幅が二尺(約六十センチ)だ」

背丈が五尺五寸(約百六十七センチ)ある長助は、その場で一歩を踏み出した。

「おめえの物差しで測ってみねえな」

指図された留吉が測ると、まさに二尺の歩幅だった。

「おれの仕事は、みんなも知っての通りの左官だ。留がいまも言った通り、加賀様屋敷の長屋塀は、途方もなく長くてでけえ」

どれだけの長さがあるのか、長助は大いに気をそそられた。

「いつの日にか、この塀を鏝《こて》でなぞってみてえと思ってよう。ものは試しと、塀の長さを歩幅で測ってみたんだ」

長助は塀のなかでも最も長い一辺の歩測を始めた。

「加賀様屋敷の坂の下から、分かりやすく言やあ塀の端から坂上の塀の端まで、しっかり勘定したてぇわけさ」

話を続ける長助を、いまは留吉も食い入るような目で見詰めていた。

「なんと千七百歩（約一・〇三キロ）もあった。この数はよう、永代橋の東詰から富岡八幡宮を通り過ぎて、汐見橋の先まで行くのと同じ歩数だぜ」

聞かされた面々は、息を呑んだ顔つきになった。

歩数が千七百と言われたとき、職人たちはいまひとつの顔つきだった。しかし永代橋から汐見橋の先まで塀が連なっていたと知ると、上屋敷の桁違《けたちが》いの大きさを実感できたのだろう。

「そんなお屋敷が、どんと町のど真ん中に座ってるんだ、道理で本郷は、お武家様の町と言われるわけだぜ」

職人のだれもが得心顔を見交わした。


和泉橋で屋根船を降りたあとは、徒歩で本郷の浅田屋を目指す運びだ。

どれほどゆるく歩いたところで、豊司郎と武市の足である。和泉橋から浅田屋までなら四半刻《しはんとき》少々で向かえるだろう。

今日のために雇った屋根船は、櫓《ろ》も棹《さお》も確かな腕前の船頭が操っていた。たとえ上げ潮にぶつかったとしても、この船頭なら半刻もかからずに和泉橋に行き着くに違いない。

たっぷりゆとりをみても、船で半刻、歩きで四半刻だ。七ツに黒船橋を出ているだけに、暮れ六ツに遅れる気遣いは皆無に思えた。

しかし豊司郎は、気を張って屋根船に座していた。

武家の町、本郷に出向くこと。

その本郷でも飛び切り格式の高い前田家御用達の料亭に、初めて足を踏み入れること。

このふたつの思いが、豊司郎の背筋をビシッと伸ばしていた。

「聡助さんが大いに汗を流して下さった、大事な手配りだ。万にひとつも遅れるようなことがあってはいけない」

胸の内の思いが、つい言葉となって口から出た。が、ひとりごとのようなつぶやきで、武市には聞こえなかった。

豊司郎は好みの煙草も吹かさず、夕日に映える大川の川面《かわも》を見詰めていた。

四十七

豊司郎が屋根船を誂えたのは、蓬莱橋たもとの船宿『織《お》り元《もと》』である。

「深川で船を誂えるなら、織り元が一番だ。なにしろ江戸中の川を知らねえことには、あすこの船頭にはなれねえ」

「川を知ってるだけじゃだめさ。粉雪の舞う夜でも、頼まれたらふたつ返事で棹を握るのが織り元の船頭だ」

船賃は他の船宿より五割も高い。が、それだけの値打ちはあるというのが、周りに聞こえている織り元の評判だった。

豊司郎はその織り元のなかでも、図抜けて一番の船頭と評判の高い伊兵衛《いへえ》を名指した。

「闇夜の大川で、三町（約三百二十七メートル）先の橋杭《はしくい》が見えるてえひとだ」

櫓と棹の扱いが巧みなことはもちろん、夜目が利《き》くのが伊兵衛の売りだった。

「ぜひにも伊兵衛さんにお願いしたい」

豊司郎が強く伊兵衛を名指ししたのは、船の扱いに長《た》けているからだけではなかった。

初めて出向く浅田屋の当主は、代々が伊兵衛を襲名していた。

浅田屋の当主と同じ名の船頭。

縁起担《かつ》ぎの豊司郎は、船頭の名前に大いに惹《ひ》かれた。

大木屋の看板を色づけする、加賀あかね。

その子細を知るために出向く浅田屋は、豊司郎にはことさら大事な先だった。

商人《あきんど》の多くは、どんな小さなことでも縁起を担ぎたがるものだ。大木屋商いの舵取《かじと》りを委《ゆだ》ねられている頭取番頭の豊司郎は、人一倍の縁起担ぎだった。

間のいいことに、七日は八ツ（午後二時）過ぎから伊兵衛は空いていた。

織り元の帳場と掛け合うなかで、豊司郎は七日当日の道のりを話した。

「黒船橋から和泉橋までの行き帰りをお願いしたい」

和泉橋で船を降りたあとは、徒歩で本郷の浅田屋に向かうと帳場に話した。

「大木屋さんは、なんどきに浅田屋さんにお着きになればよろしいので？」

「暮れ六ツ前には、かならず」

自分に同行する武市は、足の達者な職人だと豊司郎は付け加えた。

「大木屋さんもお見受けしたところ足は達者なようですから、和泉橋から本郷坂上の浅田屋さんまでなら、四半刻もあれば充分でしょう」

船宿の帳場は、さすがに江戸の町には通じている。本郷の浅田屋までの道のりも、帳場は諳《そら》んじていた。

「てまえどもの伊兵衛なら、たとえ大潮の日の上げ潮でも、深川から和泉橋までなら半刻もかかりません」

七ツ四半刻過ぎの船出でどうかと、帳場は豊司郎に問いかけた。

船の誂え賃は四半刻刻みである。少しでも大木屋の負担が軽くなるようにと、帳場は気遣っていた。

「いや、七ツの鐘で出てもらいましょう」

七日の七ツ。七が重なっていた。

豊司郎には昔から、七は縁起のいい数字だった。大木屋に丁稚《でっち》奉公を始めたのが七歳の正月で、手代に取り立ててもらえたのは十五歳の七月七日、七夕の日だった。以来、豊司郎は七を大事にしてきた。

はからずも十一月七日に浅田屋に出向くことになった。七ツの船出は、縁起のよさが重なり合うように思えた。

段取り通り、屋根船は七日の七ツに黒船橋の船着き場を離れた。

黒船橋を離れたのち、屋根船は大横川を走って大川に出た。永代橋をくぐり、新大橋に差しかかるあたりで、西日が屋根船のなかに差し込んできた。

「西日がまぶしいようなら、舳先《へさき》の向きを変えやすぜ」

伊兵衛に問われた豊司郎は、そのまま走ってほしいと頼んだ。

十一月も、はや七日だ。たとえ目に眩《まぶ》しさを覚えても、西日のぬくもりは心地よかった。

新大橋をくぐると、彼方《かなた》に両国橋の橋杭が見え始めた。

西日は橋杭の向こう側から差している。陽を浴びた川面の煌《きら》めきが、陰になった橋杭を照らしている。

豊司郎は身を乗り出すようにして、色鮮やかな眺めに見入った。

数十本もある橋杭のなかの、ほぼ真ん中を伊兵衛はくぐり抜けた。景観に見とれている豊司郎に、もっとも美しい両国橋の眺めをと考えたのだろう。

橋をくぐり抜けたら、目の前に蔵前の桟橋が見えてきた。公儀の年貢米《ねんぐまい》を諸国から運び入れる米蔵の桟橋だ。

一番から九番まで、桟橋は櫛《くし》の歯のように並んでいる。十月の大切米《おおきりまい》支給も終わったいまは、桟橋に横付けされた船は一杯も見えなかった。

「神田川にへえりやす」

伊兵衛は櫓さばきひとつで、取舵《とりかじ》（舳先を左に向ける）を切った。

神田川に入るなり、いきなり川幅が狭くなった。

最初にくぐったのが柳橋である。屋根船の右岸には、船宿が軒を連ねていた。柳橋から三町も進めば札差が軒を連ねる天王町だ。

かれこれ七ツを四半刻過ぎた見当だが、まだ強い西日が柳橋を照らしていた。

伊兵衛の見事な櫓さばきで、屋根船は神田川を滑り走った。

伊兵衛さんに頼んでよかった。

神田川に入って、ようやく気持ちがほぐれてきたのだろう。

豊司郎は煙草盆を引き寄せた。

つがいの都鳥《みやこどり》が、屋根船の真上で啼《な》き声を発していた。

四十八

織り元の船頭伊兵衛は、うわさに違《たが》わず飛び切りの腕をしていた。

「浅田屋さんに向かわれるのなら妻恋坂《つまこいざか》をなかほどまで登ったあと、北に折れて湯島天神に向かわれるのが分かりやすい道です」

妻恋坂を登ることになるが、湯島天神のきつい男坂を行くよりはずっと楽だと、船頭はこの道順を推した。

湯島天神から浅田屋までは、小道を選んで真っすぐに行ける。

「途中の天神様の茶店で一服してから行けば、気持ちにもゆとりができやすすでしょう」

船頭の伊兵衛は、大木屋の体面を保つことを一番に考えてくれていた。

息急《いきせ》き切って浅田屋のような格式の高い料亭に駆けつけては、下足番に安く値踏みをされかねない。

もっとも浅田屋の奉公人は、しつけのよさでも江戸中に知れ渡っていた。まかり間違っても、初顔の客だからといってぞんざいに扱うことはない。

が、大木屋の体面を考えれば、ゆとりを持って出向くのが一番だ。

ほどよき間を持って店を訪れれば、出迎えるほうも心地よく玄関前に立てる。

和泉橋の船着き場を下船したあとの道のりを考えて、伊兵衛は神田川を相当に早く走り抜いた。

「この刻限の見当なら湯島天神の茶店で、ゆっくり茶を味わっても大丈夫でさ」

伊兵衛は豊司郎たちが充分なゆとりを持って浅田屋に出向けるように、七ツ半（午後五時）よりも前に和泉橋に横付けした。

「天気も上々でやす。茶店ではきれいな夕焼け空が楽しめること、請け合いでさ」

まことに行き届いた船頭である。

豊司郎に休むことを勧めた茶店の様子まで、細かに伝えた。

「一刻はかかるだろうから、のんびり休んでいてくだされ」

大木屋の家紋が摺《す》られたポチ袋を、豊司郎は船頭に受け取らせた。中身は二朱金二枚（四分の一両）、破格に高額な心付けである。

ポチ袋を通して、伊兵衛は中身が二朱金二枚だと察したらしい。

「いただきやす」

船頭はひざにあたまがつくほどに、深々と辞儀をした。

年季の入った船頭は、手触りで祝儀《しゅうぎ》の額を察する技を持っていた。

多額の心付けを手渡してくれる客に相応の礼を示すための、老練な船頭の持つ隠し技である。

伊兵衛の辞儀を、大店の頭取番頭ならではの鷹揚《おうよう》な仕草で受けてから、豊司郎は武市と並んで歩き出した。

豊司郎は武市に仕事を出す側である。しかしそんな素振りは見せず、武市を対等に扱って並んで湯島天神に向かい始めた。

武市を腕の立つ職人として、豊司郎は敬《うやま》いを抱いていた。武市を従えるのではなく、並んで歩くところに豊司郎の想《おも》いがあらわれていた。

和泉橋から妻恋坂下までは、道幅十五間の大路である。道の両側に並んで建つ商家の庇を、七ツ半どきの夕日が照らしていた。

庇の内は店の敷地というのが、江戸の習わしだ。それはこの大路も同じだ。奥行きの深い庇の内を歩く限りは、夕焼け空を見ることはできなかった。

武市は庇の外に出て西空を仰ぎ見た。豊司郎も武市の横に並びかけた。

「見事な夕焼けだ」

豊司郎はしみじみとした口調で、夕焼けの美しさを褒めた。

「この歳になると、日暮れの西空をゆっくり見ることは滅多にない」

頭取番頭という体面を思うあまりに、人通りのなかで夕焼け空の美しさを愛《め》でることなど、すっかり忘れていたと豊司郎は正直に想いを明かした。

「知った顔のいない町なら、こうして往来の真ん中に突っ立ってあかね空を見上げていても、人目を気にすることもない」

思いがけずこどもも時分のような気持ちになったらしい。豊司郎は何度も夕焼け空の美しさを褒めた。

カラスの群れが大きな啼き声を残して、上野寛永寺《かんえいじ》の方角に飛んで行った。

その啼き声で、我に返ったのだろう。

豊司郎はいささか慌《あわ》てた顔で武市を見た。

「屋根船の伊兵衛さんから、湯島天神の茶店を勧められていた」

まだ空に夕日が残っているうちに、茶店に急ごう……豊司郎は先に立って歩き出した。

豊司郎は船頭から教わった通り、妻恋坂を途中まで登ってから北に折れた。

途中で上り下りを繰り返すが、この道は湯島天神の鳥居下まで一本道で行けるのだ。

船頭が休んで行けばと勧めた茶店も、この道の途中だ。

豊司郎は達者な歩みでずんずんと歩いた。

幸いにも西の空には、まだ大きな夕日が残っていた。

浅田屋に出向くからには、頭取番頭としての身なりを調《ととの》えなければ……。

豊司郎は出かける前に、通いの髪結い職人を店に呼んだ。そして髷《まげ》を調えて、ひげも当たらせた。

月代《さかやき》は青味が出るほどに剃刀《かみそり》をいれた。

夕日が月代を照らしていた。真っ青に見えていた月代が、いまは赤味を帯びていた。

四十九

「船頭さんが強く勧めたのももっともだ」

湯呑《ゆの》みを縁台に戻した豊司郎は、正味で焙《ほう》じ茶の美味さを褒めた。

茶店の縁台には緋毛氈《ひもうせん》が敷かれていた。相当に使い込んだ毛氈で、ところどころの色味が薄く剝《は》げ気味になっていた。

しかし西空からの明かりが毛氈に届いており、剝げかかった色味を陽の赤味が補っていた。

毛氈の地肌と夕日の合わせ技である。

「加賀あかねというのは、こんな色味に近いです」

武市は縁台に敷かれた毛氈に見とれた。

「火の用心」

いきなり声がしたかと思うと、その声を追ってチョーンと柝《たく》が鳴った。

まだ日暮れ時の赤い光が、町のあちこちを照らしていた。幾らなんでも、火の用心を告げるのは早い。

夜回りと呼ぶぐらいで、五ツ（午後八時）から町木戸が閉じられる四ツ（午後十時）までが火の用心回りの刻限とされた。

陽がたっぷり残っている、七ツ半過ぎの火の用心。それを聞いた武市は、いぶかしげな顔になっていた。

大店の頭取番頭は、武市とは違った。

「今年は三の酉《とり》まであるんだ。さすがは加賀様のお屋敷にも近い、湯島天神の町内だけのことはある」

言われて、武市も得心顔になった。

二日前の十一月五日が癸酉《みずのととり》の日だった。

今年はあと二回、十七日と二十九日が酉の日に当たった。

三の酉まである年は火事が多いという。

加賀藩前田家の上屋敷がある本郷周辺は、まだ明るいうちから火の用心を告げて回っていた。

「前田様の加賀鳶《かがとび》に負けないように、この辺りの町内はいま時分から火の用心を告げて回るんでしょうか」

「ありそうな話だが……」

豊司郎が湯呑みの茶を飲み干したとき、店の婆《ばあ》さんが寄ってきた。

「ここいらから、もしも火を出したりしたら、振袖《ふりそで》火事の二の舞になりかねませんのでねえ」

三の酉まである年の十一月は、七ツ半から火の用心を告げて回ると教えた。

土瓶《どびん》を手にしている婆さんは、豊司郎に茶の代わりはいるかと問うた。

「おいしいお茶だが、これから出向く先でもたっぷりと茶をいただくことになる」

ていねいな物言いで茶を断った。

婆さんは武市にも、焙じ茶の代わりはどうかと問いかけた。

「いただきます」

武市は断らずに湯呑みを差し出した。

顔をほころばせて茶を注ぐ婆さんに、武市は毛氈の美しさを褒めた。

「色の剝げ目に、夕日のあかね色が重なっている。こんな妙《たえ》なる美しさは、ひとの手では描けません」

武市の褒め言葉には素人では到底表現できない、色味と情景に対する的確な言葉が続いていた。

「長い年季を経ていればこそ、この色合いを生み出してくれやすね」

的を射た賛辞が、よほどに嬉《うれ》しかったのだろう。土瓶《どびん》を手にしたままで婆さんは、武市の脇に座した。

「近頃はなんでもかんでも新しいものじゃなければいけないと、新品ばかりをありがたがるけどさ」

こんな風潮はいやだと、婆さんは顔をしかめた。

「新品が嫌いですかな?」

「ああ、いやだねえ」

豊司郎の問いに答えた口調は、まことに素っ気ないものだった。

「どうして嫌いなので?」

婆さんの物言いに引っかかりを覚えたらしい。豊司郎は問いを重ねた。

土瓶を縁台に置いた婆さんは、盆に載っている湯呑みをひとつ手に取った。土瓶の茶を注ぎ、口をつけてから豊司郎に目を合わせた。

「買ったときが一番きれいで、あとは古くなるだけという考えがいまどきの流行《はやり》らしいけどさあ。あれは違うよ」

ズズッと音を立てて焙じ茶を呑んだ。

婆さんの言い分に気を惹かれた武市は、膝《ひざ》に手を載せて続きを待った。

婆さんは湯呑みを縁台に戻したあと、色の剝げた緋毛氈を指さした。

「この毛氈を誂《あつら》えたのは、いまから八年も前のことだけどさ。このごろになって、ようやく色味が落ち着いてきたんだよ」

婆さんが話しているうちに、夕日が沈み方を早めた。毛氈の色合いが変わった。

「暗くなってきたら、それはそれであの剝げ具合がまたいいんだよ」

「確かにそうです」

夕日が逃げたあとの剝げ目は、色が沈んでいた。他の部分の緋色とは異なるが、暗い色味もまた一興だった。

「お湯屋さんの籐籠《とうかご》なんぞは、新品は真っ白でさ。文字通りのしろうとなんだよ」

婆さんは湯呑みの茶の残りを呑んだあとで、武市と向き合った。

「籐籠はさあ、使っているうちにひとの手の脂《あぶらし》が染み込んで、きれいな飴色《あめいろ》になるんだよ。そうなるまでには十年はかかるよ」

新品をありがたがってばかりいては、モノを育てるという気になれない。

使い込んでこそ、そのモノの本当の値打ちが分かる……婆さんの言い分には、豊司郎も感銘を覚えたらしい。

茶店を出て浅田屋に向かう道々、何度も婆さんの言い分をなぞり返していた。

使うほどに値打ちのでるモノを作る。

飾り行灯や看板造りの極意を教わったと、武市は強く感じていた。

五十

鴇助は、よほどに口利きを惜しまなかったらしい。豊司郎と武市は初めてにもかかわらず、上客に限っての離れに案内された。

母屋とは渡り廊下でつながっており、離れ座敷の三面はいずれも庭に面した造りだ。

ふたりを離れに案内したのは、仲居頭のかすみである。

豊司郎に床の間を背負わせてから、武市をその隣に案内した。

五寸（約十五センチ）の厚みがある座布団《ざぶとん》の脇には、脇息《きょうそく》が設《しつら》えられている。

「仲居頭をつとめております、かすみと申します。本日はようこそ、深川からわざわざてまえどもまで足をお運びくださいました」

身分を明かしたかすみは、ふたりに座布団を勧めてから下がった。

飛び切り極上の座布団だが、豊司郎は座り慣れているらしい。上手に腰をおろすと、真ん中がわずかにへこんだ。

職人の武市は、せんべい座布団でも敷けば尻《しり》が落ち着かなくなった。まして五寸厚みの絹布《けんぷ》の座布団などは、いままで一度も尻に敷いたことがなかった。

「なにごとも試して慣れてみるのが大事だ。構わず敷きなさい」

強く言われた武市は、座布団の上であぐらを組んだ。

豊司郎は武市のあぐらを咎めなかった。職人のあぐらは戦国時代の武将と同じで、正座に準ずるからだ。

「床の間を背負うなんぞは、分に過ぎていて尻が落ち着きやせん」

武市は心底、居心地がわるそうだ。

「いまも言ったが、なにごとも我が身で試してみるのが大事だ」

やがてはあんたは頭領になる器だと武市を褒めながら、豊司郎は身体《からだ》を後ろに回した。

床の間の軸を見ようとしたのだろう。

不意に豊司郎の言葉が途切れた。

豊司郎の様子が変わったのを感じて、武市も同じように床の間を振り返った。

「えっ……これは……」

武市は息が詰まったような顔になった。

離れの明かりには、大きな百目ろうそくが使われていた。それも十六畳間に六本も使うというぜいたくさだ。

ろうそくの一本は、離れた場所から床の間の軸を照らし出していた。

豊司郎は武市に目を合わせた。

「九分九厘《くぶくりん》、あんたの見立て通りだろう」

「やっぱり、そうでやすか……」

豊司郎と武市がともに吐息を漏らしているところに、かすみが迎えの茶を運んできた。酒肴《しゆこう》を離れに運んでくるのは並の仲居だろうが、迎えの茶は仲居頭のかすみがみずから受け持つ気でいるらしい。

料亭の作法に通じている豊司郎は、かすみのもてなしを大いに喜んでいた。

「無粋を承知で、かすみさんにおたずねするのだが」

正座の膝に手を載せた形で、豊司郎はかすみを見た。

問いはなにかという目で、かすみは豊司郎を見詰め返した。

「この軸は雪舟《せつしゆう》作でよろしいか？」

「はい」

うなずいたかすみは、豊司郎の眼力をさすがだと褒めた。

「ここにいる武市は、これからてまえどもの飾り行灯《あんどん》を拵《こしら》える職人です」

豊司郎は武市をかすみに顔つなぎした。

かすみは武市に会釈《えしやく》した。武市も返した。

「眼力を言うなら、てまえではなしに、この武市でしょう」

職人ながら、軸が雪舟だと看破したからと豊司郎は続けた。

「さようでございますか」

かすみが正味で感心しているところに、浅田屋の女将《おかみ》が顔を出した。

酒肴もまだ出されておらず、かすみが迎えの茶を用意しているだけだ。それを分かっていながら女将が顔を出したのは、豊司郎と武市を大事な客と受け止めてのことだ。

「浅田屋の女将でございます」

あいさつを受けた豊司郎は、座布団のうえで座り直した。迎え茶の場に女将が顔を見せたことの重みが、豊司郎には深く伝わった。

「深川にも江戸屋さんを始めとして老舗《しにせ》の料亭が何軒もございますのに、わざわざてまえどもまでご足労を賜りましたこと、厚く御礼申し上げます」

女将は気持ちのこもった迎えのあいさつを言葉にした。

「女将は江戸屋さんをご存じですのか」

まさか浅田屋の女将の口から、江戸屋の名を聞こうとは思わなかったのだろう。豊司郎は上体を女将のほうに乗り出した。

「江戸屋の秀弥さんとは、道具市（骨董市《こっとういち》）でよくご一緒させていただいておりますから」

道具市に言い及ぶと、かすみが女将を見た。

「この軸が雪舟作であることを、大木屋さんも、こちらの武市さんもご存じでおいでてございました」

かすみの言い分を聞いて、女将の目の色が変わった。

「武市さんは、なにか道具にかかわりのあるお仕事でございますので?」

「あっしは飾り行灯を拵える職人でやす」

生業《なりわい》を自分の口で明かした武市は、仕えていた親方から雪舟の話をよく聞かされていたと続けた。

「雪舟てえお方は、大変な長命であったと聞いておりやす。それもただの長生きじゃなくて、七十を大きく超えたあとも、これが雪舟作と称《たた》えられる名作を幾つも仕上げたと」

六造から聞かされた話を、思い出すままに武市は口にした。


室町時代の昔を生きた雪舟は、六十七歳になってから、いまでは畢生《ひっせい》の名作と称えられている『四季山水図』を仕上げた。

さらには、じつに七十六歳を迎えたのちに、『破墨山水図』を描いた。

愛弟子《まなでし》宗淵《そうえん》に、自身の画法伝授のしるしとして与えるためだ。

その翌年には、これも大作で知られる『慧可断臂図《えかだんぴず》』制作に絵筆をふるっている。

このことからも雪舟は、晩年まで筆を持つことへの意欲を失っていないことが分かる。

武市の親方六造は、博打《ばくち》にも女にも、まったく気を動かさなかった。

その代わり、道具道楽に深くはまった。

腕のいい頭領だけに、実入りはよかった。そんな六造のふところを狙《ねら》い、何軒もの道具屋が出入りをしていた。

日本橋の真っ当な道具屋に、あるとき六造は武市を伴って出向いた。

「本郷のさるご大身先にお納めする軸ですが、日頃のごひいきの御礼に、親方にお見せ申し上げましょう」

道具屋が散々にもったいをつけて箱から取り出したのが、雪舟の山水画だった。

座敷に差し込む陽光のなかで、六造は息を詰めて軸に見入った。

「これがいつもおれがおめえに話してる、雪舟先生の山水画だ」

武市は書画骨董のたぐいには、まったく通じてはいなかった。しかし雪舟の軸には、気持ちを絡《から》め取られた。

軸の山水のなかに、我が身を吸い込まれてしまいそうな気になっていた……。

「あのときの道具屋さんは、本郷のさるご大身にと言ってやしたが」

武市は不作法を承知で、強い目で女将を見詰めた。

「こちらの軸こそ、あの折りに親方と一緒に見せてもらった一幅だと思いやす」

武市は言い終えたあとも、女将から目を逸《そ》らさなかった。

「日本橋のどちら様でございましょう？」

「室町二丁目の久保屋《くぼや》豊太郎《とよたろう》さんでやした」

武市は親方に連れて行かれた道具屋をはっきりと覚えていた。

「てまえどもも、目利き・品揃《しなぞろ》えとも江戸で一番だと言われている、室町の久保屋さんから納めていただきました」

これもなにかのご縁でしょうねと、女将が微笑を浮かべた。

雪舟の軸がきっかけとなり、浅田屋との間合いが大きく詰まった。

「鴇助が申しておりましたが、加賀あかねのことをお知りになりたいとか……」

「まことに、その通りでして」

豊司郎が話を引き取ったとき、廊下に仲居たちの足音が聞こえた。

酒肴が運ばれてきたのだ。

しかし女将は他の座敷に移ろうとはせず、豊司郎が続きを話し始めるのを待っていた。

五十一

豊司郎と武市は女将の案内で、浅田屋の火の見やぐらに登っていた。

広い庭が自慢の浅田屋は、築山《つきやま》の外れに高さ二丈（約六メートル）の火の見やぐらを構えていた。

やぐらとは言え、浅田屋の敷地内に普請されたものである。築山の眺めを壊さないように、色味も造りも充分に吟味されていた。

母屋と離れには雪舟の軸を始めとして、多くの美術品や貴重品が置かれている。

浅田屋はなによりも火事を恐れた。

自家火を出さない工夫は、自分たちが気を遣えばできる。しかしもらい火は、防ぎようがなかった。

ただひとつの防ぐ手段は、常に見張りをおいて、他町の火事をさきがけて知ることだ。

自前の火の見やぐらを庭に普請した目的のひとつは、文字通りの火の見だった。

それに加えて、もうひとつの大きな目的があった。


「これはまた、見事な眺めですなあ……」

豊司郎が心底の感嘆を漏らした。

わきに立つ武市も吉原の夜景に、言葉を忘れて見とれていた。

夜の五ツともなれば、江戸は深い闇《やみ》に包まれた。

商家は明かりを落としているし、民家はすでに床に入っている家も多かった。

数多くある神社仏閣にも、夜の明かりは参道を照らす暗い常夜灯《じょうやとう》ぐらいだ。

江戸の夜は、外に漏れる明かりはほとんど無に等しかった。

ただひとつ、吉原にだけは明かりがあふれていた。

遊郭を照らすのは、高価なろうそくが多い。

不夜城とも呼ばれる吉原は、五ツはまだ宵の口も同然だった。

本郷坂上の浅田屋の、さらに二丈も高い火の見やぐらである。

闇のなかに浮かぶ吉原の明るさには、火の見やぐらに登った客のだれもが感嘆の吐息を漏らした。

「飾り行灯には、深い闇が一番の手助けになります」

武市に話しかけた浅田屋の女将は、右手に二十目ろうそくの燭台《しょくだい》を持っていた。

闇が一番のご馳走であるのを承知で、わざわざ明かりを手にしている。いぶかしく思った武市は目を夜景から女将に移した。

左手には幅三寸（約九センチ）、長さ二尺（約六十センチ）の細い帯のようなものを持っていた。ろうそくの明かりを浴びた細帯は、柔らかな緋色に見えた。

「その紐《ひも》……いや、帯の色味は、加賀あかねでやしょう」

武市はろうそくの明かりが揺れるほどの強い口調で言い切った。

「これが加賀あかねです」

女将は武市の言ったことをなぞった。

「加賀あかねの細帯は、よろしき武運を運んでくれると信じられております」

兜《かぶと》の緒に加賀あかねが多く使われているのも、よき武運を締め込むとの縁起を担いでのことだった。

飛び切り高価なベンガラ色に黄を加えて、赤味をわずかに薄めたような、上品な色味が加賀あかねだ。

染料は秘中の秘とされており、加賀あかね宗家のほかは金沢の染屋といえども色の再現はできなかった。

「この帯を手元に置かれて、梅鉢の色を描く手本になさってください」

深川の夜の闇を、大木屋さんの看板が切り裂いてくれますように……。

女将は色作りの手本と、よき武運の両方を武市に授けてくれるという。

「精進に励みやす」

武市は身体をふたつに折って、女将の篤《あつ》い好意に応《こた》えていた。

浅田屋は神田川の船着き場まで、それぞれに宝仙寺《ほうせんじ》駕籠《かご》を用意していた。揺れぬよう気遣う駕籠の内で、得がたい収獲を今夜はふたつも得られたと、武市は気を昂《たか》ぶらせた。

吉原の一角だけが、大江戸にかぶさった闇を引き裂いていた、あの仰天の眺め。

そして女将から拝受した加賀あかねである。

それらふたつが重なり合って、武市の為《な》すべき仕事を明瞭に示していた。

深川の闇を切り裂いて、大木屋の家紋を浮かび上がらせる看板。

家紋の梅鉢の色は、武運長命を祈念するともいわれる加賀あかねだ。

為すべきことは、これで定まった。

あとは武市創作のあかね色を創り出すことにまっしぐらとなることだ。

「おれはやるぞ」

両手を固く握ったとき、船着き場に着いた。

五十二

武市が縄のれんのえんまに顔を出したのは、十一月八日の六ツ半過ぎである。

去る三日の朝、汐見橋で武市は朝火事を見た。いさきの飾り行灯が焼け落ちるのを見て、なんとも切ない無常観を味わった。

その帰り道にえんまに立ち寄り、朝がゆを賞味した。

武市はえんまの夜の客だった。朝に顔を出したのは、その日が初だった。

夜とは店の顔がまるで別物だった。

酒と肴《さかな》の美味《うま》さで人気の高い店で、ほとんどの夜、土間は客で埋まっていた。

たまに相客が皆無の夜でも、武市が酒を飲み始めるなり、客が押し寄せてきた。

つまりえんまの土間は、客があふれ返っているのが見慣れた眺めだった。

朝はまったく客の姿がなかった。

あの朝口にした梅がゆも、店から奢《おご》ってもらった玉子焼きも飛び切りの美味さだった。が、手放しで褒められたのが気恥ずかしくて、えんまから足が遠くなっていた。

幾日かぶりに多蔵の店に顔を出したのは、起床のあとで親爺《おやじ》の閻魔《えんま》顔をたまらなく見たくなったからだ。

思い立ったが吉日という。

武市は手早く顔を洗い、雪駄《せった》をつっかけてえんまに向かった。

「おはようごぜえやす」

土間に入るなり武市は、大声で朝のあいさつを調理場に向けて投げ入れた。

「武市っつあんかい？」

親爺は顔を見せなかったが、声の調子だけで武市だと判じたらしい。

「梅がゆを食わせてもらいに来やした」

のれんの奥に向かって返事をしてから、武市は腰掛けのひとつに座った。

例によってと言うべきか、土間にはまだ客の姿はなかった。

「おめえさんが、今朝の口開けの客で来てくれたんだ」

横に大きい多蔵が、のれんをかき分けて土間に顔を出した。分厚くて底の深い素焼きの湯呑みを手に持っていた。

気に入りの客にだけ、多蔵が自分でいれた茶を供するとうわさされている、無地の湯呑みである。

「梅がゆが仕上がるまで、茶でも呑んでいてくんねえ」

愛想のいい声で告げた親爺は、湯呑みを卓においた。強い湯気が、いれたての茶だと強く言い張っていた。

湯呑みを置いたあと、多蔵はのれんの下に戻った。その場に立って話すのが多蔵のお決まりらしい。

前回ここで朝がゆを味わってから、まだ五日しか経《た》ってはいない。そのわずかな間に、多蔵の目方は優に一貫（約三・八キロ）は増えたかに見えた。

「これで、今日の繁盛《はんじょう》は決まったも同然だ」

身体を揺すりながら、多蔵は正味で武市の来店を喜んだ。

「親爺さんにそこまで手放しに喜ばれたら、きまりがわるくて尻がむずむず痒《かゆ》くなっちまいやすぜ」

武市にしてはめずらしく軽口で応えた。すこぶる今朝は気分がよかったからだ。

多蔵は笑みを引っ込めた顔で武市を見た。

身体は一段と太目になっていたが、あごの尖《とが》り方はそのままである。多蔵は身体の肉《しし》置《お》きとあごとは別物らしい。

今朝は一段と冷え込みがきつくなっていた。が、空のチリは夜中に吹いた風でわきに吹き飛ばされたのだろう。

今朝の江戸の朝日は、冬とは思えない強い光を放っていた。

えんまの土間にも障子戸越しの朝日が差している。土間の三和土《たたき》に弾《はじ》き返された光が、多蔵を下から照らしていた。

太くて濃い多蔵の眉《まゆ》は、跳ね返りの光を受けてひときわ濃く見えた。獅子鼻《ししばな》も際《きわ》だって見えたし、分厚い唇はいつも以上に赤い。

笑いを引っ込めた多蔵の顔は、朝から凄《すご》みに富んでいた。

「ゆんべのあんたは、なにかいい想いができたようだな」

「図星です」

武市は思わず真正直に応えた。そう返事させる強さを多蔵は持っていた。

「そういうことなら、飛び切りの梅がゆを仕立てようじゃねえか」

親爺は足を急がせて流し場に戻った。

うなぎ屋は客が魚を選んでから調理が始まる。ゆえに出来上がりには、どれだけ早くても四半刻《しはんとき》は入り用だった。

えんまの朝がゆも同じらしかった。客の注文を受けてから、多蔵は小鍋《こなべ》で仕立てを始めるのだ。

大粒の梅干しと、下ごしらえを済ませておいたかゆとを小鍋に移すのが始まりである。

あとは七輪にかけて、コトコトと煮立つ音を聞きながら、塩梅《あんばい》よく粗塩を加えて梅がゆを仕上げるのだ。

茶をすする武市の卓を、朝の光が上から照らしていた。

えんまの屋根に設けられている明かり取りから、強い光が降り注いでいた。

朝の明るい光は、それだけで元気にしてくれるものだ。

加賀様の御紋は梅鉢である。

梅がゆのあとで、親爺さんに話を聞いてもらおう……武市は音をさせずに茶をすすった。

調理場から、かゆの仕上がった美味そうな香りが漂い出ていた。

五十三

「水押《みよし》に梅鉢の紋とは、聞いただけで目に浮かんでくるいい趣向だ」

えんまの親爺多蔵は、武市の看板の思案を褒めた。

「そう言えば、いさきの飾り行灯を拵えた裕三さんは、あんたと兄弟分だっただろう?」

武市は小さくうなずき、裕三がどうかしたのかと問うた。

「いさきの行灯が焼け落ちたあと、二、三日は気落ちしていたそうだが、もうすっかり立ち直ったそうだ。昨日の朝、うちに来た客から聞かされた」

いさきが建て直しをするときには、今まで以上に評判を呼ぶ行灯を造ると張り切っていた……客から聞いたままを、多蔵は武市に聞かせた。

「裕三さんの気持ちが負けてねえのは、なによりでさ」

裕三をさんづけで呼んだ武市の物言いは、正味のものだった。

大木屋の看板趣向を思いつくまでは、裕三の評判を聞くたびに苦い苛立《いらだ》ちを覚えた。

いさきの飾り行灯が焼け落ちるのを目の当《ま》たりにしたとき……。

正直に言えばこころの片隅では、ふうっと安堵《あんど》の息継ぎもしていた。

いまは違った。心底、裕三もいい仕事をしてくれと願っていた。

新たな仕事に取りかかっていなかったときには、苛立ちと焦《あせ》りがあった。

庇から往来に向かって、舳先《へさき》が突き出している猪牙舟《ちょきぶね》の飾り行灯……新たな趣向があたまのなかを走り回っているいまは、裕三のうわさを聞いても焦りは覚えなかった。

「一日も早く、いさきが建て直しされるのを祈っておりやす」

正味の言葉を残して、武市はえんまを出た。

裕三と真正面からぶつかる一騎打ちだと、歩きながら自分に言い聞かせた。

気持ちが大きく昂ぶり、こぶしに握った右手を左の手のひらにぶつけた。

バシンッと響いたとき、武市は富岡八幡宮《はちまんぐう》の鳥居近くに差し掛かっていた。

大股《おおまた》で参道の右端を歩いた。真ん中は神様の歩く道だと、こども時分に教えられていた。

四文銭を賽銭《さいせん》箱に投げ入れたあと、二礼・二拍手した。これも遠い昔に教わった参拝の作法である。

「いい思案を授かり、ありがとうございます」

礼を口にしたあと、もう一度深く辞儀をして参拝を終えた。

船大工元五郎の宿には、屋根船船頭の常太郎と薪船《まきぶね》船頭の釜兵衛が同道してくれる段取りとなっていた。

ふたりと落ち合うのは海辺橋南たもとの船着き場で、四ツ半（午前十一時）である。

船大工元五郎の宿は海辺橋から堀伝いに一町ほど南に入った海辺大工町だ。

「元五郎てえひとは、一日のメシのなかで昼飯をもっとも大事にする棟梁だ」

朝は起き抜けで、腹の減り具合はいまひとつだ。とりわけ前の夜に深酒をやってたりすると、メシの湯気を嗅《か》いだだけで胃ノ腑《ふ》からこみ上げるものがあったりする。

自家漬けの梅干しと、塩味の利《き》いたかゆが元五郎の朝餉《あさげ》だった。

夜は酒が大事で、気の利いたあてがあればいい。

「夜にたっぷりモノを食うと、翌朝は胃ノ腑が重たくなっちまうんだ」

元五郎の晩飯は酒に焼き魚、あとは小鉢が二品。これがお定まりだった。

朝と夜が軽い分、昼飯はたっぷりと摂《と》った。

「お天道《てんと》さまが空にいる間は、身体を動かすのが道理にかなってる。力が出るように、昼飯はたっぷり滋養のつくものを口にするのが一番だ」

これが元五郎の流儀である。ゆえに昼飯は毎日、滋養のつく献立となっていた。

「四ツ半に出向けば、ちょうど昼飯の支度が始まるころだ。昼飯のおかずになるものを手土産に持っていけば、棟梁は上機嫌で話を聞いてくれるだろうさ」

釜兵衛の知恵を受け入れた武市は、呑み屋げんぞうの親爺に蒲焼《かばや》きを注文していた。げんぞうは酒が売り物の縄のれんだが、うなぎの蒲焼きも名物の一品である。

武市は親爺の玄蔵にわけを話し、十一月八日の四ツどきに蒲焼き八人前を誂えてほしいと頼んでいた。

元五郎は仕事場に三人の職人を抱えた棟梁である。宿には女房と、賄《まかな》いを手伝う娘がひとりいると釜兵衛から聞かされた。

女房と風太、手伝いの娘を含めて七人だが、武市は八人前を頼んだ。

末広がりの八という縁起を担《かつ》いだのだ。

朝がゆを食べたあと、八幡宮に参詣《さんけい》してから長屋に戻った。蒲焼きが仕上がる四ツには、まだ一刻の間があった。

朝湯で身体を清めよう……。

思い立った武市は、手拭《てぬぐ》いと、着替えの下帯（ふんどし）を手にして黒船橋たもとの梅乃湯に向かった。

湯船は小さいが、梅乃湯は毎日朝湯を立てていた。

朝の五ツ（午前八時）に湯につかっていられるのは、仲町の商家のあるじばかりだ。先に会った職人や奉公人、それにこどもは朝湯につかる身分ではなかった。

梅乃湯は壁の高いところに明かり取りを設けている。差し込む五ツどきの光が、洗い場を照らしていた。

武市は上がり湯で身体の前を流してから湯船につかろうとした。

朝湯の客は年配者ばかりだ。湯船の湯は、足をつけられないほどに熱かった。

湯をぬるくする水は、大きな樽《たる》に用意されていた。湯船の客は年配者ばかりで、だれもが武市を見詰めていた。

とても水を注げる雰囲気ではなかった。

ふうっ。

大きな息を吐き出したあと、武市は樽の水を手桶《ておけ》に汲《く》み入れた。そして息を詰めて、あたまから浴びた。

十一月八日、すでに冬だ。水の冷たさは半端《はんぱ》ではなかった。

ぶるるるっと身体が激しく震えた。

湯船につかっている年寄り衆は、なにを始めたのかという目を武市に向けていた。

ひどく身体が震えたが、浴びたあとは逆に身体に火照《ほて》りを覚えた。武市は手桶にたっぷり水を汲み入れて、二杯目を浴びた。

あたかも冬場の水垢離《みずごり》である。

二杯目を浴びたあとでは、気持ちが大きく落ち着いた。

武市はその後も水浴びを続けて、六杯を浴びてから湯船に足を差し入れた。

水を浴びた肌は引き締まっている。足首すらつかることができなかった武市だが、いまは肩までつかることができた。

「あんた、なにか願掛けでもしたのか」

冷たい身体で湯船につかった武市に顔をしかめるでもなく、客が話しかけた。長らくつかっているらしく、深いしわの寄ったひたいには汗の玉が浮いていた。

「これから取りかかる新しい趣向には、ぜひとも上首尾に運んでもらいたいものでやすから」

武市は真顔で応えた。

熱い湯につかることができず、身体を冷やそうとして浴びた水だった。しかし二杯目の水で、水垢離している気分になった。

六杯目を浴びたときは、元五郎棟梁との談判がうまく運びますようにと、胸の内で願っていた。

「どうだね、にいさん」

武市の反対側で湯につかっていた別の客が、湯をかきわけて寄ってきた。

湯が割れて、熱いのが武市に嚙《か》みついた。が、身体はすでに慣れており、武市は顔をしかめることもなかった。

「湯屋の朝湯で水垢離というのも、おつなものだろう？」

「はい」

素直に応えたら、客は湯をかき混ぜた後でさらに話しかけてきた。

「新しい趣向と言ってたようだが、なにかモノを拵えるお方かね？」

その男は、ひとに指図をしなれている者ならではの物言いで問いかけてきた。

「またまた、常盤屋《ときわや》さんのくせが始まった」

「まったく、なんでも知りたがるのは、幾つになっても変わらない」

周りの客が口々に男を揶揄《やゆ》した。

戸惑い顔の武市に、最初に話しかけてきた年寄りが近寄った。

「常盤屋さんと一緒の湯につかったのが巡り合わせだと、あんたも諦《あきら》めたほうがいい」

因果を含めたあとは、常盤屋の素性を話し始めた。

常盤屋は仲町に一軒しかない羽子板と独楽《こま》を商う商家だ。深川不動尊の仲見世《なかみせ》に、四間間口の店を構えた大店《おおだな》である。

武市ももちろん常磐屋は知っていた。が、羽子板にも独楽にももはや用のない武市は、店に入ったことはなかった。

「あっしは飾り行灯造りの職人で、武市と申しやす」

武市が名乗ると、常磐屋の表情が大きく動いた。

「あんた、大木屋さんの看板造りを請け負った職人さんだろう？」

「へい」

答えた武市の目が大きく見開かれていた。

「大木屋さんの豊司郎さんとは、碁敵でね。石を打ちながら、武市という職人さんに看板を頼んでいると聞かされたんだ」

武市と常磐屋は、ともにひたいに汗の浮いた顔を見交わした。

「真冬に水垢離をするとは、筋のいい職人さんに違いない」

常磐屋は武市を褒めた。一緒に湯につかっていた面々も、得心顔でうなずいた。

「その心がけがあれば、ことが上首尾に運ぶのは間違いなしだ」

朝湯の客は、武市のほかはだれもが商家のあるじだった。

商家の当主はひとの目利きに厳しい。

褒め言葉は世辞ではなかった。

思いもしなかったことで褒められた武市は、今日の談判のさい先の良さを感じていた。

五十四

「おとっつあんが、念入りに焼き上げた蒲焼きだから」

おきみは両目を三日月にして、蒲焼きの出来映えを自慢した。

武市の談判が上首尾に運ぶための、大事な手土産である。おきみは一尾ずつ竹皮に包み、山椒《さんしょ》の粉を小竹の山椒入れに詰めた。

たっぷりとタレを塗られた、八人前のうなぎである。武市はずしりとした手応えを感じながら海辺橋に向かった。

玄蔵が念入りに焼き上げた蒲焼きは、周りに香りを放っている。武市とすれ違った者は、だれもが鼻をひくひくさせて振り返った。

海辺橋に行き着いたときには、常太郎と釜兵衛が欄干に寄りかかって待っていた。

「美味そうな香りですぜ」

常太郎の目元がゆるんだ。

「このにおいを嗅いだだけで、元五郎親方は引き受けてくれるだろうよ」

宿に向かう道々、釜兵衛は何度も談判の上首尾を請け合った。

この日の訪問は、前もって釜兵衛が話を通していたようだ。

「ようこそお越しくださいました」

手伝いのすみれが、仕事場の外で三人を迎えた。職人宿の手伝いとも思えない、上品な物言いである。

すみれは桃色と山吹色が市松模様になった木綿を着ていた。昼飯の支度に取りかかるためなのか、紅色のたすきがけである。

四ツ半どきの陽を浴びた顔は、海が近いゆえか日焼けしていた。

肌の色は、すみれの器量のよさを壊すどころか引き立てていた。

瞳《ひとみ》は大きくて、眉は濃い。客を迎えるために化粧したらしく、唇には紅がひかれていた。

「本日は、なんとも面倒なことを頼みにうかがいやした」

職人には似合わない物言いで、武市はすみれに応えた。すみれの器量よしに驚いた武市は、物言いがうわずっていた。

「親方は茶の間で待ってますから」

先に立ってすみれが歩き始めた。武市は慌《あわ》ててあとを追って前に回り込み、うなぎを差し出した。

「今日の昼飯の足しにしていただきてえんでやす」

差し出されたうなぎを手にしたすみれは、重さに驚き顔を拵えた。

「八人前でやすんで」

「まあっ！」

すみれの甲高い声は、夏場の軒下に吊《つる》した風鈴のように涼やかだった。

足を急がせたすみれは、茶の間で待っている元五郎に包みを見せた。

「親方、八人前の蒲焼きをいただきましたあ」

すみれの弾んだ声は仕事場にまで届いた。蒲焼きの香りがあとを追った。

カンナを手にした若い者が、喉《のど》を鳴らして生唾《なまつば》を呑《の》み込んだ。

「なんてえ声を出しやがるんでえ。客人の前でみっともねえだろうが」

きつい声ですみれをたしなめてから、元五郎が立ち上がった。

常太郎と釜兵衛とは顔なじみらしいが、武市は今日が初顔合わせである。しかもこれから大事な頼み事をする相手だ。

客間の敷居の外に立った武市は、向き合った元五郎に深々とあたまを下げた。顔を上げたと同時に、元五郎が口を開いた。

「おたくさんが、武市さんかい？」

「へい」

棟梁の顔を見詰めたまま、武市は短い返事をした。

「あれが言っていたが……」

元五郎は我知らずに鼻をひくひくさせていた。手土産の蒲焼きが、元五郎の鼻先まで香りを漂わせていた。

「大層な手土産を提げてきてくれたそうじゃねえか」

「親方の好物だと釜兵衛さんからうかがいましたもので」

武市は正直に答えた。なにごとも隠さず、真っ正直に答えるのが元五郎には大事だと釜兵衛から言われていた。

「のろ（うなぎ）なら、毎日でも食いてえやね」

顔をほころばせた元五郎は、客間に入れと三人に手で示した。

「それでは、遠慮なしに」

手刀を切りながら、武市は客間に入った。

三人が座るのを待っていたかのように、すみれが茶を運んできた。

「手間をかけやして」

武市は座したまま、すみれに会釈をした。

すみれも軽く会釈を返し客間から出て行った。

「大事な昼飯どきが迫っておりやすんで、手短に親方への頼みだけ言わせてもらいやす」

武市が切りだしたことに、元五郎はうなずきで応えた。

武市はふところに仕舞ってきた絵を取り出した。猪牙舟がひさしから突き出している、看板の絵である。

元五郎の顔がわずかにこわばった。が、武市は半紙の絵に目を落としていた。

顔を上げたときには、元五郎は元の顔つきに戻っていた。

「仲町の大木屋さんの看板に、親方の猪牙舟を使わせていただきてえんで」

膝《ひざ》に両手を載せて、武市は頼みを告げた。

「看板におれの猪牙舟を使いてえと、おめえさんはそう言ったのか」

元五郎の目が据わっていた。

「ぜひにもお願い申し上げやす」

武市は目を受け止めて答えた。

「寝ぼけたことを言うんじゃねえ」

元五郎の怒鳴り声が客間に轟《とどろ》いた。

その声は、仕事場にも、昼餉の支度を進める流し場にも轟き渡っていた。

五十五

「たどおん、たどおおーーん」

仕事場の音が消えたら、外を行く物売りの声が客間にまで聞こえた。

声が聞こえるのは、元五郎の怒鳴り声で仕事場の手が止まっているからだ。船大工の宿が、すっぽりと気まずい静けさに包まれていた。

その重たい気配を、廊下を歩いてくるすみれの足音が追い払った。

足袋を履いた足なのに、すみれは廊下を小気味のいい音を立てて客間に近寄ってきた。

「ごめんなさあい」

すみれが入るよりも先に、弾んだ声が客間に入ってきた。

「うっかり、ぬるいお茶をみなさんに出してしまいました」

詫《わ》びたすみれは、新たに運んできた湯呑みと膝元にすでに供していた湯呑みとを置き換え始めた。

常太郎、釜兵衛の順に置き換えたあと、武市と向かい合わせになった。膝元に出されていた湯呑みを取り替えるとき、すみれは武市に微笑《ほほえ》んで見せた。

気にしないで、話を続けて……。

すみれはゆるめた目元で、それを武市に伝えていた。

すみれの表情を見て、武市には合点がいった。

茶がぬるいというのは、重苦しい気配を追い払うための方便なのだ、と。

そのためにすみれは、大急ぎで熱い茶をいれ直してくれたのだろう。

「ありがとうごぜえやす」

武市はひときわ大きな声で、すみれに礼を言った。すみれはうなずきで応えてから客間を出た。

「お先にいただきやす。いささか喉が渇きやしたもんで」

湯呑みを手に持った武市は、元五郎に断りを言った。

目の端を吊り上げたままの元五郎は、返事もしなかった。

常太郎と釜兵衛は、呆気《あつけ》にとられたような顔で武市を見た。

つい今し方、武市は元五郎に怒鳴られたばかりである。

怒鳴った当人を差し置いて、怒鳴られた者が先に茶をすすったりしては、さらに怒りを煽《あお》り立てるも同然の振舞いだからだ。

武市は構わずに茶で口を湿し、湯呑みを膝元に戻してから元五郎に目を戻した。

「あっしの物言いがまずいもんで、棟梁《とうりょう》を怒らせちまいやしたが、棟梁が想《おも》いを込めてこせえておいでの猪牙舟をコケにする気なんぞ、これっぱかりもありやせん」

元五郎の目を見詰めたまま、武市は人差し指の腹を親指で弾いた。猪牙舟をコケにする気はかけらもないという仕草である。

元五郎は表情を和らげぬまま、武市を強い目で睨《にら》み返した。

武市は短い息継ぎをして話に戻った。

「棟梁とはまるで違う仕事をしておりやすが、あっしも職人でさあ。てめえが気持ちを込めて拵えているものを軽く扱われたりしたら、身体《からだ》の芯《しん》から腹が立ちやす」

断じて元五郎の仕事を軽んじる気はないと、武市は言葉を重ねた。

武市は口を閉じたあとも、まだ怒りで燃え立っている元五郎の目を受け止めた。

見詰め合っていた目を先に外したのは元五郎である。膝元に目を移した元五郎は、湯気の立っている湯呑みに手を伸ばした。

嚙みしめるかのように茶を味わったあとで、湯呑みを膝元に戻した。

武市を見詰め直したときには、怒りの炎が鎮《しず》まっていた。

「そうまで言うなら、なんだっておれの舟を屋根に乗せるんだ」

「江戸中のひとに、棟梁の猪牙舟を見せたいからでさ」

武市は間髪《かんはつ》を容《い》れずに答えた。

「江戸中のひとに見せてえだと？」

元五郎の語尾が跳ね上がった。が、怒りの口調ではなかった。

武市は大きくうなずき、わけを話し始めた。

「棟梁が拵える猪牙舟は、滅法に速いことで船頭の間では知られておりやす」

しかしそれを知っている者の数は限られている……武市は口惜《くや》しげな物言いをした。

江戸に暮らす者は、天保十四年のいまでは百万を大きく超えていた。そして毎日、大川を行き来する猪牙舟は、少なくても三千杯はいると言われていた。

船頭の人数は猪牙舟の三倍、ざっと九千人はいるだろう。しかし江戸に暮らす百万超の人数からみれば、九千人はきわめてわずかだ。

猪牙舟に乗る者は、その舟をだれが造ったかなどは気にもとめない。舟の形がどんなであるかをつぶさに見る者も、船頭以外では稀《まれ》だろう。

猪牙舟の美しさは、イノシシの牙《きば》のように尖った舳先だ。牙が鋭く尖っていればいるほど、水を弾き飛ばして船足が速くなるのだ。

しかし猪牙舟の客は、舳先の美しさなどには関心がないのが普通だ。

船足が速くなれば、揺れも激しくなる。

揺れに身体を巧《うま》く合わせて、煙草盆《たばこぼん》が使えるようになれば乗り方も一人前……こう言われている猪牙舟である。

船大工がどれほど気持ちを込めて猪牙舟を仕上げても、その美しさを間近に見て知っている者はきわめて限られていた。

「猪牙舟を川に浮かべるのではなしに屋根に乗せたら、町を行き交う者は仰天しやす」

仲町の大木屋の前は、富岡八幡宮の表参道だ。縁日でなくても、数え切れない参詣客が行き来する大通りである。

もしも大木屋の屋根から猪牙舟が突き出していたら……。

通りを歩くだれもが足を止めるだろう。

川に浮かんだ猪牙舟しか見たことのない者には、舳先の牙の美しさが際立って見えるに違いない。

「あっしはひとりでも多くのひとに、棟梁の拵《こしら》えた舟の美しさを見せたいんでさ」

膝元の茶をすすり、ひと息いれた武市は、ふところから半紙を取り出した。

仲町の上絵屋《うわえや》で職人に描いてもらった『丸に梅鉢』の紋である。緋色《ひいろ》で描かれた梅鉢紋を見た常太郎と釜兵衛は、美しさに見とれて吐息を漏らした。

「大木屋さんの家紋は、この丸に梅鉢なんでさあ。この紋を、棟梁の猪牙舟の舳先にあしらいやす」

夜になれば四基の龕灯《がんどう》で猪牙舟を四方から照らす段取りである。

龕灯に使うのは大型の百目ろうそくで、半刻は照らし続けることができる。

陽が沈んだあと、暮れ六ツ（午後六時）から五ツ（午後八時）までの一刻、龕灯の光が猪牙舟を照らす趣向を考えていた。

「あっしは本郷の高台にある火の見やぐらから、夜の江戸を見回しやした」

武市は浅田屋のやぐらから夜景を見たときの驚きを話し始めた。

「真っ暗闇の海のなかに、吉原だけが眩《まぶ》しいほどに浮かび上がっておりやした。周りが真っ暗なだけに、吉原の明かりてえのは、ひときわ見事な眺めでやした」

武市は努めて落ち着いた物言いで、猪牙舟の思案を話し続けた。

浅田屋から見た夜景を語り始めたときには、舟造りの職人たちが客間の外に集まり、武市の話に聞き入っていた。

「あっしは飾り行灯《あんどん》造りの職人でやすんで、上手な口はきけやせん」

武市は背筋を伸ばして元五郎を見た。

「舌っ足らずなことを言ったばっかりに、棟梁を怒らせちまいやしたが……」

武市は膝に載せた両手に力を込めた。手の甲に血筋が浮かび上がった。

「もういっぺん言わせてもらいやすが、あっしは断じて棟梁の猪牙舟をコケにする気はねえんでさ」

強い口調で言い切った武市は、上体を乗り出して元五郎を見詰めた。

「棟梁の猪牙舟を、大木屋さんの屋根に飾らせてくだせえ。そうすることで、百万いるという江戸の住人をひとり残らずたまげさせてえんでさ」

武市は座したまま、あたまを下げた。

「あっしらからもおねげえしやす」

常太郎と釜兵衛も深くあたまを下げた。

「たどおん、たどおおおん……」

また戻ってきた炭団《たどん》売りの澄んだ売り声が、武市の後押しをしているかのようだった。

五十六

すみれはお茶を供しただけではなかった。桜材で拵えた煙草盆を、元五郎の膝元に出していた。

本所の指物師《さしもの》に頼んで誂《あつら》えた、元五郎お気に入りの品である。めでたい出来事があったとき、元五郎は好んでこの煙草盆を使った。

「世間じゃあ風太がおれのひとり息子だと言ってるらしいが、そいつあ、まことじゃねえ」

不意に猪牙舟とはかかわりのない話を始めた元五郎は、キセルに刻み煙草を詰めだした。

風太はひとり息子じゃないと話し始めたばかりで、先が途切れた。

尾張町の菊水から月に二度取り寄せしている薩摩《さつま》煙草の『開聞誉《かいもんほま》れ』だ。

すみれは煙草盆と一緒に、刻み煙草入れも膝元に置いていた。

大きな火皿にたっぷり煙草を詰めたあと、元五郎は親指の腹で押さえた。ふわりとした手応えに得心してからキセルを左手に持ち、煙草盆を右手で持ち上げた。

盆に載った素焼きの小鉢には種火が入っている。煙草盆を持ち上げた元五郎は、種火に火皿をくっつけた。

強すぎぬように加減した吸い方で、キセルの吸い口を吸った。

細長い吸い口も純銀である。

元五郎が吸い加減をわずかに強めると、火皿の煙草に火が回った。

煙草盆を膝元に戻したあと、まるで慈《いつく》しむかのように煙草を吸い込んだ。

並のキセルの二服分が詰まる火皿である。元五郎の吸い方に応えて、火皿の底にまで火が回った。

ふうっ。

惜しむかのように、元五郎はゆっくりと開聞誉れの煙を吐き出した。

釜兵衛は生唾を呑み込んだ。あまりに元五郎が美味そうに煙草を吸ったからだ。

釜兵衛が尻《しり》を動かした。

「こいつあ、気が回らなかった」

釜兵衛の様子を見た元五郎は、抑えた声ですみれを呼んだ。

察しのいいすみれは、両手に三台の煙草盆を提げていた。

「いただいた蒲焼きにすっかり気がいってたものですから、いろいろ気が利かなくてごめんなさい」

常太郎、釜兵衛の順に煙草盆を置いたすみれは、最後に武市の前に支度した。笑いかけた目の色は、がんばってと励ましていた。

「そいじゃあ、遠慮なしに」

釜兵衛が煙草道具を腰から取り外した。

常太郎も釜兵衛に続いた。

ふたりが煙草道具を取り出したのを見て、元五郎は話の続きに戻った。

「うちには娘がいるんだ」

「えっ？」

常太郎と釜兵衛の手が止まった。

「俺が言わねえ限り、知っているとは言えねえよな」

常太郎はキセルを手にしたまま、「知りやせんでした」と小声で応じた。

「茶を出したり、煙草盆を持ってきたりしたのが、娘のすみれでさ」

明かしたあとで、元五郎はキセルを灰吹きにぶつけた。ポコンと灰吹きが鳴いた。

「おれは根っからの職人なもんで、初めて授かったのが女の子だったときは、正味でがっかりしちまった」

元五郎は苦い顔つきになった。

「おれはすみれをかまうこともしねえで、仕事に打ち込んでばかりいた。いま思えば、猪牙舟を造ることで生まれた子のことを忘れたがってるみてえだった」

キセルを煙草盆に置いたあと、元五郎はあぐらに組んだ膝に両手を載せた。

昔を思い出すような遠い目になった。


海辺大工町に暮らす者は、元五郎に長女が授かったことはもちろん分かっていた。が、元五郎がすみれのことに言い及ばない限り、男衆は黙っていた。

元五郎の気性を分かっていたからだ。

すみれは父親との隔りを感じながらも、素直に育った。

海辺大工町で元五郎といえば、腕の良い棟梁として名が通っていた。

なにしろ月に百杯もの猪牙舟が新造される江戸である。

「一日も早く、元五郎棟梁にお会いしたいものだと願っておりました」

「どうぞ床の間の前に」

腕利きの猪牙舟造り棟梁は、どこに出ても幅が利いた。

大店の息子や名の通った親を持つ子は、町内のこども内で大きな顔をした。

すみれは父親の高名を笠《かさ》に着ることはせず、女児たちの上に立つことなく仲良く遊んだ。

「すみれちゃんは素直でいい子だよ」

町内の女房連中にはすこぶる評判がよかった。しかしその声は海辺大工町止まりだった。

職人のうわさを外に広めるのは男の口である。元五郎が言わないすみれのことは、だれひとり外に向かって話す男がいなかった。

「すみれが八つになったとき、待ち焦《こ》がれていた男の子を授かったんでさ」

元五郎はまたキセルに煙草を詰め始めた。柔らかな手つきで火皿を押しながらも、今度は話を途中でやめなかった。

「やっとこ授かった男の子だったもんでね。風太と名付けたガキを、おれは生まれてから何年も猫っ可愛《かわい》がりしちまったんでさ」

風太は元五郎のひとり息子。

世間が勘違いしてこう言っても、元五郎はあえてそれを正さないできた。

元五郎がおのれの過《あやま》ちに気づいたのは、風太が釜兵衛の船に乗り上げた一件からである。

風太に甘い父親だったと思い知った元五郎は、娘のけなげさを肌身で知った。

風太は元五郎を笠に着て、町内の男児から鼻つまみ小僧だと思われていた。

「ごめんね」

すみれは陰に回り、男の子たちに風太のことを詫びて回っていた。

猪牙舟の乗り上げ騒ぎで、元五郎は初めて我が息子の鼻持ちならぬ部分と、真正面から向き合う羽目になった。

この出来事を境に、元五郎はみずからの手で風太のしつけをやり直し始めた。

半泣き顔の風太を、姉のすみれがなぐさめた。

いまも元五郎の厳しいしつけは続いている。

姉のおかげで、風太は仲間はずれにはならずにすんでいた。

「いきなりおめえさんたちにこんな話を始めたのは、いまもまた娘の世話になっちまったからでね」

声の調子を落とした元五郎は、きまりわるそうに髷《まげ》に手をあてた。

「おれはどうにもしゃあねえほどに、気が短っかいんでね。それがもとで何度もしくじりを重ねてきたが、こいつあ生涯治らねえやね」

短気であるがゆえに、武市の話をきちんと聞かずに怒鳴り声を上げた。

成り行きを案じたすみれが茶を出したことで、怒りにつられてのぼせていた気持ちを落ち着かせることができた。

話をきちんと聞いてみて、武市の思案のよさも呑み込めた。

「てめえの娘を手放しで褒めるのもバカな親だが、すみれはよくできた娘でね。せっかくの話をしくじらねえですんだのも、娘のおかげでさ」

真顔に戻った元五郎は、武市と向き合った。

「おめえさんも気をわるくしただろうが、勘弁してくんねえ」

両手を膝に置き、元五郎はあたまを下げた。

「なんてことを……棟梁、あたまなんぞ下げねえでくだせえ」

武市の慌てた物言いで、元五郎は下げていたあたまを元に戻した。

「詫びを受けてもらえて、ありがとよ」

「こちらこそ言葉が足りなかったばかりに、棟梁にいやな思いをさせやした」

武市が詫びを入れて、ことが収まった。

台所から蒲焼きの美味《うま》そうな香りが漂ってきた。その香りを追うようにしてすみれが顔を出した。

「みなさんの分も支度ができましたから、ご一緒にお昼を召し上がってください」

すみれは武市たちの昼も用意していた。

「そういうことなら、細かな話はメシを食ってから聞かせてくんねえ」

言っている途中で、元五郎の腹が鳴った。

「なんてえ親不孝な腹だ、親に恥をかかせるんじゃねえ」

元五郎は腹掛けの上から叩《たた》いた。

ぷっ！

武市の前に立っていたすみれが吹いた。

五十七

職人の昼飯はどんぶり物が多い。

元五郎の宿も、どんぶりは客の分まで数が揃《そろ》っていた。

猪牙舟に使う板の曲げ加工には、炭火で熱した鏝《こて》を使う。元五郎は備長炭《びんちょうたん》を使っていた。

火熾《ひおこ》しは難儀だが、ひとたび熾きたあとは強い火力が長く得られるからだ。

日頃から備長炭の火熾しに手慣れているすみれは、蒲焼きをその炭火で炙《あぶ》った。

商売さながらの強い火で炙り直されたうなぎには、焼きたて同然の美味さが戻った。

すみれは飯炊《めした》きが自慢だった。炊きあがったごはんは、釜《かま》のなかでひと粒ひと粒が立っていた。

ほどよく蒸らしたごはんをどんぶりによそい、店からもらったタレをごはんにかけた。

その上に焼き上がった蒲焼きをのせ、もう一度タレをかけてからどんぶりにふたをした。

「おまちどおさま」

すみれが供したうなどんは、店で食べる以上の美味さに仕上がっていた。

椀《わん》はとろろ昆布《こんぶ》に熱湯を注ぎ、庭の三ツ葉を散らした、すみれ自慢のとろろ汁だ。

常太郎・釜兵衛・武市の三人は、神棚のある棟梁部屋で元五郎と一緒に食した。

「炙り直したうなぎも美味いが、こんなにうめえおまんまを食ったのは初めてでさ」

常太郎の言葉は世辞ではない。釜兵衛と武市も、口々にすみれの飯炊きの上手《うま》さを褒めた。

美味いメシは、それを一緒に食べた者たちの隔たりを取り去ってくれる。

うなどんを食べ終わったときは、棟梁部屋にいる四人が互いに満足顔を見交わしていた。

うなぎのあとの焙《ほう》じ茶をいれてきたすみれに、武市たちは心底の礼を言った。

「辰次郎《たつじろう》を呼んでくれ」

「はい、ただいま」

元五郎に言いつけられたすみれは、顔を明るくして答えた。

「あんたの思案の細かなことは、職人頭の辰次郎と一緒に聞かせてもらうぜ」

元五郎は武市を見ながら茶をすすった。まだ湯呑みを手にしているうちに、すみれに付き添われた辰次郎が部屋の外に顔を見せた。

「お呼びだとうかがいやしたが」

辰次郎の声は調子が低くて響きがよかった。

背丈は五尺六寸（約百七十センチ）あり、月代《さかやき》は青々としている。ヒゲは濃い男らしいが、きちんと剃刀《かみそり》があたっていた。

眉《まゆ》も濃く、瞳は大きい。さぞかし確かな図面を引くだろうと、大きな瞳が感じさせてくれた。

「そこに立ってねえで、へえんな」

言われた辰次郎は身を屈《かが》めたりはせず、背筋を張ったまま元五郎のわきに座した。

「こちらが飾り行灯職人の武市さんだ」

元五郎はふたりを顔つなぎした。

辰次郎も武市も、ともに技を売る職人である。ふたりは初顔合わせのそのときから、相手が持つ技量の高さを感じ取ったらしい。

「仲町の大木屋さんの屋根から往来に向けて、猪牙舟の舳先《へさき》を突き出してもらいてえんでさ」

武市が思案のあらましを話しているとき、辰次郎は膝に手を載せて聞き入った。

「書き留めながら聞かせてくだせえ」

細部を武市が話し始める前に、辰次郎は仕事場へと立った。そして半紙を載せた板と、矢立を手にして戻ってきた。

「陽が落ちた後は、五ツ（午後八時）過ぎまでは百目ろうそくでその猪牙舟を照らしやす。富岡八幡宮《はちまんぐう》の表参道と、高橋につながる大通りが交わる仲町の辻《つじ》は、どの往来も道幅が十五間以上ありやす」

辻の西角は火の見やぐらと薬種《やくしゅ》問屋。

東の角は両替商と大木屋。

いずれも建家が大きいだけに、店仕舞いをしたあとの夜は暗さが増した。

小売店や飲み屋、一膳飯屋《いちぜんめしや》などのように、外にこぼれ出る明かりがないからだ。

周りが暗ければ暗いほど、飾り行灯の明かりは目立つことになる。

本郷の高台から見た吉原の眺めが、いかにきれいだったか……武市はそのさまを、辰次郎に熱を込めて聞かせた。

「見事な趣向でやす」

辰次郎は書き留める手を休めて、武市の思案の見事さを褒めた。

辰次郎に茶を運んできたすみれは、笑みを投げかけてその場を離れた。

辰次郎は半紙の載った板を膝元に置き、すみれがいれた茶に口をつけた。

すみれと辰次郎は好き合っている……。

武市はそれを感じ取った。

ミャオウッ。

すみれが戻っていった流し場から、猫の鳴き声が聞こえてきた。

五十八

「これほどの趣向は、いままで見たことも聞いたこともありやせん」

武市が思いついた猪牙舟看板のよさを、辰次郎は言葉を惜しまずに褒めた。

技量自慢の職人は往々にして、他の職人が示す思いがけない知恵や、うなり声を漏らしそうになるほどの仕上がりの良さを、素直に認めようとはしない。

「腕はわるくはねえが、まだ墨壺《すみつぼ》の使い方には甘さがあるぜ」

「この程度の出来栄《できば》えで自慢されても、なんとも応《こた》えようがねえやね」

渋々の物言いで技量を認めたとしても、注文をつけるのを忘れなかった。そうすることで、おのれの大きさを相手に示そうとするのだろう。

辰次郎は違った。

武市の思案のよさを真正面から褒めた。

猪牙舟《ちょきぶね》造りの技量に対する存分の自信が当人にあればこそである。

しかも……。

「舳先にあしらう梅鉢の紋が、猪牙舟の形のよさを引き立ててくれやす」

「夜になって明かりが灯《とも》されりゃあ、暗がりに向かって、いまにも屋根上の舟が走り出しそうにめえるでしょう」

武市の思案のどの部分が秀《ひい》でているかを、具体的に挙げた。

武市は口の重たい男である。巧く言葉にできなかったことを、代わりに辰次郎が話した。

「さすがは元五郎親方が職人頭に据えるだけのことはあるおひとだぜ」

「まったくだ」

辰次郎の大きさに感じ入った常太郎と釜兵衛は、互いに深くうなずきあった。

船頭やら飾り行灯職人やら、そして棟梁までをも前にして話している辰次郎のことが、すみれは気がかりで仕方がないらしい。

頼まれもしないのに、何度も丸盆に載せた湯呑みを運んできた。

三度目の茶を座のみなに供しているとき、辰次郎は猪牙舟の寸法図を示していた。

元五郎が棟梁として舟造りを差配する海辺橋型《うみべばしがた》猪牙舟の寸法図である。

江戸には元五郎のほかに、名の通った船大工の棟梁がふたりいた。

浅草のねこ吉《きち》と、向島の玄徳《げんとく》のふたりだ。

ねこ吉は舳先を反り返らせる角度に秘技の冴《さ》えを示した。牙の立ち上がり方が絶妙で、川水のほうから舟を避けた。

玄徳は櫓《ろ》を据え付ける金具の形に、他人には真似《まね》のできない工夫を凝らしていた。

大川に出た舟が棹《さお》から櫓に切り替わるなり、玄徳の舟はいきなり船足を速めた。

櫓が自慢の船頭は、競い合うようにして玄徳に新造を頼んでいた。

元五郎の舟は海辺橋型と呼ばれた。

猪牙舟の命は、舟の名の由来ともなったイノシシの牙のような舳先である。

元五郎は牙全体に刃物のような尖《とが》りを加えていた。カンナで牙に尖りを加えることで、舳先が蹴破《けやぶ》る水面との相性をよくしたのだ。

「元五郎棟梁の舟はよう、まるで水を包丁で切り裂きながら走るみてえだぜ」

一枚板の舳先にカンナで尖りを与えるのが、海辺橋型猪牙舟の売りである。

辰次郎は図面を元にして、舳先の寸法を武市たちに説き聞かせた。

茶を出し終えたあとも、すみれはその場に留まり口を閉じて話を聞いていた。が、舳先の大きさに辰次郎が言い及んだとき、すみれは首をかしげてから吐息を漏らした。

元五郎はそんな娘の振舞いに違和感を覚えたのだろう。

「どうかしたのか？」

元五郎の野太い声が板の間に響いた。

話していた辰次郎は口を閉じた。

「言いてえことがあるなら、言ってみねえ」

「思ったままを言ってもいいんですか？」

すみれは、逆に父親に問いかけた。

仕事向きの話に職人でもない者が口を突っ込むことは、きつい御法度《ごはっと》だったからだ。

「この場に限ってなら構わねえ」

元五郎の許しを得たすみれは、背筋を伸ばして両手を膝に重ねた。

「武市さんが思案された猪牙舟の看板は、だれもが下から見上げるはずです」

すみれは武市を見た。武市はすみれに強くうなずき返した。

「いつだか忘れたけど、室町の大通りを歩いていたとき、呉服屋さんがお店の看板を取り替えていたんです」

当時の様子を思い返しながら、すみれは話を続けた。

室町の表通りに店を構える大店《おおだな》ともなれば、看板の取り替えにも手抜きはしない。足場まで組み、職人が六人がかりで取り組んでいた。

取り替えようとしていたのは、高さ二丈半（約七・六メートル）の杉柱の上部に取り付けられた、樫板《かしいた》の屋根つき看板だった。

屋号と家紋が描かれており、文字も紋も厚い板に彫り込まれていた。

すみれが通りかかったのは、日が西空に移り始めた七ツ（午後四時）どきである。まともに西日を浴びた看板は、屋号と家紋を艶々《つやつや》と黒光りさせていた。

すみれはその場に立ち止まり、一部始終を見ようとした。職人の敏捷《びんしょう》な動きに、大きく気を惹《ひ》かれたからだ。

看板は太い綱できつく結ばれて、三人が綱引きをしながら地べたにおろされていた。

「ドスンッとやるんじゃねえ」

看板がおりてくる真下には、薄い布団《ふとん》が敷かれていた。

「その調子だ、地べたまであと二尺の見当だ」

差配役の声に合わせて、屋根つき看板は静かに布団の上におろされた。

看板の大きさを目の当《ま》たりにして、すみれは目を瞠《みは》って驚いた。

柱の上に据え付けられていたときには、見やすくて拵えのいい看板だと思っていた。

地べたにおりてきた看板は、すみれがその内にすっぽりと収まりそうなほどに、縦横とも大きかった。

「屋根から突き出した猪牙舟で通りがかりのひとを驚かせたいなら、本当の寸法以上に大きなものを作らないと……と思うんです」

静かな物言いだが、すみれはきっぱりとした口調で考えを告げた。

元五郎は強く光る目で娘を見た。まるですみれに腹を立てているかに見えたが、そうではなかった。

「おめえに一本取られたぜ」

あえて娘を褒めた元五郎の言葉に合わせて、辰次郎は熱のこもった目をすみれに向けた。

視線に気づいたすみれも、辰次郎を見た。

熱を帯びた目と目が、絡《から》まり合っていた。

五十九

「いれてもらったばかりなのに済まねえが、もういっぺん、熱々の茶をいれてくれ」

「すぐに支度します」

元五郎からていねいな物言いをされたすみれは戸惑い顔を拵えたあと、素早い動きで立ち上がった。

支度を済ませて戻ってきたときには、大型の丸盆に多くの湯呑みが載っていた。

元五郎・辰次郎・武市・常太郎・釜兵衛の五人に供する焙じ茶である。

熱々の茶をと言われたことを、すみれはきちんと守っていた。どの湯呑みも威勢のいい湯気を立ち上らせていた。

うなぎの昼飯が終わって、まださほどにときは経《た》っていなかった。とはいえ茶は、これで四度目である。

すみれは茶請けにだいこんのぬか漬けを銘々皿に取り分けて用意していた。

八ツ前の冬の陽差しが部屋に差し込んでいる。切り揃えられただいこんが日の光を受けて、白い肌を艶やかに見せていた。

「ぬか漬けは娘の自慢でね」

遠慮なしにやってくれと、元五郎は来客三人に勧めた。

漬け物には、とりわけだいこんのぬか漬けには目がない釜兵衛の顔がほころんだ。

「そいじゃあ、遠慮なしにいただきやす」

最初に箸《はし》をつけたのも釜兵衛である。純白のだいこんには鰹《かつお》の削り節が散らされており、ほどよく下地（醬油）もあしらわれていた。

歳《とし》を重ねたいまでも歯の丈夫なことが、釜兵衛の自慢である。丸箸で摘《つま》んだだいこんを、前歯で嚙《か》み切った。

「うまい！」

ぬか漬けの美味さに驚いた釜兵衛は、歳に似合わぬ甲高い声を発した。

「だいこんの歯ごたえが残っているのに、芯までぬかの旨味《うまみ》が染《し》み通っているとは」

感心しきったという声で、釜兵衛はだいこんの味を褒めた。

出来のいいぬか漬けならではの酸味が、だいこんに染み通っている。絶妙の酸《す》っぱさと鰹節とが混ざり合い、絡まり合った二種の美味さを醤油が引き締めていた。

「このぬか漬けを、親方のお嬢が世話をしていなさるんで?」

「世話とは巧いことを言ってくれるぜ」

正味で美味さに感心している釜兵衛の言い分が、たまらなく嬉《うれ》しかったのだろう。元五郎は相好《そうごう》を崩して釜兵衛を見た。

「真夏だろうが冬だろうが、ぬか床の手入れをこいつは欠かしたことがねえ」

元五郎は娘にあごをしゃくった。

「そこまでにしておいて……」

頬を朱色に染めて照れたすみれは、丸盆を手にしてその場から離れた。

「もうさっきの看板の知恵といい、このぬか漬けといい、申し分のねえお嬢でやすぜ」

釜兵衛はすみれを褒め称《たた》えた。

熱い茶をズズッと音をさせてすすった元五郎は、顔つきを引き締めて辰次郎を見た。

「おめえと武市さんとで、半次郎《はんじろう》宿に行ってきねえ」

「がってんでさ」

辰次郎は飲みかけの湯呑《ゆの》みを膝元に戻した。ぬか漬けに伸ばそうとしていた武市の箸が、動きを止めた。

「慌《あわ》てることはねえんだ。ゆっくりとだいこんを味わってくんなせえ」

元五郎の目元が、またゆるくなっていた。

八ツの鐘を聞きながら、辰次郎と武市は海辺橋に向かっていた。

この橋の南詰には三十杯の猪牙舟を抱える船宿、『半次郎宿』がある。元五郎の指図で、ふたりはその船宿に向かっていた。

下から見上げる看板なら、猪牙舟の舳先を実物よりも大きくしたほうがいい……。

すみれが口にした言い分を、元五郎は重たく受け止めた。

「半次郎のところには、三段重ねの舟棚《ふねだな》（陸に設けた猪牙舟の置き場）がある。そこに行って、下から舳先を見上げてこい」

看板用の舟造りに取りかかる前に、見た目の大きさを確かめようと元五郎は考えたのだ。

始まりは、思いを寄せているすみれが言ったことだ。海辺橋南詰に向かう辰次郎の足取りは軽かった。

間のいいことに、宿の前で半次郎は煙草を吹かしていた。

「どうしたよ辰さん。八ツどきにおめえさんが顔を出すなんざ、ねえことだぜ」

吸い終えた一服を、半次郎は灰吹きに叩き落とした。

いまは暖かだが、日が陰ったら木枯らしが吹き渡る時季である。それなのに半次郎は、さらし巻きの素肌に半纏《はんてん》を一枚羽織っているだけだった。

「親方にお願いしたいことがありまして」

杉の腰掛けに座っている半次郎に、辰次郎は用件を切り出した。

話を聞いている間、半次郎は口を挟まなかった。辰次郎がすべてを言い終えたと見極めてから、半次郎は腰掛けから立ち上がった。

武市も辰次郎も大柄な男だ。

猪牙舟宿の半次郎は、ふたりを上回るほどの大男だった。

上背《うわぜい》は五尺八寸（約百七十六センチ）もあり、目方も二十一貫（約八十キロ）あった。

さらしを巻いただけの素肌も顔も、潮焼けして赤銅色《しやくどういろ》である。剃刀のはいった月代だけが、青々とした色味を際立《きわだ》たせていた。

「するてえと、元五郎親方が看板になる猪牙舟を新造しようてえのか？」

半次郎は短い言い方で、辰次郎から聞かされた看板造りの一件をなぞり返した。

「その通りでさ」

辰次郎が相槌《あいづち》を打つと、半次郎は武市に目を移した。

「おめえさんが飾り行灯の職人さんか」

「武市と申しやす」

武市は眩《まぶ》しげに目をしばたたいた。半次郎は天道《てんとう》を背にして立っていた。

「趣向はおもしろそうだが、あの元五郎が、よくもこの話を引き受けたなあ……」

半次郎はいまだ信じられないという口ぶりである。辰次郎は目の前に立っている半次郎に一歩を詰めた。

「武市さんが話を切り出したときの親方は、大変な剣幕だったんでさ」

元五郎が機嫌を直すまでのいきさつを、辰次郎は省かずに話した。

「やっぱりそうだったか」

得心のいった半次郎は、ふたりをその場に残して宿のなかに入った。さほど間をおかず、暦を手にして戻ってきた。

「うめえ具合に今日は丙子《ひのえね》で、おれの干支《えと》と同じ日だ」

半次郎は暦を見せた。

縁起担《かつ》ぎの半次郎は、なにをするにも暦を頼りにしている。天保十四年十一月八日は、丙子と記されていた。

「おれと同じ干支の日に持ち込まれる話は、なにごとによらず大吉なんだ」

日焼け顔をほころばせた半次郎は、なんでも遠慮なしに言ってくれと告げた。

「舟棚を見せてもらいてえんでさ」

下から猪牙舟を見上げたいわけを、辰次郎は手短に伝えた。

「そいつあ、おもしれえ言い分だ」

すみれが口にしたことを、半次郎は正味でおもしろがった。

「見せるのは雑作もねえが、間のわるいことに今日は二段目にも三段目にも、舟は載ってねえんだ」

半次郎は船着き場に目を向けた。

「大きな催しが木場であるもんでね。二杯だけ残してみんな出払っちまってるんだ」

いまは店番代わりに、店先で煙草を吹かしていたと事情を明かした。

「明日になりゃあ、舟棚いっぱいに猪牙舟が載ってるからよう。すまねえが出直してくんねえな」

半次郎は心底、すまないという口ぶりだ。

「すまねえなんて、とんでもねえ」

喜んで出直しますと、辰次郎はあたまを下げた。

「あっしも明日、ツラを出させてもらいやす」

武市も一緒にあたまを下げた。

「そういうことなら、明日はなんどきでも構わねえ」

請け合った半次郎は、声の調子を変えた。

「それにつけてもすみれは、てえした娘だなあ」

親に似ない子は鬼っ子というが、あの娘は飛び切り極上の鬼っ子だ……半次郎は大きくゆるんだ目で辰次郎を見た。

まるで辰次郎の想《おも》いを見抜いているかのような眼差《まなざ》しである。

辰次郎が眩しそうな目を半次郎に向けた。

翼に陽を浴びた都鳥のつがいが、海辺橋の真上で啼《な》いた。

六十

十一月九日は朝から雨だった。

腰高障子戸を開いて路地に出た武市は、軒下から顔を出して空を見上げた。

分厚い雲に隙間《すきま》はなかった。

すでに六ツ半が近い時分である。いつもなら路地に七輪を出している隣家が、今朝は静かなままだ。

なにかあったのかと、いぶかしい思いを抱いた武市は軒下で火熾しを始めた。

うちわの音を聞きつけて、隣のおさきが声をかけてきた。

「わるいけど、火種を分けてちょうだいな」

へっついの灰に埋めておいた種火を、こどもがうっかり濡《ぬ》らしてしまったらしい。種火を分けてと頼んできた女房の後ろで、金太郎が半べそ顔で立っていた。

冬の今でも日焼けしている顔が、今朝は白く見えた。

「お安いこった。七輪をここに持ってきてくだせえ」

武市が応えると、素早く動いたこどもが七輪を運んできた。

真っ赤に熾きた炭火をふたつ、鉄火箸で摘んで七輪に移した。

「おいちゃん、ありがとう」

火種ができて安心したようだ。こどもの半べそ顔がすっきりと晴れていた。

隣に帰る後ろ姿も、足取りが弾んでいる。嬉しそうな姿を見て、武市も目元をゆるめた。

今日は猪牙舟を真下から仰ぎ見るために、船宿に出かける段取りである。大事な朝が雨となったことで、気持ちが塞《ふさ》いでいた。

こどもの喜び顔、嬉しそうな後ろ姿を見て、鬱陶《うっとう》しさが吹き飛んだ。

土瓶で沸かした湯で、熱々の焙じ茶をいれた。この朝初めての茶である。

上首尾を願い、武市は茶をすする前に軒下に出て東を向いた。

べったりと雨雲が空にかぶさっており、天道の光は見えない。が、朝日の昇る方角に見当はついた。

どうか今日がいい一日でありますように。

声に出して天道に願ってから、内に戻った。焙じ茶はいまも威勢のいい湯気を立ち上らせている。

湯気の強さに縁起のよさを感じた武市は、分厚い湯呑みを両手で包んだ。

ふうっ。

優しく焙じ茶を吹いてから、ひと口をすすった。屋根を打つ雨音が、茶請けのように聞こえた。


元五郎棟梁《とうりょう》の宿には、昨日の約束通り四ツ（午前十時）どきに顔を出した。

驚いたことに、娘のすみれが傘をさして仕事場の入り口で武市を待っていた。

すみれ当人が誂えたのだろう、小豆色《あずきいろ》に塗られた渋紙の、いかにも娘が好みそうな小さな傘である。

雨雲に隠されて、陽は一筋も降り注いではいなかった。が、四ツどきの町は明るい。

色味の美しい傘をさして、戸口に立っているすみれ。その姿に武市の目が釘付《くぎづ》けになった。

歩みを止めて、武市はすみれを見詰めた。

左手に傘を握っている武市の右手には、元五郎の宿と、半次郎の宿に持参する手土産が提げられていた。

やぐら下の『岡満津《おかまつ》』で買い求めた、蒸《ふ》かしたての薄皮まんじゅうである。

近頃の江戸では、上州名物の薄皮まんじゅうが大きな流行となっていた。餡《あん》がたっぷり詰まったこのまんじゅうは、職人たちの四ツや八ツの休みに人気があった。

武市とすみれの間合いは、およそ五間（約九メートル）ほどだ。雨降りで周囲に物音はなかった。

元五郎棟梁の仕事場も、四ツの休みで木槌《きづち》の音も、カンナを走らせる音もいまはない。

武市の息遣いが、すみれに聞こえそうな間合いだった。

武市は雨を傘で受け止めながら、息遣いを整えていた。

小豆色の傘とすみれの黒髪、薄く引いた紅、そして着ている格子《こうし》柄のあわせの取り合わせに見とれて、うっかり息遣いを荒くしていたからだ。

武市が動かないので、すみれのほうから近寄ってきた。髪の椿油《つばきあぶら》の香りが武市に届いた。

「昨日はありがとうございました」

すみれは傘を真《ま》っ直《す》ぐに立てたまま、軽くあたまを下げた。顔を元に戻したあとは、すみれの大きな瞳《ひとみ》が武市を見詰めていた。

年頃の娘から見詰められて、武市はうろたえを覚えた。が、目は逸《そ》らさなかった。

傘を叩く雨音を聞きながら、武市はすみれの目を見詰め返した。

不意にすみれの瞳に込められている意味が察せられた。

昨日の武市は、辰次郎の顔が立つように気遣いつつ、話を運んだ。

半次郎の船宿を訪れたときも、武市は一歩下がって辰次郎を立てた。

すみれは武市の気遣いに、ありがとうございましたと礼を言った。

気持ちをじかに伝えたいばかりに、すみれは四ツの休みの茶菓を手早く供してから、戸口で待っていたのだろう。

「今日もまた、辰次郎さんには世話になりやす」

大柄な武市が、深い一礼を見せた。

武市がさしている傘が揺れて、雨音がバラバラと乱れうちを奏《かな》でた。

右手の手土産も調子を合わせて揺れた。

すみれはもう一度武市にあたまを下げてから、仕事場の勝手口目指して駆けだした。

足の運びが巧みで、跳ねは上がらなかった。


「いい按配《あんばい》に湿ってくれたぜ」

武市と向き合った元五郎は、目元を大きくゆるめていた。

来客と話をするとき、笑みを浮かべたり目元をゆるめたりすることは、滅多にない元五郎である。

よほどに武市を気に入っているらしい。

「舟には水がつきものだ。猪牙舟を下から仰ぎ見るてえ日には、雨のお湿りはお誂えだぜ」

吹かし終わった一服を、灰吹きにぶつけた。

キセルにも元五郎の弾んだ想いが伝わっていたのだろう。

ポコンッと軽い音が立った。

「ゆんべ、半次郎のところから使いがきてね。今日の四ツ過ぎには十杯の猪牙舟を揚げておくから、好きなだけ見てくれてえんだ」

陸《おか》に揚がった猪牙舟を仰ぎ見たいとの頼みは、半次郎にも初めてのことだったようだ。

「手土産がどうのと余計なことを心配せずに、手ぶらで来てくれとわざわざ半次郎は言い添えていたよ」

元五郎は新たな煙草《たばこ》を詰め始めた。

「半次郎は気配りの行き届いた当主だが、あすこの船頭たちは当主によく似て、甘い物には目がねえんだ」

迎えに出てくる女中にそっと手渡せば船頭たちが大喜びをすると、元五郎は知恵を授けた。

「ありがとうごぜえやす」

元五郎と向き合って座っている武市のわきには、薄皮まんじゅうの折詰めが置かれていた。

元五郎が煙草を吹かし終えたのを見計らって、すみれが元五郎、辰次郎、武市の三人に茶と菓子を供した。焼き物の皿に載っているのは、岡満津の薄皮まんじゅうだ。

キセルを煙草盆に戻していた元五郎が、最初に菓子に手を伸ばした。薄茶色のまんじゅうを二つに割ると、黒光りしている餡が見えた。

皮のすぐ内側にまで、たっぷりと詰まった餡である。ひと口味わった元五郎の目が、また大きくゆるんだ。

茶でまんじゅうを流し込んでから、武市に目を合わせた。

「このまんじゅうなら半次郎だって目を細めるにちげえねえ」

半次郎の甘い物好きは、船宿当主たちの間にも知れ渡っていた。

「筋のいい手土産をありがとよ」

元五郎は正味の口調で礼を言った。

雨音が屋根を叩いて武市を褒めていた。

六十一

元五郎たち三人が半次郎の船宿に着いたのは、四ツ半を過ぎたころだった。

「ありがとう存じます」

手土産を受け取った女中は、すぐさまそれを当主に伝えたらしい。顔を出した半次郎は、あまり機嫌がよくなかった。

「手土産は無用だと、あんたに伝えておいたはずだが」

半次郎はあいさつを交わす前に、元五郎に尖った声をぶつけてきた。

気の短いことでは、ひとに負けない元五郎である。他人からぞんざいな物言いをされれば、たちまち顔色を変えるのが常だった。

棟梁の気性を知り尽くしている辰次郎は、元五郎のわきで息を詰めた。

ところが。

「あんたからの言づては、確かに聞かせてもらったよ」

穏やかな物言いで応えた元五郎は、顔に笑みすら浮かべていた。

「この武市さんは……」

元五郎は右隣に座している武市を指さした。元五郎を挟む形で、武市と辰次郎が、半次郎と向き合って座っていた。

「おれのところにも同じ手土産を提げてきたんだ。おれがどうのこうのと言う前に、娘はうちの茶請けに出しちまった」

ひと口食べたが、餡の甘さが見事だった。これはぜひとも食べさせたいと思い、無用と言われたのを承知で持参させたと、元五郎は顚末《てんまつ》を聞かせた。

半次郎と元五郎は同い年で、幼馴染《おさななじ》みでもあった。元五郎の言い分を聞いた半次郎は、女中を呼び寄せた。

が、顔つきはまだ不機嫌さを残していた。

「せっかくの手土産だ。いまこの場で、ひとつ頂こう」

支度を言いつけられた女中は、手早く茶の支度を調《とと》のえた。

来客の三人には焙じ茶と梅干しを用意していた。元五郎が甘い物は得手ではないことを知っていたからだ。

半次郎に供せられた薄皮まんじゅうは、朱塗りの菓子皿に載せられていた。

まんじゅうに手を触れた半次郎は、口にする前に武市を見た。

「まだ、ぬくもりが残っているようだが」

「店の口開けで買ってきやした」

武市は五ツ半（午前九時）に買ったまんじゅうだと、正直に答えた。

菓子の味に強いこだわりを持っている岡満津のあるじは、大半の商家より半刻《はんとき》遅い五ツ半が商い始めだった。

開店を半刻遅らせてでも、職人のあるじは念入りにまんじゅう・もなか・ぼた餅《もち》などを拵《こしら》えていた。

「おれは元五郎と同じで、生まれたときからこの土地にいるが」

言葉を区切った半次郎は、武市の目をしげしげと見詰めた。

「岡満津さんという菓子屋は、今日まで知らなかった」

独り言のようにつぶやいてから、まんじゅうを二つに割った。

「おおっ」

半次郎から声が漏れた。甘いもの好きの半次郎は、餡を見ただけで美味さを察したようだ。割った片方を口に運んだ。

存分に甘味を味わってから、喉《のど》を鳴らして呑み込んだ。すぐに茶を呑まなかったのは、餡の味が流されるのが嫌だったのだろう。

しばらくの間、半次郎は口に残った甘味を楽しんでいた。ようやく茶を呑んだあとで、武市に目を戻した。

「おれが元五郎の技をだれよりも高く買っているのは、仕事と向き合う姿勢にかけらの甘さもないからだ」

言葉を惜しまずに元五郎を褒めてから、岡満津のまんじゅうに話を移した。

「開店を半刻遅らせるということは、商売敵に客を差し出すようなものだ。それを承知で五ツ半まで念入りに支度をする心がけが気にいった」

職人の心がけのよさが餡の美味さに出ていると、半次郎は岡満津を褒めた。

そのあとで武市にも言い及んだ。

元五郎。岡満津。武市。

朝から本物の職人たちと触れあうことができて、すこぶる気持ちがいい……半次郎から最初の不機嫌が吹き飛んでいた。

「思う存分、気の済むまで見上げてくれ」

茶を呑み終えたとき、半次郎は弾んだ声で応えた。

辰次郎は仕事場から半紙と画板代わりの薄板と、大小三本の筆が入っている矢立を持参していた。

それらを持って舟棚の下に移り、武市に差し出した。

「お借りしやす」

武市は絵描き道具一式を借り受けた。

下から見上げた猪牙舟は武市が感じた通りで、やはり小さく見えた。川に浮かんでいるときの堂々とした様子は失《う》せていた。

「いまの舟よりも、三割がた寸法を大きく拵えなきゃあ、貧相に見えちまうぜ」

元五郎は舟を見上げたまま、寸法を口にした。それを辰次郎は帳面に書き留めた。

ふたりが寸法をやり取りしているわきで、武市は仰ぎ見ている舟を描き始めた。

舟棚には猪牙舟が濡れないように、雨よけの屋根が普請《ふしん》されていた。

画板の紐《ひも》を首に回した武市は、三本の筆を使い分けて下から見た舟を描き始めた。舳先の牙《きば》が大きく反り返った、威勢のいい猪牙舟が半紙に描かれてゆく。

「大したもんだ……」

半次郎が感嘆のつぶやきを漏らした。

雨に濡れながら歩いていた野良犬《のらいぬ》が、舟棚のなかに入ってきた。犬好きの武市から、においが漂い出ていたのだろう。

武市の足下で、前足を立てて座った。

武市は気づかず、筆を走らせ続けていた。

六十二

半次郎の甘い物好きを承知している元五郎は、昨日のうちに自分でも手土産を用意していた。

蔵前・三筋町《みすじちょう》の菓子屋、『榮久堂《えいきゅうどう》』で買い求めた太棹《ふとざお》ようかんである。

元五郎は手土産を渡しながら、ある断りを伝えていた。

「いきなり押しかけたうえに、てめえの勝手で帰るのは申しわけねえが、舟棚を見せてもらったあとはとっとと仕事場にけえらせてもらうぜ」

一刻も早く次の仕事に取りかかりたい。

舟棚を見にきたのも、その仕事の思案を煮詰めるためだというのが、半次郎に告げた元五郎の言い分だった。

「半次郎は、気遣いを大事にする男だ。昼に近い時分どきに押しかけてぐずぐずと長居をしていたら、あいつは船宿の者に昼飯の支度を言いつけるに決まっている」

舟棚を見せてもらったうえに、昼飯まで用意してもらったのでは身の置き場がないと、元五郎は感じていた。

半次郎を訪ねるのは四ツ半だった。

こんな刻限に出向くと決めたのは半次郎の都合に合わせたからで、それは仕方がない。だとすればせめて昼飯どきにかからぬように帰るのが、出向く者のわきまえだ……元五郎はそう考えていた。

「あとに仕事が控えているんなら仕方がない」

元五郎の申し出を受け止めた半次郎は、舟棚検分のあとに茶菓を用意させていた。せめて茶でも呑んでいけというわけだ。

熱い焙《ほう》じ茶と、菓子は元五郎が手土産に持参した太棹ようかんである。

菓子皿に盛られたようかんは、厚みが一寸もあった。一切れでも堂々と皿に座っていられるようかんの切らせ方が、半次郎の豪気な気性をあらわしていた。

武市が描き留めたのは舟棚と、真下から見上げた猪牙舟の舳先図だ。それらをもう一度見せてほしいと、半次郎は武市に頼んだ。

「こんな絵でよろしけりゃあ、存分に見てくだせえ」

武市は画板ごと半次郎に差し出した。

「あのときも巧《うま》いものだと感心したが」

五枚描いた絵の一枚目を見ながら、半次郎は正味で感心していた。

「あんたの筆遣いはさすが玄人《くろうと》だ。あたしみたいな素人《しろうと》とは、ものが違う」

自分でも絵を稽古《けいこ》しているというだけに、半次郎は武市の筆遣いの達者を褒めた。

二枚目、三枚目と絵をめくり、四枚目で半次郎は紙をめくる手を止めた。

猪牙舟の舳先《へさき》を斜め下から見上げた構図で描かれていた。

舳先を存分に高く突き上げた武市の絵は、いまにも牙を剥《む》いて舟が走り出しそうだった。

「なんとも、これは凄《すご》い絵だ」

画板を膝《ひざ》に載せたまま、半次郎は武市の目を見詰めた。

「筆遣いの達者なことは、いまさら言うまでもないが、この一枚はとりわけ凄い」

見たこともなかった構図に接して、半次郎は気を昂《たか》ぶらせたらしい。そんな自分を落ち着かせようとしたのか、湯呑みを手に持った。

うっかり茶をこぼして絵を台無しにせぬよう、画板を膝からおろした。

牙を突き上げた猪牙舟の舳先が、画板の一番上の絵になっていた。

「舟棚の猪牙舟は毎日のように見上げてきたが、こんな形になって見えていたとは今の今まで気付かなかった」

武市の構図を褒めまくった。

まだ絵は返したくはないらしい。画板は自分の膝元に留めていた。

話すのをやめて焙じ茶をすすったあとは、湯呑みを膝元に置いた。菓子皿を手に持ち、添えてあった大型の黒文字で、ようかんを四分一に切り分けた。

厚みが一寸もあるようかんである。四分一に切り分けても、充分に大きい。

黒文字を突き刺した半次郎は、それを口に運んだ。

甘味が口のなか一杯に広がっているようだ。目を細めてようかんを賞味している。

その表情が余りに美味《うま》そうで、武市もつられて菓子皿を手に取った。

半次郎に倣《なら》い、四分一に切り分けた。その一切れを武市が呑み込んだとき、半次郎は話の続きに戻った。

「あんたも知っての通り、うちは猪牙舟《ちょきぶね》の多さでは江戸でも名を知られている船宿だ」

「もちろん存じておりやす」

武市は話の腰を折らぬよう気遣いつつ、相槌を打った。

「猪牙舟には細かなところにまで通じている気でいたが、どうやら思い上がりだった」

武市の思案は素晴らしい、そんな使い方があったのかと、半次郎は言葉を惜しまずに褒め称えた。

薄皮まんじゅうを半分に割った半次郎は、両方を武市に示した。

「思案を思いついたあんたも凄いが、この話に乗って猪牙舟を新造する気になった元五郎も大したもんだ」

上出来のまんじゅうなら、どちらを食っても美味い……半次郎は武市と元五郎を等分に褒めた。

「いい話を聞かせてもらったんだ、御礼代わりに、せめて昼飯でも振る舞わせてくれ」

半次郎は元五郎に目を移した。

「おれが昼飯を気遣うことのないようにと、おまえはとっとと帰るなどと言ったんだろうが、遠慮は無用だ」

元五郎の胸の内を、半次郎は最初から見通していた。

「まったく半次郎の眼力にはかなわねえ」

元五郎はあたまを掻《か》きながら、半次郎の勧めを受け入れた。

昼飯を共にしたことで、猪牙舟看板の思案には半次郎の知恵も加わった。

「おれの宿に出入りしている広目屋《ひろめや》（広告代理店）のあるじは、なかなかに知恵の回るやつだ」

その男の知恵を借りたらどうだと、半次郎は武市と元五郎に勧めた。

元五郎が口を開く前に、武市が答えた。

「じつはあっしにも、ここにうかがう前に思いついた思案があるんでさ」

武市が口を開くと、半次郎は膝をずらして間合いを詰めた。

「ぜひにも聞かせてもらいたい」

半次郎の目に、また光が宿されていた。

武市はあぐらを組み直し、背筋を伸ばした。

「こちらにうかがう前に、元五郎親方の宿に立ち寄りやした」

小豆色の傘をさしていたすみれの艶《あで》やかさを、武市は話し始めた。

「親方のお嬢のなりを見て、ふっと思いついたんでやすが、猪牙舟を据え付けた日には、お披露目に舟を走らせてほしいんでさ」

あたまのなかで思案が走り回っているのだ。武市の口は、思案が駆け回る速さについていけなかった。

「おめえさんの言うことが、うまく呑み込めねえ。もっと詳しく話してくれ」

元五郎の言い分には半次郎もうなずいた。

「口べたなもんで、勘弁してくだせえ」

詫《わ》びを言った武市は、深呼吸をしてから思案の細かな説明を始めた。

猪牙舟の真ん中には、加賀あかねの傘をさした女がひとり立っている。

女も猪牙舟の船頭も、傘と同じ色味の半纏を羽織っている。

半纏の背中には「仲町　大木屋」の文字が白く染め抜かれている。

二十杯の猪牙舟を仕立てて、本所から深川の堀割を走らせる。

「女も船頭も、ものは言いやせん。黙っているほうが、しゃべるよりも強い広目になりやすんで」

当日は雨降りでも構わないと、武市は言葉を加えた。

「広目は晴れた日にやると相場が決まっておりやすが、これに限っては雨でもかならず大受けしやす」

雨のなかでさす傘の美しさ……。

猪牙舟の真ん中に立つ女と傘の取り合わせを、半次郎も元五郎も辰次郎も、銘々が思い浮かべていた。

ふうううっ。

大きな息を吐き出した半次郎は、感心しきったという顔で武市を見た。

「大木屋さんが費《つい》えは構わないと言うなら、猪牙舟は三十杯にしよう。うちの船頭と、高橋の姐《ねえ》さん方を総揚げにして、その広目に一枚加わろうじゃないか」

いますぐにでも取りかかりたいと、半次郎は声を弾ませた。

元五郎も辰次郎も、半次郎の言い分に深くうなずいている。

武市は大きな手応《てごた》えを感じ、膝にのせた両手を強く握り締めていた。

六十三

天保十四年は暦の巡り合わせで、九月と閏《うるう》九月の二度も九月を過ごした。

閏月は二年から三年おきに巡ってくるが、多くは一年の前半に挟まれた。

この年のように九月のあとに閏九月を挟むのはめずらしかった。一年の後半に閏月を挟むことで、冬至・小寒・大寒・立春など二十四節気に影を落とすことにつながるからだ。

さりとて変えることはできない。

「今年のゆず湯（冬至の日につかる湯）は十一月一日だというじゃないか」

閏九月も過ぎた十月の中旬。湯屋（銭湯）の脱衣場で町の年配者たちは、暦を見ながら先の日々を言い交わした。

寒の入りとなる小寒が十一月十六日。

冬が深まり、もっとも寒くなる大寒は十二月一日になるという。

大寒は年の瀬の風物詩だったのにと、長老のひとりがぼやいた。前歯が抜けており、言葉が分かりづらかった。

「ものは考えようというじゃないか」

別の年配者が割って入った。

「師走《しわす》の十六日に春（立春）が迎えられるのなら、九月の閏月も捨てたもんじゃない」

「まったくだ」

長老衆がうなずき合うと、わきで聞いていた若い者たちも得心顔を拵えた。

十一月九日に半次郎の船宿を訪れた武市と辰次郎も、師走半ばの立春を喜んだ。

「新しい看板のお披露目は、買い物客が大きく増える師走に行うのが一番でやしょう」

元五郎から猪牙舟造りの了承を取り付けたあと、武市は大木屋の頭取番頭の豊司郎に思案の子細を話した。

「今年の暦の巡り合わせは、大木屋さんには天の恵みでやす。看板のお披露目は、ぜひにも立春に行いましょう」

武市は何枚もの下絵を用意していた。

看板の普請が始まる手前から、大木屋の店先は分厚い帆布で覆《おお》い隠す。

「十二月十六日の立春に見参」

鼠色《ねずみいろ》をした生地の帆布には、目立つ紅色で大描きする。

梅鉢の紋は加賀あかねで帆布に描く。

辰巳《たつみ》芸者三十人に、猪牙舟乗りの稽古を始めてもらう。なんのための稽古なのかは、堅く口を閉ざしておく。

「十一月と十二月には、読売《よみうり》（瓦版《かわらばん》）に大きな広目（広告宣伝）を打ちます」

武市は広目の下絵も用意していた。

十二月十六日の立春当日正午に、帆布が取り除かれること。

帆布の除幕と同時に正月支度に向けた大売り出しが始まること。

九ツ半（午後一時）からは、黒船橋下を流れる大横川である趣向が催されること。

この三項目を瓦版で広目しておく。

子細を聞き終えた豊司郎は、武市を見る目に熱がこもっていた。

「いまほど、あんたに任せてよかったと思ったことはない」

向かい合わせに座していた頭取番頭が、わずかながら武市にあたまを下げた。

「わたしも今日から立春までの毎日、富岡八幡《はちまん》様と黒船稲荷《いなり》様にお参りをさせてもらう」

豊司郎の物言いに揺るぎはなかった。

猪牙舟看板のお披露目は十二月十六日の立春とする……大木屋当主の承諾を得たことで、すべてが動き始めた。

思案の肝となる「あかね色」。

朝の光を巧みに使うすべを体得できたことで、当人も驚くほど順調に運んでいた。

武市が発した最初の注文は、高橋の帆布屋、『野崎大洋屋《のざきたいようや》』への目隠し帆布の誂《あつら》えだった。

「布の内側で毎日進めている普請が、表には見えない工夫がほしいんです。野崎大洋屋さんに、力を貸してもらえるとありがたい……」

念入りに仕上げた下絵持参の武市の頼みである。野崎大洋屋は二つ返事で引き受けた。暴風雨にも耐えられる防水加工が施された帆布に、職人が四人がかりで文字と紋を描いた。

「立春の十二月十六日正午に見参」

紅色文字の下には、梅鉢の紋と大木屋の屋号が描かれている。

大木屋の屋根から地べたまで、高さ一丈半（約四・五メートル）をすっぽりと覆い隠した特大の帆布だ。

木枯らしで吹き飛ぶことのないように、帆布の内側には足場を組んだ。その細い丸太にしっかりと縫い付けられていた。

四ツ（午前十時）どきから八ツ半（午後三時）までは、陽を浴びる帆布だ。

「立春の昼になったら、いったいなにが起きるんだろう？」

「その日は旦那《だんな》には申しわけありやせんが、仕事を休んででも仲町まで出向いてきやすぜ」

木場まで材木選びに出向いてきた棟梁は、連れの旦那に断りを言った。

帆布の内側で看板作業がまだなにも始まらないうちから、大木屋の前には人だかりができていた。


半次郎は十一月十二日から稽古を始めた。

四ツから正午までの一刻、晴れても降っても猪牙舟乗りの稽古をつけた。

「立春が晴れてくれるとは限らない。たとえその日が朝から降ったとしても障《さわ》りがないように、雨の日も稽古をしてもらうよ」

「がってんでさ」

姐さん方が威勢のいい返事をした。

辰巳芸者の源氏名は男名前だ。そしてお座敷には黒い羽織を着て向かった。

「辰巳芸者の名にかけても、みっともないしくじりはできないからね」

芸者衆のなかで一番格上の太郎が、顔つきを引き締めた。

稽古場は船宿の前の川面《かわも》である。真冬の川を渡る木枯らしは、浴びせた相手を切り裂かんばかりに凍えている。

そんな寒風をまともに浴びても芸者衆は笑みを絶やさず、蛇の目傘をさして猪牙舟に立ち続けた。

「なにごとが始まるてえんだ」

船宿に近い海辺橋には、稽古が始まると多くの者が立ち止まった。

「なんでも仲町の大木屋という店が、立春の日に大きな趣向を用意しているそうでね。蛇の目をさしたあのひとたちも、その趣向に加わるという話です」

どこの町にもいる訳知りが、したり顔で事情を話した。

「立春てえと、来月の十六日か」

「なんだか知らねえが、その趣向てえやつを見に行こうぜ」

海辺橋の上では毎日のように、立春と大木屋のふたつの語が飛び交っていた。


十一月も押し詰まった二十八日、四ツ過ぎ（午前十時）。屋号の入った印半纏《しるしばんてん》を羽織った三人の男が、元五郎の仕事場を訪ねてきた。

ひとりは白髪頭で、歳《とし》は還暦をとうに過ぎた風貌《ふうぼう》である。上背《うわぜい》はないが引き締まった身体《からだ》で、背筋も伸びていた。

あとのふたりは、ともに太めである。顔色が赤いのは、酒焼けかも知れなかった。

三人の表情は、まるで敵が暮らす宿を訪ねてきたかのように険しかった。

「棟梁に話がある。急ぎつないでくれ」

応対に出たすみれに白髪男が、居丈高な物言いで告げた。

玄関先に顔を出した元五郎を見ても、三人はいささかも表情を和らげなかった。

「おれは浜町の龍蔵《たつぞう》だ」

白髪男は、おれの名は知っているだろうと言わぬばかりの物言いをした。それも道理で、浜町の龍蔵は、江戸の猪牙舟大工棟梁の頂点に立つ男と目されていた。

元五郎と龍蔵はこの日が初顔合わせである。

「浜町からわざわざ海辺橋まで、ご苦労さんでやした」

元五郎は敬《うやま》いを込めたあいさつをした。

「狭い宿でやすが、どうぞなかにへえってくだせえ」

玄関から外に出た元五郎は、庭伝いに三人を客間へと案内した。

建家の大半は仕事場で、舟材が出し入れしやすいように庭に面して造作されている。

龍蔵が玄関先で名乗った声は、仕事場にも聞こえていたらしい。庭を通る客に、職人たちは仕事の手をとめて辞儀をした。

元五郎と来客三人は濡《ぬ》れ縁《えん》から客間に上がった。大寒も間近だという真冬なのに、庭に降り注ぐ陽差しにはぬくもりがあった。

しかし向かい合わせに座るなり口を開いた龍蔵の声は、熱い湯をも氷に変えるほどに凍えていた。

「あんたは猪牙舟を看板に使おうとしているそうだが、うわさはまことか？」

「うわさが大川を渡って龍蔵さんの耳にまでへえっているとは、嬉《うれ》しい限りでさ」

元五郎は明るい声で応じた。

龍蔵の眉間《みけん》に深いしわが刻まれた。

「おれはあんたの看板造りを褒めにきたわけじゃねえ」

元五郎を見る龍蔵の両目が燃え立った。

「水を奔《はし》らせてこその猪牙舟を屋根に乗せて看板に使うとは、いったいあんたはどういう了見をしてるんだ」

ばかな評判が江戸中に広がっている。

大事な猪牙舟を看板なんぞに使われては、まともな猪牙舟大工が迷惑する。

「立春に看板が仕上がるそうだが」

龍蔵の両目がさらに光を増した。

「その手前であんたに釘をさしておきたくて、向島、柳橋と連れだって出向いてきたんだ」

連れのふたりは格下なのだろう。地名だけで、棟梁の名を明かそうとはしなかった。

「そいつは、わざわざご苦労さんでやした」

元五郎が応えたとき、すみれが茶を運んできた。しかし来客三人は、すみれの顔も、供された湯呑《ゆの》みも見ようとはしなかった。

茶など呑んでたまるかと決めているらしい。

元五郎は膝元に置かれた湯呑みを手にした。

「うちから出すどの一杯にも達者に奔ってくれよとの思いを込めて、あっしは水に浮かべておりやす」

龍蔵から両目を逸らさぬまま、元五郎は茶をすすった。

「仲町の看板に使う猪牙舟も、まったく同じ思いで拵えやす」

さらにひと口すすってから、元五郎は湯呑みを膝元に戻した。

「広目や看板は、ひとの口にのぼってこそ値打ちでやしょう。大木屋さんに誂える猪牙舟が、ひとのひしめきあう町を威勢よく奔り抜けてくれるように、あっしは魂を込めて拵えておりやす」

了見違いというなら、うちにねじ込んできた龍蔵さんのほうでしょうと元五郎は静かな物言いで言い返した。

「おれに向かって了見違いだと?」

龍蔵のこめかみに青い筋が浮かんだ。両側に座している柳橋と向島も顔を険しくした。

元五郎は気にもとめず、龍蔵を見続けた。

「黙ってねえで、なにが了見違いなのかを言ってみろ」

焦《じ》れた龍蔵は乱暴な物言いをした。

元五郎は悲しげな目で龍蔵を見た。

「あっしは今年で四十二になりやした」

元五郎は、問われたことにはかかわりのない話を始めた。

「十二で見習い小僧に雇われたとき、あっしを仕込んでくれた親方は、なにかにつけて龍蔵さんの名を口にしやした」

軽い吐息をもらしてから、元五郎はあとを続けた。

「あの時分から龍蔵さんの名は、江戸中に知れ渡っておりやしたし、小僧には憧《あこが》れの名でやした」

元五郎は両手を膝に載せた。

「小僧のころから憧れてきた名のひとに、四十二になって初めて会えたてえのに、なんとも悲しい出会いでさ」

元五郎の語調が変わり、強く光る目を龍蔵に向けた。

「もしも半端《はんぱ》な猪牙舟造りをしていたのなら、龍蔵さんにねじ込まれてもグウの音も出なかったでしょうが、あっしは何度でも言いやすが舟造りには魂を込めておりやす」

物静かな話し方を続けていた元五郎が、いまは一語一語に力を込めていた。

仕事の手をとめた職人たちが庭に勢揃《せいぞろ》いしており、元五郎の言葉に聞き入っていた。

「看板として屋根の上に据え付ける舟でも、あっしもうちの職人たちも、釘《くぎ》一本、手抜きをするもんじゃあねえ」

膝に置いた両手を、元五郎は堅いこぶしに握っていた。

「舟を大事に思えばこそ、今度の仕事に取りかかる前には全員で回向院《えこういん》の垢離場《こりば》（水垢離をする場所）に出向き、身を清めたんでさ」

こちらの話を聞こうともせず、耳に入ったうわさだけで了見違いだと決めつけることこそ、上に立つ者がすることではない。

三十年近くもの間、憧れ続けてきた龍蔵さんとこんな形の出会いとなったのが悲しい。

元五郎は正味の物言いで龍蔵に答えた。

それを聞いても龍蔵は両目を怒らせたままである。柳橋も向島も、元五郎の言葉に打たれた様子は見えなかった。

「おい、やっこ！」

元五郎が声を発すると、見習い小僧が濡れ縁のそばにすっ飛んできた。

「お客さんがお帰りだ。履き物を揃えろ」

「はい」

小僧が手早く三人の雪駄《せった》を踏み石のわきに並べた。龍蔵たちに帰ってくれと告げたも同然である。

またまた龍蔵がこめかみに血筋を浮かべた。

「なにか気に障りやしたかい？」

「ああ、障ったぜ」

龍蔵は怒りのあまりか、舌がもつれた。

「まだ帰るとも言ってないのに、履き物を揃えさせるとは不作法の極みだろう」

「それはとんだ了見違いでやすぜ」

元五郎の語調が静かなものに戻っていた。

「たとえ敵の宿を訪れたとしても、出された茶には口をつけるのが作法だと言いやす。龍蔵さんたちはだれひとり、娘が気持ちを込めていれた茶に口もつけてねえ」

うちにねじ込んできた理由といい、茶も呑もうとしない不作法といい、年長者が年下の者に範を垂れてはいない。

「履き物を揃えて、みなさんに穏やかにお引き取りいただくことこそ、作法にかなっているはずですぜ」

あくまでも物静かな口調を崩さず、元五郎が先に立ち上がった。

途中から、向島の棟梁がさすがに自分たちの振舞いのまずさに気づいたらしい。

「けえりやしょう、龍蔵さん」

言うなり立ち上がった向島は、龍蔵を待たずに濡れ縁からおりた。履き物を履いたあとで、見習い小僧を手招きした。

「世話をかけた」

向島は小粒銀二粒（約百六十六文相当）の心付けを小僧に握らせた。

「いい親方だ、奉公を大事にしろよ」

告げた向島は、あとのふたりを待たずに庭から出ていった。

勢揃いした職人たちが、向島の後ろ姿に辞儀をして見送った。

龍蔵は仏頂面《ぶっちょうづら》を崩さず、雪駄を履いた。

柳橋は龍蔵の後ろにぴたりと張り付き、慌《あわ》てて雪駄に足を入れた。

庭から出ていくときも、龍蔵はまだ肩を怒らせており、せかせかした足取りで柳橋はあとを追った。

そんなふたりでも年長者である。職人たちは気持ちを込めてあたまを下げていた。

飼い犬がウワンと短く吠《ほ》えて、来客の送り出しを締めくくった。

六十四

立春を迎えた門前仲町では、夜明けからひとの声が飛び交っていた。

表参道の両側に軒を連ねた商家は、いつもなら六ツ半（午前七時）どきから小僧が雨戸を開け始めた。

「今日も一日、晴れてくれそうだね」とか、「この雨は今日中続きそうだよ」などと、甲高い声で一日の天気の見込みを言い交わした。

十二月十六日は様子が大きく違った。

まだ商家の雨戸が閉じられているうちから、大木屋の前にはひとだかりができた。

「いま、なんどきでえ?」

「ついさっき、明け六ツの鐘が鳴ったばかりさ」

「てえことは、この帆布が取っ払われるのはまだ三刻もあとかよ」

夜明け直後から大木屋の前に出張ってきた男は、不満そうに口を尖《とが》らせた。半纏を着た職人で、今日は仕事を休む気らしい。

同じ身なりの男が、はや何人もいた。


夜明けから一刻が過ぎた五ツ。

今日から春だと告げるかのように、ぬくもりに満ちた朝日が仲町の辻《つじ》に差し始めた。

幅広い表参道を行き交うひとの姿も増えた。

「いつもは見かけないような身なりのひとが、今朝は多いよね」

小僧たちが小声を交わした。

この朝は仕事着姿ではなく、きちんと身なりを調えた者が多く歩いていた。小僧たちが言い交わした通り、大川の西側から出向いてきたと思われる者が多く見受けられた。江戸っ子は気が早いのが自慢である。

帆布の除幕は正午だと分かっていながら、五ツには大木屋の前をひとが埋めていた。

「甘くてあったかい汁粉だよおお」

「深川名物のせんべいが、いま焼き上がりましたあ」

早くから押し寄せてきた見物人を目当てに、表参道の両側には物売りの屋台が出た。本来は富岡八幡宮と深川不動尊の縁日に出る屋台である。

「十六日には、縁日と肩を並べるほどの人出があるはずだ」

ひとの動きを読むのに長《た》けたてきやは、大木屋の看板お披露目の朝には屋台を出そうと決めていた。

ときが過ぎるにつれてひとが増え、物売り屋台の数も増えていた。

堅く雨戸を閉じた大木屋の内では、四ツの鐘で当主と頭取番頭が身繕いを始めた。永代寺が正午の捨て鐘第一打を撞《つ》くなり、店の外に顔を出す段取りである。

手代も小僧も、祝儀《しゅうぎ》用の小豆色のお仕着せに、揃いの献上帯を締めていた。今日は大木屋の晴れ舞台なのだ。

辰次郎は帆布の内側で、念入りに仕上げを進めていた。分厚い帆布はほとんど陽の光を通さない。往来には明るい陽が降り注いでいる四ツ過ぎでも、帆布の内側では明かりを灯《とも》していた。

昨日までは太い芯《しん》を皿にひたした、菜種油を灯していた。

お披露目となる今日は、頭取番頭の言いつけで強い明かりの百目ろうそくを奢《おご》っていた。

舳先に取り付けた梅鉢は、差し渡しが五尺（直径約一・五メートル）もある大型だ。間近で見ると途方もなく大きい。しかし下から見上げたときには、これで丁度の大きさだった。

大木屋にも汎《ま》して、今日は辰次郎の晴れ舞台である。

元五郎は一度だけ大木屋にあいさつに出向いた。それ以外は一切おもてには出ず、すべて辰次郎に任せていた。

「よしっ。引き上げるぜ」

仕上げに得心した辰次郎は、引き締まった声で言い渡した。辰次郎たちが二階の屋根から引き上げたのは、正午の直前だった。

足場の丸太には、帆布屋の熟練職人ふたりが乗っていた。永代寺が正午の捨て鐘を撞き始めるなり、てっぺんに残した帆布の結び紐を断ち切る段取りである。

紐が断ち切られれば、帆布は布の重みで地べたに落ちるのだ。

大木屋の内側に立つ当主弥兵衛と頭取番頭豊司郎は、互いに身繕いを確かめ合った。

すべての段取りが調った。


ゴオーーーン……。

鐘の第一打が響き始めるなり、足場の職人ふたりが息を揃えて紐を切った。この日に備えて新調した高橋・備前屋《びぜんや》のはさみは、切れ味鋭く麻紐を断ち切った。

ドサッ。

地べたに帆布が落ちると同時に。

ウオオッ！

雄叫《おたけ》びのような歓声が湧《わ》きあがった。

弾《はじ》かれた声と同時に、当主の真後ろで踏み台に乗った黒留《と》め袖《そで》の内儀が鑽《き》り火《び》を放った。

チャキッ、チャキッ。

鑽り火の乾いた音に背中を押されて、当主と頭取番頭が外に出た。

ひときわ歓声が大きく盛り上がった。

「とことん見事な趣向ですぜ」

人混みにまぎれて看板を見詰めていた武市に、裕三が話しかけてきた。武市の姿を見つけて、近寄ってきたようだ。

「釉先に取り付けた梅鉢の色味のよさは、六造親方だって褒めてくださるにちげえねえ」

武市の前に回り込んできた裕三の目には、相手を敬う光があった。

「あにさんが仕上げられた看板には、正味でこうべを垂れてしまいやす」

裕三の物言いは、心底から出ていた。

「次の仕事をあにさんと親方とに褒めてもらえるように、おれはいまから気を入れやす」

「おれも同じだ」

気負いのない親しみに満ちた物言いで、武市は応じた。


親方の宿を追い出されて以来、武市は裕三を気にし続けてきた。

格下だと思っていた裕三が、六造親方の女房おとみに取り入った。そして自分を追い出したのだと、それを思うたびに息苦しくなるほどの怒りが湧き上がってきた。

そのうえさらに、裕三にはいさきの飾り行灯《あんどん》で大きな差をつけられた。

汐見橋で飾り行灯に見入っている、見物人の人波。その群れの中に立ったびに、嫉妬《しっと》にからみつかれて口のなかがカラカラに干上がった。

聡助に図星をさされたとき、武市は懸命にとぼけ続けた。しかし裏店《うらだな》に戻って床に入ったら、情けなさゆえに眠りが遠のいた。

苛立《いらだ》ちが鎮《しず》まるのは、決まって夜明け前だった。遅い眠りのせいで、目覚めるのは五ツを過ぎていた。

幸いにもひとに恵まれて、大木屋の看板を仕上げることができた。夢中になって打ち込んだことで、大きな仕事ができた。

しかし……。

裕三がいたからこそ、裕三にだけは負けたくないとの思いがあったればこそ、ここまで来ることができたのだ。

武市にはそれが分かっていた。

ありがとよ、裕三。

目の前に立っている裕三に、胸の内で一度、しっかりと礼を言った。

「年が明けるめえに、六造親方の墓参りに付き合ってくだせえ」

「もちろんだ」

武市が返事をしたとき、大木屋弥兵衛の口上が終わった。引き続き、二階の看板わきに陣取った奉公人たちによる、落成祝いの餅《もち》投げ・四文銭投げが始まる運びだ。

「それじゃあ、あにさん。また、近々」

会釈《えしやく》をした裕三はその場から離れた。

餅投げが始まったことで、群衆の歓声がさらに大きくなっていた。この趣向が終われば、黒船橋の真上にひとの群れが移るはずだ。

餅と銭が投げられるたびに、あちこちで歓声が湧き上がっている。ひとの動きも激しい。

人混みから離れたあと、武市は仲町の辻に立つ火の見やぐらの壁板に寄りかかった。

大木屋まで半町の隔たりがあるが、梅鉢を彩《いろど》る加賀あかねの鮮やかさに変わりはなかった。

裕三が口にした言葉を武市は思い出した。

舳先に取り付けた梅鉢の色味のよさは、六造親方だって褒めてくださるにちげえねえ。

紅花使いの達人だった六造である。

弟子の身なれば、裕三が口にしたのは一番の褒め言葉に受け取れた。

板壁に寄りかかった武市は、自分の小ささことに、改めて思い至った。

裕三がいさきのために仕上げた飾り行灯を見たとき、見事な仕上がりを目《ま》の当たりにしながら、裕三に褒め言葉を告げに行こうとは考えなかった。

相手の仕事を認めたくはなかったのだ。

裕三は違った。

大木屋看板のお披露目を、わざわざ見に出向いてきた。帆布が取り払われたときは、いさきの行灯を見たときの自分と同じように、身を焦《こ》がすような嫉妬を覚えたに違いない。

しかし裕三は、みずから話しかけてきた。そして正味の言葉で仕上がりを褒めた……。

壁板から身を起こした武市は、左の手のひらに、右手のこぶしを叩《たた》きつけた。

バシッ。

鈍い音が立ったが、大木屋から流れてきた歓声に呑み込まれた。

手のひらに盛り上がっていたのは、裕三に対する武市の狭量さの塊だった。それをおのれの右手で、粉々に叩きつぶせたのだ。

武市はいま一度、大木屋の看板に目を移した。そして胸の内で裕三に話しかけることができた。

「いまが一番の見応え……に留まっていたら、そいつは千両看板じゃねえ」

深呼吸して、さらに語りかけを続けた。

「真冬の雪や夏日の照りつけ、梅雨や秋の長雨にさらされて、年季相応の美しさに育ってこそ、千両看板の名にかなうと、六造親方も認めてくださるにちげえねえ」

武市は目を閉じて、結びを語りかけた。

「互いに佳《よ》き仕事を続けて、育ててくださった親方のご恩に報いられるように……」

目を開いた武市は、黒船橋へと歩き出した。

背筋を伸ばして歩く武市の歩みは、まさに看板の舟そのものの威勢良さである。

一匹の黒犬があたかも武市に従うかのように、黒船橋を目指していた。

解説

高橋敏夫

山本一力が創《つく》りだす人生の晴れ舞台は、人の苦境そのものにある。

苦境ばかりではない。

苦しみ、失意、不遇、窮地、難局、逆境、窮状……。

わたしたち誰もがかならず嘗《な》めないわけにはいかぬ、生の悪状況である。

しかし、山本一力にとって、こうした悪状況は、生の行止まりではない。

山本一力の物語では、生きることの底の底にふれた者だけが、そこから生きいきと、晴ればれと生還する主人公となる。

生の暗闇《くらやみ》の淵《ふち》は、新たな生の実現の沃野《よくや》なのだ。

なんとも豪奢《ごうしゃ》なタイトルを冠せられた本作品『千両かんばん』の主人公、江戸深川に住む飾り行灯《あんどん》職人武市《ぶいち》もまた、そうした主人公である。ただし、武市の再生を導く言葉のひとつが、「飾り行灯には、深い闇が一番の手助けになります」であるのをみれば、苦境の闇から出て前代未聞《みもん》の飾り行灯創出にいたる本作品は、山本一力がみずからの物語世界の成り立ちをはっきりと意識して創りあげた、他にはない作品になっている。

本作品ではじめて山本一力作品に出会う読者は、その核心にとどく僥倖《ぎょうこう》に浴するであろう。また、愛読者なら、多くの秀作における苦境からの反転を脳裏に甦《よみがえ》らせつつ、武市の新たな反転と挑戦のドラマを堪能《たんのう》できるにちがいない。

こうした大きな反転の物語を創りだす確固とした人間観と、実現しうる文学的腕力において、今、山本一力にまさる時代小説作家をみいだすのはむずかしい。

過去にもとめても、わたしには、まず山本周五郎、つぎに藤沢周平しか思いうかばない。

山本周五郎は、市井《しせい》人情ものの傑作を集めた『将監《しょうげん》さまの細みち』について、みずからこう述べている。「人間の人間らしさ、人間同士の共感といったものを、満足やよろこびのなかよりも、貧困や病苦や、失意や絶望のなかに、より強く私は感じることができる。（中略）ここには読者の身辺にすぐみいだせる人たちの、生きる苦しみや悲しみや、そうして、ささやかではあるが深いよろこびが、さぐり出されている筈《はず》である」。敗戦直後に書きだす「柳橋物語」から顕著となった、絶望のきわみからだけ希望がたちあがる物語を、山本周五郎は倦《う》むことなくつみかさね、一九六七年に急逝する。

四年後の一九七一年、藤沢周平が「溟《くら》い海」で第三八回オール讀物新人賞を受賞して登場し、一九七三年には「暗殺の年輪」で第六九回直木賞を受賞する。暗闇にさしこむ一筋の光を独特なやわらかな情感でつつむ多くの作品を残して、藤沢周平が亡《な》くなるのは一九九七年一月だった。

するといと同年秋、山本一力が、まさしく起死回生の物語「蒼龍《そうりゆう》」で第七七回オール讀物新人賞を受賞してデビュー。二〇〇二年には「あかね空」で第一二六回直木賞を受賞し、以来、山本一力はさまざまなジャンルの時代小説を書きつつ、近年は郷土土佐の先覚者、中浜万次郎の生涯を丹念にたどる、ライフワークともいうべき大作「ジョン・マン」シリーズにうちこむ――。

山本周五郎、藤沢周平、山本一力。わたしが思いえがく、いわば時代小説苦境反転派三代の流れである。

コピーライター時代のながかった山本一力は、日常のありふれた言葉をたくみにくみあわせた軽妙なキャッチフレーズづくりにもたけている。座談の名手にして卓抜なテレビ・コメンテーターである所以《ゆえん》だが、実際に体験した苦境からの反転を、次のように語っている。「一番最初にある文学賞の新人賞に応募したときは最終選考まで行ったんだけど、落っこちた。（中略）そういう『落っこちることのツキ』っていうのを、みんなもっと真剣に考えたほうがいいぞ。何で俺はついてないんだ、こんなんで落っこって、って思うよな。落ち込んだり、腹も立つ。でも、落っこちるっていうのは、本当はツイてるんだよ。『そこでもう一回見直しをしろ』と言われてるんだから」（人材バンクネット「魂の仕事人第十二回・山本一力氏インタビュー」)。

わたしのみるところ、山本周五郎も藤沢周平も、苦境は好機《チャンス》と、ここまであっけらかんとポジティブな態度をとってはいなかった。ここには曖昧《あいまい》さ、中途半端《はんぱ》さをけっして許容せぬ山本一力の個性はもとより、それぞれの作家が書きつづけた時代もかかわっていよう。

山本周五郎の活躍が戦後から高度経済成長期まで、藤沢周平のそれは主にバブル時代にのりあげる低成長時代と、明暗の起伏にとむ時代であるのにたいし、山本一力の登場から今までは、バブル崩壊後の弊害が連鎖して起伏らしい起伏もない、「失われた二〇年」すなわち苦境連続の時代にかさなる。苦境以外をみいだすのはじつに困難な時代がつづく。苦境を好機ととらえねば一歩もふみだせない時代こそ、山本一力活躍の晴れ舞台なのだ。

しかしそれにしても、本作品の主人公、若い武市が直面する苦境は尋常ではない。

武市は文化一四年（一八一七）年、江戸深川は高橋《たかばし》の裏店《うらだな》で生まれた。ふすま絵を描く職人の父と、針仕事の腕に秀《ひい》でる母は、表通りで経師屋《きょうじや》を営む夢をいだいていたが、武市が生まれてわずか四カ月後、町を襲う大火で焼死した。

長屋の女房たちの手で育てられた武市は、三歳のころから枯れ枝で地べたに絵を描きだす。六歳の夏たまたま通りかかった飾り行灯造りの頭領六造《ろくぞう》によって才能をみいだされ、手元に引き取られた。きびしい修業に耐え、めきめき技量をあげる武市に六造は期待し、「緋色《ひいろ》の六造」の異名をとる紅花の技を伝授すると約束したが、伝授の寸前、急逝してしまう。以前より武市を疎《うと》んじていた六造の女房は武市を宿から追いだすばかりか、弟弟子の裕三《ゆうぞう》に六造が書き残した紅花絞りの技法を見せたのだった——。

ただし物語は、こうした武市の苦境をながながとは語らない。苦境は物語の当然の前提とでもいうように、過去のエピソードとして紹介されるだけである。

六造の死から二年後の十一月一日からはじまり、二日、三日……主に九日まで、めずらしく日付と時刻のはいった物語は、苦境とむきあい、うけとめ、そのど真ん中をくぐりぬけた武市の、新趣向の飾り行灯制作にむけた新たな挑戦をひとつ、ひとつ、またひとつと、執拗《しつよう》なまでに丹念にとらえていく。

こうした物語の濃密さは、本作品が金沢の雑誌「季刊　北國文華《ほっこくぶんか》」（北國新聞社）に、二〇〇五年夏号から二〇一三年春号までほぼ八年間、長期連載されたこととも無関係ではあるまい。単純に計算すれば、一年かけて一日と少しを書きすすめたことになる。

それは、武市の再生をうながす人物として、つぎつぎに主役級の人物を惜しげもなく登場させていることにもかかわるだろうか。担《かつ》ぎうどん屋の聡助《そうすけ》、木戸番の徳蔵《とくぞう》をはじめとして、武市が毎朝顔を出すうどん屋「はやし」のあるじ矢七《やしち》と女房おたみ、縄のれん「えんま」の亭主多蔵《たぞう》に女房のおひさ、屋根船の船頭常太郎《じょうたろう》に、薪船《まきぶね》の船頭釜兵衛《かまべえ》など、それぞれの苦境を、生きるつよさにかえた者たちである。

一人で立派に一作品を背負えるであろう人びとの一言一言、一挙手一投足が、若い武市をつきうごかさぬはずはない。それらが深川という町の濃《こま》やかな人情と渋く洗練された文化につながっているのであれば、なおさらである。

新趣向の飾り行灯創出にむけた武市の貪欲《どんよく》ともいうべき学びの姿勢は、このときすでに武市のなかにかつての自信が甦っていたことを示す。武市ならではのひらめきがくわわり、ついに、乾物問屋大木屋の屋根に河を滑る猪牙舟《ちよきぶね》を乗せ、その舳先《へさき》に据える行灯には加賀あかねで描いた梅鉢の紋をあしらう前代未聞の趣向にいたるが、しかし、実現までのほんとうの困難はここからだった。新たな登場人物を相手に、武市の執拗で果敢な挑戦が開始される――。

武市にとって、ひとつの勝負のおわりは、つぎのより大きな勝負のはじまりなのである。

（たかはし　としお／文芸評論家・早稲田大学名誉教授）

千両《せんりょう》かんばん

朝日文庫

2024年９月30日　第１刷発行

著　者　山本《やまもと》一《いち》力《りき》

発行者　宇都宮健太朗

発行所　朝日新聞出版

〒104-8011　東京都中央区築地5-3-2

電話　03-5541-8832（編集）

03-5540-7793（販売）

印刷製本　大日本印刷株式会社

© 2010 Yamamoto Ichiriki

Published in Japan by Asahi Shimbun Publications Inc.

定価はカバーに表示してあります

ISBN978-4-02-265167-9

落丁・乱丁の場合は弊社業務部（電話 03-5540-7800）へご連絡ください。

送料弊社負担にてお取り替えいたします。

朝日文庫

山本 一力

たすけ鍼《ばり》

深川に住む染谷《せんこく》は〝ツボ師〟の異名をとる名鍼灸師。病を癒やし、心を救い、人助けや世直しに奔走する日々を描く長編時代小説。《解説・重金敦之》

山本 一力

立夏の水菓子

たすけ鍼《ばり》

人を助けて世を直す——深川の鍼灸師・染谷の奔走を人情味あふれる筆致で綴る。疲れた心にもじんわり効く名作時代小説『たすけ鍼』待望の続編。

山本 一力

五二屋傳蔵《ぐにやでんぞう》

幕末の江戸。鋭い眼力と深い情で客を迎える質屋「伊勢屋」の主・傳蔵と盗賊頭の龍冴、男たちの知略と矜持がぶつかり合う。《解説・西上心太》

山本 一力

辰巳八景

深川の粋と意気地、恋と情け。長唄「巽八景」をモチーフに、下町の風情と人々の哀歓が響き合う珠玉の人情短編集。《解説・縄田一男》

山本 一力／末國 善己・編

端午のとうふ

江戸人情短編傑作選

さまざまな職を通して描かれる市井の人間ドラマをたっぷりと。人情あり、知恵くらべあり。初期名作を含む著者初の短編ベストセレクション。

山本 一力

欅しぐれ

新装版

老舗大店のあるじ・太兵衛と賭場の胴元・猪之吉に芽生えた友情の行方は——。深川の人情が沁みる長編時代小説。《解説・川本三郎、縄田一男》

朝日文庫

山本一力
早刷り岩次郎
新装版

深川の釜田屋岩次郎は画期的な瓦版「早刷り」を世に届けようと立ち上がる。悪辣な妨害も何のその。胸のすく長編時代小説。《解説・清原康正》

細谷正充・編／宇江佐真理／北原亞以子／杉本苑子／半村良／平岩弓枝／山本一力／山本周五郎・著
情に泣く
朝日文庫時代小説アンソロジー　人情・市井編

失踪した若君を探すため物乞いに堕ちた老藩士、家族に虐げられ娼家で金を毟られる旗本の四男坊など、名手による珠玉の物語。《解説・細谷正充》

細谷正充・編／池波正太郎／梶よう子／杉本苑子／竹田真砂子／畠中　恵／山本一力／山本周五郎・著
おやこ
朝日文庫時代小説アンソロジー

養生所に入った浪人と息子の嘘「二輪草」、歌舞伎の名優を育てた養母の葛藤「仲蔵とその母」など、時代小説の名手が描く感涙の傑作短編集。

細谷正充・編／青山文平／宇江佐真理／西條奈加／澤田瞳子／中島　要／野口　卓／山本一力・著
なみだ
朝日文庫時代小説アンソロジー

貧しい娘たちの幸せを願うご隠居「松葉緑」、親子三代で営む大繁盛の菓子屋「カスドース」など、ほろりと泣けて心が温まる傑作七編。

大矢博子・編／青山文平／朝井まかて／浅田次郎／宇江佐真理／藤沢周平／山本一力・著
めおと
朝日文庫時代小説アンソロジー

江戸詰めの武士は国元に残した妻の不義密通を知る「女敵討」、病の妻を車椅子に乗せ、桜の見物に回るご隠居「西應寺の桜」など、感動の六編。

朝井まかて／安住洋子／川田弥一郎／澤田瞳子／山本一力／山本周五郎／和田はつ子・著／末國善己・編
いのち
朝日文庫時代小説アンソロジー

江戸期の町医者たちと市井の人々を描く医療時代小説アンソロジー。医術とは何か。魂の癒やしとは？　時を超えて問いかける珠玉の七編。

朝日文庫

江戸旨いもの尽くし
朝日文庫時代小説アンソロジー
今井絵美子／宇江佐真理／梶よう子／北原亞以子／坂井希久子／平岩弓枝／村上元三／菊池仁編

鰯の三杯酢、里芋の田楽、のっぺい汁など素朴で旨いものが勢ぞろい！　江戸っ子の情けと絶品料理に癒される。時代小説の名手による珠玉の短編集。

吉原饗宴
朝日文庫時代小説アンソロジー
菊池仁・編／有馬美季子／志川節子／中島要／南原幹雄／松井今朝子／山田風太郎・著

売られてきた娘を遊女にする裏稼業、身請け話に迷う花魁の矜持、死人が出る前に現れる墓番の爺など、遊郭の華やかさと闇を描いた傑作六編。

わかれ
朝日文庫時代小説アンソロジー
細谷正充・編／朝井まかて／折口真喜子／木内昇／北原亞以子／西條奈加／志川節子・著

武士の身分を捨て、吉野桜を造った職人の悲話「染井の桜」、下手人に仕立てられた男と老猫の友情「十市と赤」など、傑作六編を収録。

いのり
朝日文庫時代小説アンソロジー
細谷正充・編／朝井まかて／宇江佐真理／梶よう子／小松エメル／西條奈加／平岩弓枝・著

隠居侍に残された亡き妻からの手紙「草々不一」、紙屑買いの無垢なる願い「宝の山」、娘を想う父の決意「隻腕の鬼」など珠玉の六編を収録。

家族
朝日文庫時代小説アンソロジー
中島要／坂井希久子／志川節子／田牧大和／藤原緋沙子／和田はつ子［著］

姑との確執から離縁、別れた息子を思い続けるおつやの情愛が沁みる「雪よふれ」など六人の女性作家が描くそれぞれの家族。全作品初の書籍化。

母ごころ
朝日文庫時代小説アンソロジー
中島要／高田在子／志川節子／永井紗耶子／坂井希久子／藤原緋沙子

職人気質の母娘、亡くした赤ん坊を思う芸者。優しく厳しく、時に切ない様々な「母」の姿を六人の人気作家が描く文庫オリジナルアンソロジー。

朝日文庫

朝井　まかて
グッドバイ
《親鸞賞受賞作》

長崎を舞台に、激動の幕末から明治へと駆け抜けた伝説の女商人・大浦慶の生涯を円熟の名手が描く、傑作歴史小説。《解説・斎藤美奈子》

あさの　あつこ
花宴《はなうたげ》

武家の子女として生きる紀江に訪れた悲劇――。過酷な人生に凛として立ち向かう女性の姿を描き夫婦の意味を問う傑作時代小説。《解説・縄田一男》

五十嵐　佳子
むすび橋
結実の産婆みならい帖

産婆を志す結実が、それぞれ事情を抱えながらも命がけで子を産む女たちとともに喜び、葛藤しながら成長していく。感動の書き下ろし時代小説。

宇江佐　真理
うめ婆《ばあ》行状記

北町奉行同心の夫を亡くしたうめ。念願の独り暮らしを始めるが、隠し子騒動に巻き込まれてひと肌脱ぐことにするが。《解説・諸田玲子、末國善己》

宇江佐　真理／菊池　仁・編
酔いどれ鳶
江戸人情短編傑作選

夫婦の情愛、医師の矜持、幼い姉弟の絆……。江戸時代に生きた人々を、優しい視線で描いた珠玉の六編。初の短編ベストセレクション。

梶　よう子
ことり屋おけい探鳥双紙

消えた夫の帰りを待ちながら小鳥屋を営むおけい。時折店で起こる厄介ごとをときほぐし、しなやかに生きるおけいの姿を描く。《解説・大矢博子》

朝日文庫

木内 昇
化物蝋燭《ばけものろうそく》
当代一の影絵師・富右治に持ち込まれた奇妙な依頼（「化物蝋燭」）。長屋連中が怯える若夫婦の正体（「隣の小平次」）など傑作七編。《解説・東雅夫》

北原 亞以子
深川澪通り木戸番小屋
深川澪通りの木戸番小屋に住む夫婦が、木戸を行き交う人々の喜びと悲しみに優しく寄り添う、傑作時代小説シリーズ第一弾。《解説・縄田一男》

木下 昌輝
まむし三代記
《中山義秀文学賞・日本歴史時代作家協会賞作品賞受賞》
斎藤道三の凶器〝国滅ぼし〟とは？ 三代目義龍が下した驚愕の決断とは⁉ 戦国史を根底から覆す瞠目の長篇時代小説。《解説・高橋敏夫》

葉室 麟
この君なくば
伍代藩士の譲と栞は惹かれ合う仲だが、譲は密命を帯びて京へ向かうことに。やがて栞の前に譲に心を寄せる女性が現れて。《解説・東えりか》

火坂雅志・伊東 潤
北条五代（上）
志を抱いて京からやってきた北条早雲は伊豆・相模を平定。その後、二代・氏綱が地歩を固める。五代百年にわたる北条家の興亡を描く歴史巨編。

火坂雅志・伊東 潤
北条五代（下）
迫りくる秀吉の大軍。五代・氏直が下した決断は？ 戦国群雄との存亡をかけた戦いを二人の作家が書き継いだ大作が完結。《解説・呉座勇一》